骇档案

曼谷亡魂

阿丑◎著

中国文联出版社
http://www.clapnet.cn

图书在版编目（CIP）数据

曼谷亡魂 / 阿丑著. -- 北京 : 中国文联出版社,
2016.6

ISBN 978-7-5190-1431-5

Ⅰ. ①曼… Ⅱ. ①阿… Ⅲ. ①侦探小说－中国－当代
Ⅳ. ①I247.5

中国版本图书馆CIP数据核字(2016)第095904号

曼谷亡魂

作　　者：阿　丑

出 版 人：朱　庆
终 审 人：奚耀华　　　　复 审 人：胡　笋
责任编辑：蒋爱民　　　　责任校对：傅泉泽
封面设计：王　鑫　　　　责任印制：陈　晨

出版发行：中国文联出版社
地　　址：北京市朝阳区农展馆南里 10 号，100125
电　　话：010-85923066（咨询）85923000（编务）85923020（邮购）
传　　真：010-85923000（总编室），010-85923020（发行部）
网　　址：http://www.clapnet.cn　　http://www.claplus.cn
E - mail：clap@clapnet.cn　jiangam@clapnet.cn

印　　刷：北京慧美印刷有限公司
装　　订：北京慧美印刷有限公司
法律顾问：北京天驰君泰律师事务所徐波律师
本书如有破损、缺页、装订错误，请与本社联系调换

开　　本：787 × 1092　　　1/16
字　　数：156 千字　　　　印张：15
版　　次：2016 年 6 月第 1 版　　印次：2016 年 6 月第 1 次印刷
书　　号：ISBN 978-7-5190-1431-5
定　　价：36.00 元

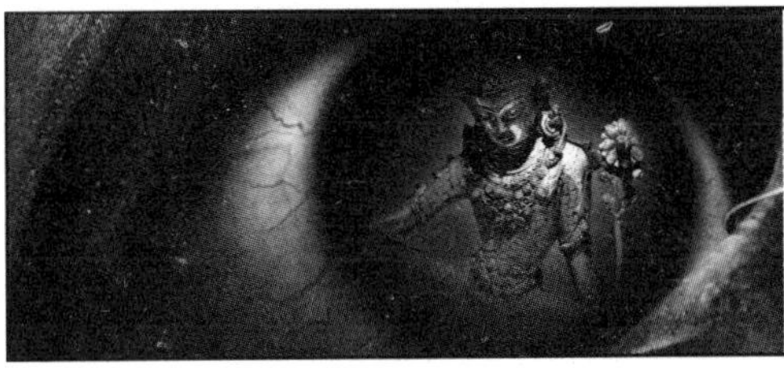

目 录

■第一章　养阴会所

■1　弃尸岛

我叫相守宫，ICPO（国际刑警组织）特别案件处理中心东南亚区负责人之一。我面前躺着的这具腐尸如同一坨烂得流脓的死猪肉，他的名字叫大卫，好莱坞一个小有名气的演员，据说曾在好莱坞著名导演昆汀的戏里演过某个小角色。但这对于不大爱看电影的我来说，毫无印象。尸体是在早上九点钟发现的，一个泰国农民出来打渔时无意间发现的这具尸体。我和我的同事利希美当时正好在曼谷任职，曼谷警察局告诉我们这个案件后，我要求一同前往发现尸体的地方。本以为泰国的警察们不会答应，毕竟他们对我们属于比较排斥的，如果我们把这个案子破了，他们面子上挂不住。也许因为死者是个美国游客，而且死状怪异，最后曼谷警察局的局长同意我们随行。

曼谷警察局刑侦科的阿坤负责我和利希美的向导工作，其实我们对曼谷一带并不陌生，阿坤这个向导无非是为了监视我俩。虽说我们来自ICPO，在别人的国家，我们并不会像电影里面演的ICPO那样，可以随意抓人、随便掏枪甚至高人一等。我和利希美主要扮演的是协助凶案调查的角色。

来到大卫的尸体面前，四周的空气中弥漫着一股恶臭，我身边斯文柔弱的利希美已经忍不住弯腰呕吐。发现尸体的荒岛已经被封锁起来，路过来，只看到零零散散的几个曼谷警察带着警犬绕岛寻找线索。我们到的时候，死者的身份已经确认。听说死了个好莱坞明星，曼谷警察们都慌了，这事要是传出去，估计第二天上媒体头条的就不只是法制版，连娱乐版也会掺一脚。影星大卫的尸体已经腐烂不堪，据说死了好几天，我很好奇曼谷的警察如何确定死者身份。

阿坤除了做我和利希美的向导，他还是这个案子的负责人。我提出我的疑问，他告诉我，死者身份是从死者身上的护照得出来的。我问阿坤："法医有什么见解？"阿坤缄默不语，看样子他们不大愿意我们介入这个案子。我招手把利希美叫过来，利希美拿着一张纸巾正在擦自己涂得红艳无比的嘴唇，看来她呕得比较厉害。我叫她一声，她才屁颠屁颠地跑过来，顺手还把放在包包里面的一副墨镜戴上。她来到大卫身边，看都不看大卫一眼，扭头就问我："怎么了？"

"干活了！查一查他怎么死的。"我厉声说。

利希美撇撇嘴，很不情愿地摘下墨镜，屏息低身想去检查大卫的尸体，阿坤突然拦住她，用蹩脚的中文说："不好意思，不好意思，你们不能接触尸体。"

我走过去把阿坤拉到一边，阿坤一脸无奈的表情。我笑道："我们不参与，就随便看看。"阿坤脸色还是很难看，我递给他一根烟并帮他点燃，他抽了一口烟，紧张的神情舒缓不少。我回头看了一眼利希美，示意她抓紧时间。等阿坤把烟抽完，利希美已经利索地将尸体检查了一遍。我回到正脱掉手套的利希美身边，低声问她一句："有发现吗？"

"窒息性自慰死亡。"利希美简洁地回答。

阿坤像是察觉到什么似的，看了我一眼，说："我送你们回曼谷。"

我低头看着大卫的尸体，尸体尽管已经腐烂不堪，脸基本已经分辨不出来，唯一奇怪的地方是死尸的肚脐眼儿似乎被什么东西给剜了出来。

利希美嘀咕了一句："我受不了，我得回去。"她跟着阿坤往荒岛外面走去。利希美来自韩国首尔，刚刚被调遣到我所在的特案组，组织把她分给我，让我做她的训练官，说老实话，我不大喜欢韩国人，无论男女，不过利希美说她曾在中国留过学，还是在我的家乡海城，她能说一口海城话，因此对她我有那么一丁点儿好感。

我们就快乘船离开这座荒岛的时候，一个曼谷警察匆匆跑过来截住阿坤，他用泰语跟阿坤叽里咕噜说了几句。我稍微听了几句，似乎是荒岛上又发现了尸体。阿坤听完那个曼谷警察的讲述，沉着脸走到我面前，说："相守宫先生，不好意思，我想我不能陪你们回曼谷了，不过你们放心，我会派人把你们送回去。"他想把带我们来的船夫叫过来送我们走，我拦住他说："阿坤警官，有事别瞒着我们，或许我能帮上忙。"

"这个……"阿坤显得有些犹豫，利希美在一旁骂道："喂，我说你们曼谷的警察怎么这么小气？我们又不碍事，带我们去瞧瞧呗！"我瞪了一眼利希美，利希美扭头朝船上走去，"相守宫，反正这次我不去了，我在这里等你们。"她居然直呼我名讳，我感到有些无语，想说她几句，看到她刚刚吐得脸色苍白，心情也不大好，最后只能将她置之不理，拉着阿坤到另外一边，说："阿坤，咱们十多年的交情，给个面子。"

阿坤看了我一眼，"好，你跟我来吧！但你不能碰任何东西。"

我点点头，阿坤这人还是很够义气的，初次来到曼谷办案的时候，阿坤还是一个巡街的小喽啰，如今他已经成为一个可以独当一面的男人，无论是家庭还是事业。其实，这里面和我有着很大的关系。阿坤经常向我讨教一些办案的经验，他破的案子很多时候是我给他提供线索。像我这种出门在外的刑警，难免需要在他乡培养一些关系。因而我交游很广，有求必应，能帮就帮。朋友多，对于破案帮助很大，有时候我特别不理解那些独行侠。我行我素的个性，确实不大适合我。

我随着阿坤向荒岛走回去，顺着原路跟着之前那个曼谷警察进入一片茂密的树林，走了一段，我已经听到前面传来警犬的吠叫声。快到目的地的时候，我听到有个曼谷警察喊道："又发现一个死者，已经是第八个了。"

"第八个"这个声音在我心里不停地回荡着，看来死掉的不止大卫一人，难道这是一起连环凶杀案吗？想到这个，我心里不由得有些激动起来。对于我这种人来说，普通凶杀案根本无法提起我的兴趣，我更喜欢那些变态到极致的案子。显然，荒岛又出现几具尸体，让阿坤紧张得不行，他没有再理会我，而是跑去做检查追踪。我晃晃悠悠地来到尸体旁边，这些尸体死状各异，触目惊心，趴着的、躺着的、跪着的，挂在树梢上面，藏在石缝中间，浮在小溪流岸边。从腐烂程度来看，他们并非同一时间死亡被丢弃到这里。我遇到过无数的凶杀案，变态杀人犯我也接触过不少，这种看着华丽丽的尸体场面，我还是第一次遇到。尸体们像是在做某种仪式，寂静而阴厉，诡异而恐怖。

我想近距离看看尸体，一个曼谷警察把我拦下，他用泰语告诉我："不要亵渎这些死者。"我不大明白这是什么意思，支支吾吾也不知道怎么说，他甩来一句："这儿是弃尸岛，小心被诅咒。"我愣了愣，泰国这种神秘国度，如果只是道听途说，人们对它总能有一丝恐惧，古曼童、佛牌、降头术、蛊毒等，无一不是令人感到惊悚的玩意儿，听到"诅咒"这个词，我心里难免生出一丝畏惧。记得五年前，我在泰国清迈协助警方处理一个"飞头降"杀人案件，那是我第一次见识"飞头降"的厉害，头颅和身体一分为二。最惊悚的还算"八头降"，八位法师，八个人头吐着血红色的舌头离开人体漫天飞舞，场面恐怖异常，而且这些人头和身体还能互换，神秘异常。我至今仍旧无法解释清楚这些事情的原因。

阿坤回到我身边，他摇着头说："事情变得糟糕了许多。"

“怎么了？”我问。

“一共发现了二十四具尸体，那个好莱坞明星大卫只是其中之一。”阿坤苦恼地说着，如果曼谷出现了一个连杀24人的杀人魔，这可不是小新闻。我想安慰他几句，阿坤低声喃喃地说：“希望不是凶杀。”我低头看了一眼尸体，不是凶杀吗？如果我没有看错，地上那些尸体和大卫差不多，肚脐眼儿都被什么东西给剜了出来，全身腐烂的尸体唯独小腹地带干干净净、鲜嫩异常，血红的肚脐眼儿特别显眼儿。明显是同一种杀人手法，可惜我只能远远地看着尸体，无法仔细去观察，这会让我造成误判。

阿坤点了一根烟吧嗒吧嗒吸起来，我问他能不能让我靠近尸体，他却坚决阻止还说是为了我的生命安全着想。我们沉默了许久，一个曼谷警察带着一个穿着黑衣服的中年男人走进树林，中年男人看到尸体之后立马念起咒语来。我看了阿坤一眼，想不到阿坤他们居然把当地的法师叫了进来。在曼谷，法师一般被称为阿赞，阿赞分白衣阿赞和黑衣阿赞两种，眼前这位显然是黑衣阿赞。我诧异之际，黑衣阿赞已经进入尸体群里面开始搭建祭坛做法。我回头看了一眼阿坤，阿坤双手合十，嘴巴里面念念有词，他挺害怕的。有个曼谷警察走到我身边，他用泰语跟我说：“等阿赞师父作完法，我们才能清理尸体。”

我感到有些可笑，想不到警察还得找法师帮忙，泰国这种迷信的国度，无奇不有，我也大大方方地接纳了。我问他：“弃尸岛到底怎么回事？”我刚刚一直没有问出口，那个警察瞥了我一眼，想说又不敢说的样子。阿坤把我带出树林，他对我说：“在我们泰国某些地方，千百年来流传一种习俗，人死掉之后不是放到棺材里面埋掉或者火化，而是把尸体扔在湖面上的一些无人小岛之中，这种岛屿成为死者的安灵之地，一般人不得靠近。”

如此说来，弃尸岛和乱葬岗差不多，乱葬岗会把死者埋起来，修坟建碑，弃尸岛只是把尸体随地一扔罢了，任由尸体日晒雨淋。在国内，我们常言“入土为安”，想不到这边的人会把死者滞留阳间，听起来确实蛮吓人的。阿坤还告诉我，弃尸岛的存在一般是经过阿赞师父开过光的荒岛，不是随便一座荒岛都能弃尸，只有阿赞师父开过光的荒岛，人们才会把去世的亲人丢在岛上，因为只有这样亲人才能顺着阿赞师父的指引下去阴间。如果把尸体随便丢弃，这不仅愧对故人还会引来鬼魂报复。

我算是明白怎么一回事了，按照阿坤的说法，他并不认为这座荒岛上的死者属于被杀而是死后家属弃尸于此。难怪阿坤和那些曼谷警察们会如此不安，弃尸岛一般不能乱入，我们接到报案来到这地方，已然亵渎死者，因此他们才会找来阿赞师父作法。

“这么说，排除他杀了吗？”我问阿坤。

阿坤说：“没有人会杀那么多人，已经找到 24 具尸体，可能还有我们没有找到的，但这是安灵的弃尸岛，谁也说不清还有多少尸体。在我老家，我们那有座弃尸岛，上面足足有两千多条尸体和白骨。所以，咱们没有必要再待在这儿，再待下去，我们会遭到报复。”

“是不是弃尸岛，咱们可以在附近询问调查。我总觉得没有那么简单，弃尸岛只是一个幌子吧？大卫的尸体怎么解释呢？他可不是本地人，不知道你有没有发现？那些尸体，他们看着也不像是本地人，我觉得你有必要让我检查一下尸体。”我提出自己的质疑。

阿坤呵呵一笑，说：“相守宫，别多管闲事。”

“你认识我那么久了，你知道我这人最大的爱好就是多管闲事。我知道这么一会儿发现那么多尸体，你和你的老板都很怕，这个案子咱们不把它办好，这座弃尸岛将会源源不断地增加尸体的数目。与其说是你们当地安置死者的弃尸岛，还不如说这是凶手的藏尸场所。”

“这个案子已经结了，我刚刚已经和局长通了电话。”阿坤掏出手机打了一个电话后跟我说。

“结案了？”我有点儿被吓到。

“结案了。明天的报纸会写着由于误报，警方误把弃尸岛当作凶杀现场……”阿坤谈到这里的时候，林子里面突然传来一声惨叫。我和阿坤急忙朝林子里跑去，快到尸体发现地的时候，守在里面的曼谷警察狼狈地朝外面跑。他们看到我和阿坤，招手叫我们快点离开，林子里面似乎发生了什么奇怪的事情或者出现了什么奇怪的东西。我和阿坤还没有来得及问清楚，警察们已经带着警犬们疯狂地往外跑，一下子全部消失在林子里面。阿坤拔出手枪对我说：“相守宫，你走在我后面，注意点儿。”他朝前面走去，我按照他的意思跟在他后面。

我们看到前面突然冒出一团火光，一条尸体冒着烟火满地打滚。见到这种状况，阿坤浑身颤抖，嘴里面不停地念着咒语。我看到那条滚动的冒火尸体正是警方请来的黑衣阿赞，他怎么会引火烧身？我想去救他，可惜火势很大，不一会儿，他便沦为一堆闪烁着小火星的灰烬。阿坤拉住我说：“不要再靠近，咱们快走开。”

看着还在燃烧的灰烬，挂着树上的那具尸体“噗”的一声摔下来，尸体正好砸在黑衣阿赞的骨灰烬上，仅有的几根火苗被压灭。阿坤惨叫一声转身就往外面跑去，像是着了魔似的。我冷笑一声，看着从树上掉下来的尸体，尸体已经腐烂不堪，找了一根棍子把尸体翻过来，看着尸体小腹上面肚脐眼儿血洞，这里的尸体几乎都一样，肚脐眼儿不见了，只留下一个血洞。只剩下我自己，这是一个验尸的好机会，我急忙把所有的尸体都检查一遍。

走出荒岛丛林，停在荒岛外面的几艘警船已经开走了，只留下一条独木舟。利希美端坐在独木舟上面，看到我出来，她招手叫道：“嘿！

我还以为你被尸体吃掉了。”

我快步走上独木舟，利希美把一根船桨扔到我跟前，“就等着你来撑船了。”

“想不到曼谷的警察居然如此胆小。”我没有想到阿坤他们会害怕到这种程度，泰国虽说是个神鬼国度，但是还不至于到这种程度，我有些无语了。利希美问我：“听阿坤说，岛上有诅咒，所有进岛的人都会死，你们到底发现了什么？”

“他们没有告诉你？”

“他们像是见鬼一样跑掉了，我根本来不及问。”

“你怎么不跟着他们走？”

“你都没出来，我走什么走？我们才是一伙。”

“万一我出不来呢？”

“你敢，我先一巴掌抽死你。”

“利希美大小姐，咱们还是先离开这座弃尸岛再说吧！”我四周看了一眼，湖光山色，美不胜收，谁能想到这儿会藏着一座弃尸岛？我鼓动着船桨将独木舟划离荒岛。

■2 死亡会所

回到曼谷的酒店里面，利希美觉得自己浑身脏兮兮的，第一时间便是去洗澡。我坐在自己房间的一张椅子上抽着烟看着电视，脑海里不停地浮现出荒岛中的尸体，这些怪异的尸体从何而来？凶手为何要剜掉尸体的肚脐眼儿呢？为何尸体浑身都腐烂了，小腹却鲜嫩如故？我脑子里面嗡嗡地响着，心里很烦躁，那名黑衣阿赞明摆着是活生生被烧死，他到底遇到了什么？我想问这个案件的负责人阿坤，可惜他电话一直打不通，出了这么个事，阿坤他估计忙着给上面的领导做报告。过了一会儿，利希美来敲门，我开门让她进来，见到我愁眉苦脸，她嘴角扬起一丝笑容："怎么？你想追这个案子？"我没有回答她，她进来后自行倒了一杯红酒喝了起来，"我跟咱们的老板汇报了，他不建议我们参与这个案子。"

"你还真扫兴。"我冷冷地回了一句，按照我的习惯，我可不会那么快就把发生的案件往总部汇报，我很不喜欢别人来影响自己的判断。利希美坐到我的床上，她裹着一件浴袍就进来了，美人初出浴，看着倒也有几分性感。我坐在她对面，眼睛盯着墙上的电视看。

"你喜欢 SM 吗？"利希美冷不丁地问了我一句。

我回头看了一眼她，"你那么重口味？"

利希美说："那个好莱坞明星大卫死于窒息性自慰。嘿嘿！你看过他演的电影吗？"

我摇摇头，利希美笑道："我有印象他好像演过这类的角色，反正挺变态，想不到戏里戏外他一个路数。嘿嘿！相守宫警官，你比我还清楚窒息性自慰死亡，回来的时候，你跟我说岛上还有其他尸体，他们……"

"你想对了。"我低声打断她。

"什么想对了？"

"其余的尸体，其他的 23 个死者，除了已经变成白骨的死者，我都检查过了，和大卫差不多，窒息性自慰死亡，所有人都是这么死的，他们的肚脐眼儿看着像是被剜掉了，其实更像是被某种东西给吸走了。"我淡淡地说着。利希美哈哈大笑："你逗我玩吧？你觉得有什么东西能把人的肚脐眼儿吸出来呢？"我没有再回答她，因为我也不晓得什么东西喜欢吸食死尸的肚脐眼儿。利希美看到我不回答，她本来就觉得我这人足够闷，也没有再问什么，拿出我的笔记本电脑自己玩了起来。

我和她搭档将近一个月，我们很少像现在这样子谈话，平时基本都是各忙各的事情。我扭头看电视，手机突然响起来，来电的是阿坤，没等阿坤说什么，我急着问："案子真结了？"阿坤在电话那头说："结了，你可以看最新的新闻……"我有些怒了，"你们不能这么快结案，难道你们真的想那个荒岛成为一座弃尸岛吗？你应该知道那些人不是自然死亡而是被谋杀……"阿坤打断说："相守宫，这事你别理了。"阿坤挂掉了电话。我真的急了，当了那么多年差，已然患上破案强迫症，这个案子不能这么结束。我给阿坤打电话，阿坤关机了。我显得有些毛躁地拿出电视遥控器寻找最新的新闻，新闻里曼谷警察局的局长表态了，他表示很惭愧，对不起弃尸岛的诸位死者，他们不应该把弃尸岛作为犯罪地点。如此说来，这事不了了之。我看完这个无聊的新闻后躺在椅子上长叹一口气，利希美瞪大双眼盯着我看："别灰心，咱们总能把凶手找出来。"

"你在安慰我吗？"想不到我居然被一个菜鸟女刑警安慰。

利希美把手里的笔记本电脑转过来给我看，"过来瞧瞧，我找到了一些好东西。"

我懒洋洋地把椅子挪到床前，低头看了一眼笔记本电脑，电脑显示屏上面是大卫的一个私人博客，上面的相册收藏着无数张大卫自己SM自慰的照片，大卫这个人接近癫狂，锁喉、绳索、捆绑、针扎、滴蜡、皮鞭……只有你想不到的，没有他做不出来的。我把照片浏览一遍后，整个人的世界观接近崩溃，抬头看了一眼利希美，她美滋滋地看着我，我问："你喜欢吗？"利希美冷哼一声说："我叫你看这些不是让你问我这个问题。"

"呵呵，我知道你是个超级黑客，你能黑大卫的私人博客找到这些东西算不错了，我可没有其他的形容词来赞美你。"我以为利希美想要我表扬一下她。

利希美脸上显得很郁闷，指着大卫的一张照片，照片里面大卫正搂着一个妖艳妩媚的女人，她说：“看到了吗？真正重口味的人不是我而是他。”

“这话怎么说？”

“你看不出来吗？”

我摇摇头，利希美指着照片那个女人笑道：“这货根本不是女人。”

“不是女人是什么？”我接着问，问完觉得自己无比白痴，还好利希美没有在意，她又指着那个不是女人的女人肩膀上一块莲花刺青说：“她应该是人妖会所的人。”我突然想到了什么，伸手在口袋里面掏了掏，拿出一块银色的小牌子递到利希美面前，利希美看了一眼小银牌，“哪来的？”我说：“那个被烧死的黑衣阿赞，我在他的骨灰里找到的。”利希美把银牌接过去，盯着银牌上面的莲花文案看了几眼，再对比一下照片里面那个不是女人的女人胳膊上的刺青，她感概着：“一模一样呢！”

“废话，不一模一样我拿出来做什么？当时在事发地点，我觉得这是个很重要的线索，所以偷偷拣出来。”我说。

“这是佛牌吗？”利希美把小银牌还给我，我拿着小银牌看了一眼，除了莲花纹，上面还写着“27”这个数字，这玩意儿不像是曼谷潘提市场上买卖的佛牌。利希美把笔记本电脑挪过去搜索莲花纹的信息。过了一阵儿，我问她：“找着什么没？”利希美摇摇头。我看着手里这块神秘的银牌，沉思了一会儿，利希美突然叫道：“找到了，你知道大卫为什么要到曼谷来吗？”

我说：“一个美国人来曼谷自然是为了旅游度假，要不然就是闲着没事干。”

“错了。”

“错了？”

“他是为他而来的。”利希美又把电脑屏幕对着我，显示屏上面露出一张大卫和刚刚那个女人在马尔代夫度假的照片，我明白利希美的意思，“你是说大卫爱上了这个人妖吗？”利希美极其肯定地点点头：“不仅爱上了，他们还秘密结婚了。”利希美把她新找到的一个秘密相册翻出来给我看，相册里面正是大卫和那个人妖结婚度假的照片。我感到一阵胸闷，一个好莱坞明星居然跟一个人妖秘密结婚了。利希美叹了一口气，说：“看样子，他们还蛮恩爱。”

我一脸正经地看着利希美说：“能找到这个女孩的信息吗？”

“女孩名字叫南娜，曼谷女孩。不对，应该这么说，南娜曾经是一个曼谷男孩，后来不知道怎么突然变成了曼谷女孩，23 岁，他住在……住址没有找到，不过我找到了他的工作地方……”利希美说到这儿突然断了，我急问：“他在哪儿工作？”

利希美盯着我手里那块银牌看，“我知道那玩意儿是什么了，应该是手牌，养生会所里使用的手牌。”

“我让你说南娜在哪工作，你扯这些做什么？”我生气地说。

“曼谷桑拿城莲花养生会所，你要是闲得蛋疼，你可以去瞧瞧。”利希美抱起我的笔记本电脑下床穿鞋朝门外走去，我叫住她，“你这算什么意思？”利希美回头对我眨了一下眼睛，“不是说好了吗？查案你去查，我负责协助你。再说了，养生会所这种地方，不适合我这种女人去，你自己去就得了，笔记本先借我用一下，我下载几个大卫参演的电影瞧瞧。”她说完出门关门，利索地走掉了。

曼谷桑拿城很多，我问了不少人才打听到“莲花养生会所”的所在地。这家会所虽说位于曼谷最繁华的桑拿城里面，但它的位置依然不是很明显。不仅位置不突出，知道的人也不多。一路来到这家会所的门口，整个过程使得我对这个会所充满了期待，如此神秘的一家养生会所，不见识一下，这趟真心白来了。站在莲花养生会所面前，这一带很偏僻，门可罗雀，人影极少，会所的大门也紧闭着。我想去敲门的时候，大门“吱”的一声被推开，一群神色慌张的女孩抬着一个流血的男人匆匆跑出来，有人喊报警，有人叫医生。此时，外面突然传来警笛声和救护车声，我循声看去，几辆曼谷警车正朝这儿驶过来，寂静的小巷一下变得嘈杂不已。我站到一边，女孩们抬着流血的男人从我跟前跑过去，我下意识地瞥了一眼，心里不由得吓了一跳，那个流血的男人居然是阿坤。

我追上女孩们，救护车也来了，女孩们正把阿坤送上救护车。我站在一边看到阿坤躺在一张救护床上面，他的脸上、胸襟、脖子全都是血，血还在滴着，护送他的女孩一个个也被他连累得一身血红。警察们开始把女孩们带去问话，我看到救护车没有离开，特意靠近救护床，只听到救护床里面有个声音说：“吞枪自杀，没救了。”

这么说阿坤死了，死亡原因属于自杀吗？我顿了顿，救护车才慢慢悠悠地开出巷子。我傻乎乎地站在一边，一个曼谷警察认出了我，他跑过来说：“柤守宫先生，你怎么也在这儿？你难道和阿坤一起吗？”我摆摆手说：“我闲着无聊跑到这边来试试你们的泰式推拿，谁知道我刚到这里就遇到这事。我怎么会跟阿坤在一起？不过，他到底怎么了？听说他吞枪自杀……”

“我也不知道阿坤怎么了？听女孩们描述，阿坤今晚很不开心，最近上头给他很大的压力，他不过是来这边放松放松，也不知道怎么回事，享乐的时候，女技师帮他做到一半，他把帮他做推拿的女技师叫走了。到时间了，女技师回到房间的时候，阿坤他已经吞枪自杀，血溅一地，难看死了。”

“你们赶紧去现场瞧瞧，最好把现场保护起来。”我对警察说。警察赶紧去布置，布置好了之后，他回到我身边，“说句不好听的话，阿坤迟早会没命，听说你也跟他们一起去了弃厂岛，我劝你还是快点儿离开泰国，要不然你也会跟着遭殃。”

“我能进现场瞧瞧吗？”我没有理会他的妖言，只想进阿坤自杀的现场看一看。我不大相信阿坤会自杀。我没有听从警察的话，还是想进现场瞧瞧，警察显得不太高兴。我继续乞求：“就去看一眼。”他犹豫了一下说：“你和阿坤关系不错，给你十分钟的时间。”

“谢了。”我伸手右手看了一眼手腕上的表，时间是晚上八点十五分。

进入莲花养生会所，里面装修得富丽堂皇，空气中弥漫着花香，光在这儿站着都让人感觉心旷神怡。我跟着一名警察来到二楼的事发地点。进入房间，房里血腥味很浓，两个曼谷警察正在搜集现场。我刚刚跨进去，背后便传来一道香喷喷的味道，香水味特别浓重，房间里面的血腥味瞬间被盖过去。我回头看了一眼，一个打扮得花枝招展的年轻女子红唇轻启：“各位，打搅一下，我想问一下，你们的调查还需要多久呢？”

她的声音很清凉，凉意透入骨髓，使人浑身酥酥的，房间里面的两个警察看到她后两眼冒光，现场也不收拾了，抢着来到她面前，“美娘，好久不见。”

“你们的调查还需要多久？拜托你们快点儿结束吧！这么拖下去会影响我们做生意的。”那个艳美的娇娘从我身边蹭过去，来到了两个警察面前，举起纤细白皙的右手中指在两个警察眉心点了一下。两个警察顿时浑浑噩噩地往房子外面走去，接着下楼走了。看着两个像是被魔咒点中的曼谷警察下楼，我唏嘘一声，那个女人回头盯着我看，“初次见面，我叫美娘，你呢？看着不像是泰国人，中国人？也是警察吗？”她居然跟我说中文。我没有理会她而是走进阿坤的自杀现场，在现场转了转，血洒在墙壁上，呈开花的形状，像是一朵刚刚绽开的血色莲花。从血喷的形状看得出来，阿坤的的确确有可能是吞枪自杀，一枪爆头，血花四溅。

美娘呵呵笑道："不要看了，阿坤他不是我们害死的，谁也不知道他怎么了，自己居然杀死自己，我听说他去了弃尸岛，要知道，在泰国，弃尸岛不是随便能进出的，你一个陌生人要是进去了，就算出得来，弃尸岛的鬼魂也会追着你不放。"

"你叫美娘吗？"我抬头问她。

"嗯！你开始对我感兴趣了吗？"美娘走到了我面前，那双勾魂的眼珠子一直在我身上打转。

"你们还做生意吗？"我问。

"当然。"美娘回答得很干脆。

"来个泰式按摩。"我说。

美娘嫣然一笑，"不查案子了？"

我摇摇头，美娘妩媚地笑道："那你跟我来吧！"

我跟着美娘进到一个热气腾腾的屋子里面，屋子不大，里面放着一口大缸，缸里面盛着一缸冒着热气的清水。美娘把我带进来后说："我们莲花养生会所和别的会所不大一样，你未必受得了。"我看着那一缸水说："难不成你们想来个水上按摩吗？"美娘竖起右手中指摇了摇说："不，按照我们的规矩，做按摩之前，客人必须先洗个澡，这个澡是我们会所特意为客人准备的，名字叫'迷魂汤'。"

"'迷魂汤'？"

"不错，很舒服，你要试试吗？"美娘已经走到那一缸清水面前，她把右手袖子卷起来伸手在水里面搅拌了几下，清水突然变得混浊，散发着一股白花清香。我不由得走到"迷魂汤"面前，美娘走过来意欲脱掉我的衣服，"今天客人满了，技师们都有自己的安排，你第一次来，现在就由美娘我来服侍你。"

"我自己来。"我抓住美娘扯着我衣服的手，她的手很冰凉，触之如冰块。

美娘速速把手收回去，“初次来，难免会害羞，习惯就好了。我不打搅你了，泡十分钟就好了，千万不要太投入了，要不然会把魂儿丢了。”美娘说完施施然离开房子。

美娘走后，我对着那一大缸水，水开始冒泡，香气越来越浓。我不知道自己怎么了，伸手把全身的衣服全部扒掉，“噌”的一下钻进了水缸里。美娘说得不错，这水确实有迷魂的效果，人进去之后，筋舒骨松，整个人飘飘然如同吸了几口大麻。泡十分钟之后，水面的泡泡突然变得频繁，我居然不想出浴，心里对这一缸水无限依恋。随着水泡不断地涌出来，咕噜咕噜，我突然感觉水里面好像有什么东西在动。

水里好像突然伸出一双手，这双手柔软异常地抚摩着我的身体，我知道这事不对劲儿，想站起来，水里面突然发出一阵“咚咚”巨响，一条又一条小指般大小的白色小蛇随着巨响浮出水面。小蛇不断地涌出来，密密麻麻地占据整个水面，我吓得石化了。那些浮出来的白色小蛇又是一阵“哔哔”地响，它们细小的身体像是爆竹一般爆裂开来，又像是血管爆裂，小蛇爆裂后血水四溅，“迷魂汤”眨眼间变成一缸血水。

■ 3　人妖皇后

美娘穿着一件薄如蝉翼的睡衣从门外进来，她望着置身血色迷魂汤中不知所措的我，嘴角露出一丝诡异的笑容。我回头看她，她身子曼妙，透明的白色睡衣使得她苗条的躯体若隐若现，我感到一阵羞赧，想从血水里走出来，却又不敢赤身裸体地出现在美娘面前。她缓缓地走到我跟前，语气柔和地说，“怎么样？这迷魂汤还可以吗？”说完她把右手张开，里面放着一枚类似豆蔻的东西，她把这枚东西丢到了水缸里面，我感到浑身一阵热辣辣，全身充血，瑟瑟发抖，那种感觉就像快要晕厥。美娘娇声一笑，伸手把水缸的阀门拧开。水缸的水渐渐退去，我赤条条地出现在美娘面前，由于羞涩，我捂着胯下叫道：“你怎么能随便进来？”

“时间到了，我怕你太投入，跟我来吧！我们去做推拿按摩。”美娘说完，过来把我扶起来，我显得很尴尬，她冷如冰霜的肌肤触到我的时候，我不由得抖了一下，正想问清楚，或者找个借口避开她，我的手机这时候正好响起来，我站直身板说：“我能接个电话吗？”

“随你，我去为你准备房间。”美娘对我报以一笑，转身离开了房间。

我走到自己的衣服旁边，快速地拾起内裤穿上，拿起长裤把裤袋里面一直响着的手机拿出来，来电的是利希美，接电话后，她气急败坏地说，“相守宫，你死了没？”

“活着呢！”我无趣地应了一句。

“赶紧离开莲花养生会所，最好马上离开。”利希美紧急地催着。

“怎么了？我在这儿好好的……”我还没说完，利希美呻吟一声说：“有人来酒店袭击了我，我感觉这个人来自莲花养生会所，这个案件和这个会所有着很大的关系，你最好别去那里。如果你去了，最好马上离开，因为……”她干咳几声，我问道：“你受伤了？”

“和我们一起去弃尸岛的曼谷警察……那些警察全死掉了……老板叫我赶紧找到你，然后撤离……”手机信号变得弱起来，利希美的声音断断续续，我刚想回几句，电话已经挂了，难道利希美身边的危险还没有解除吗？我不由得有些担心她，拿出手表看了一眼，居然已经十点钟了，我就在水里泡了一会儿，时间过得如此快吗？居然没有人来提醒我十分钟时间已经到了。我想把衣服穿好再离开这儿去找利希美，美娘从门外钻进来，“你电话打完了吗？咱们可以开始了。”

“开始？”我愣了一下，心里更担心利希美的安危，哪还有心思做泰式按摩。

美娘已经走到我跟前，她伸手把我手里的衣服全部扔掉，紧接着把我拖到门外。美娘是个让人无法抵抗的女人，只要是她的指令，我似乎没有任何违抗的想法。美娘身上飘着阵阵清香，香气撩人，使得我不得不乖乖地跟着她走。

一个阴暗的房间，一个女孩点着一根蜡烛摆在按摩床的床头。我瞥了女孩一眼，女孩的脸孔越看越熟悉，如果我没有记错，她正是大卫的老婆南娜。人妖南娜出现在我面前，我想喊住她，美娘却把我推倒在按摩床上面，南娜已经离开房间。

“我想我得离开了。”我挣扎着起来。

美娘扣住我的双手，“警官，咱们还没有开始呢！你急什么？先把按摩做完再走吧！”她冰冷的双手游移到我的小腹，我想起弃尸岛上那些肚脐眼儿被挖走的尸体，身体一凛，朝美娘问道：“杀人者是你们，对吗？”

美娘把手收回去，“警官，你胡说什么呢？现在是休闲按摩时间不是查案时间。”

我冷笑道：“你们杀了那么多人，难道就不能放过我？”

“我们没有杀人，那个警察自己开枪打死了自己。”美娘淡然一笑。

我呵呵一笑，“你是人妖吗？”

美娘没有回答。

“听说人妖只有 40 年的寿命……”我继续说。

“警官，你别说胡话了，给我安安静静地享受吧！”美娘轻声说着，她拍拍手，一堆女孩从门外走进来，一共八个，八个女孩，赤身裸体，每个人的肩头都文着莲花，她们一字儿站开。我看了一眼美娘，“你这又是什么意思？”话音刚落，那些女孩已经扑到我身上，她们如同疯了一般在我身上不停地舔着，我感到一阵恶心，爆粗骂道："肏，给老子滚开。"我想挥手推开这些如癫如狂的女孩，其中两个女孩牢牢摁着我的手和脚，也不知道是不是"迷魂汤"的缘故，我浑身上下完全使不出任何力气。

"别挣扎了，你已经落入我们手中，要怪就怪你们发现我们会所的弃尸岛。"美娘冷冷地笑着。

"死人妖，你们到底想怎么样？"我又慌又乱，那些人妖此时停下她们疯狂的行为，一个个呆滞地看着我，我怒吼着，她们似乎害怕了。美娘走到我跟前，她狞笑着伸手一把抓住我的下体，完全不知道她想做什么。这时，房门"咯吱"一声被推开，一个女孩冲了进来，她手里抓着一把弯刀，弯刀锐利，见人就砍，她比起之前的女孩更加疯狂，一边砍人一边用泰语骂道："还我老公，还我老公……"我面前的几个女孩被砍伤，她们惨叫着滴着血逃离房间，走得慢的已经被砍伤砍死。我望着砍人的女孩，竟然是南娜。南娜挥刀砍死两个人妖女技师，吓跑了另外六个。房间里只剩下我和美娘、南娜，南娜拿着血淋淋的弯刀对着美娘骂着："我帮你们杀人，你说会放过大卫，你这个臭婆娘，为什么要杀掉大卫？你竟然骗我说大卫不要我了，他回美国了。"

"南娜，你个傻丫头，你以为你能杀得了我吗？你和大卫都是皇后的棋子，皇后要你做啥你就得做啥，哼！你还真以为自己能获得幸福吗？你是个人妖，大卫不过是玩玩你而已，他该死，他就不该喜欢上莲花养生会所的姑娘。"美娘显得很镇定，语气不紧不慢。

"我要杀了你。"南娜挥着弯刀过来，一刀朝美娘的脖子砍过去。

我被这一幕吓坏了，可惜不能动弹，眼看着美娘就要身首异处，血花四溅。当南娜以为自己给大卫报仇的时候，美娘手中不知何时多了一把微型手枪，枪声响，子弹飞。南娜瘫软在地上，子弹射穿了她的心口。南娜捂着流血的心口，那双怨恨的眼神直勾勾盯着我。我彻底怔住了，不知所措。南娜张了张嘴，但她没说什么，眼睛缓缓闭上，死掉了。

美娘呜呜地叫了一声，两个人妖女技师钻进来把南娜的尸体拖了出去。

南娜的尸体被抬走，美娘回头看着我说，“真扫兴，希望没有影响到你。”

“我想我还是走了。”我一刻也不想待在这儿。

“急什么？咱们的服务还没有结束。”美娘说完拍拍手，门外突然轰然一声，一个巨大的身影出现在门口。我听到外面有人传话：“恭迎莲花皇后。”此时，一个庞然大物往房间进来，一个洪亮的男声叫着：“二十八个了，二十八个了……”

“皇后，这是最后一个，希望你能满意。”美娘欠身恭迎着进入房间的大物。

我看向门口，一个肥头大耳的男人脑袋从门外探进来，脸蛋圆圆几乎看不到五官，像是一坨恶心的肉瘤，他的下巴留着一把白色的胡楂儿。我的心如小鹿乱撞，扑通扑通地跳个不停，整个人似乎都快呼吸不了了。随着男人脑袋的出现，一个肥大臃肿的身躯出现在我面前，臃肿的身体坐在一块装着轮子的平板上面，由一堆人妖女技师推动着。

这个女人估计有几百斤重，浑身肥肉，丑态如猪，大家对她恭恭敬敬，我心想这人难道就是传说中的“人妖皇后 ”？人妖之王，人妖之后，人妖群体中的贵族，我从来只是听说而已，第一次见到，这个所谓的“人妖皇后”和想象中的差别太大了，哪里有什么皇后气质、贵族气息？我忐忑不安的时候，人妖皇后已经来到我跟前，肉呼呼的脸突然蠕动起来，随着肥肉蠕动，两片香肠般的血红嘴唇从肥肉里面翻出来，随着红唇抖动，人妖皇后开始说话了，“我要饿死了，赶紧伺候我用餐。”

美娘对推着人妖皇后的那群女技师说：“你们还愣着做什么？赶紧

动手。”

女技师们拿出一堆铁链绳索走到我身前，其中三个女技师开始对我进行抚摩，另外两个女技师则用绳索套住我的脖子。我开始变得兴奋起来，浑身又一次充血。我算是明白过来了，弃尸岛上的死者，包括大卫，估计他们都有着和我一样的经历。我心里暗骂着，这群人妖倒也聪明，他们只对外国游客下手。我身体越来越亢奋，像是吸食兴奋剂一样，完全控制不了自己。当然，比我更兴奋的当属人妖皇后，她整个人已经颤抖起来，随着她身上赘肉抖动的频率越来越大，阴冷的屋子突然变得火热起来，她的赘肉开始冒汗，一颗又一颗豆大汗珠从赘肉上面往下滴，几分钟后，她开始嗷嗷叫，恐怖异常。

人妖皇后越兴奋，那些忙碌着的女技师越卖力，特别是套着我脖子的女技师，她们把绳索越拉越紧，我快要窒息了。人妖皇后嗷嗷叫了一阵子，跟着把肉呼呼的脑袋伸到我的肚腹前，那两瓣血红厚实的嘴唇突然张开，一条又长又尖的红色舌头从她嘴巴里面伸出来。这根舌头突然绽开，像是一把扇子，舌头上面留着一道道白色的黏质液体，看着无比恶心。她的舌头开始在我的小腹舔起来，我的小腹受到刺激，居然不停地滚动起来。

“时间到了。”美娘在一边喊了一句。

女技师们突然停止手中的动作，人妖皇后惨叫一声，她扇子般的舌头突然卷回嘴巴里面。肥猪一般的人妖皇后突然蹦起来，她厚大的身体趴到我双腿之上，那两片恐怖的嘴唇突然吸住我的肚脐眼儿。我已然想象到肚脐眼儿被人妖皇后吸走的场面，慌乱之际，门前一声枪响，我面前的人妖皇后轰然一声翻身倒地，四脚朝天。枪声一来，女技师们吓得从偏门逃跑，门外传来利希美的声音：“你们已经被包围了，束手就擒吧！”

人妖皇后死了，利希美一枪打在她肥嘟嘟的臀部，我还以为这么肉墩墩的人妖，一颗子弹根本伤不着她筋骨，没想到一枪就毙命了。脆弱的人妖皇后死掉后，美娘火冒三丈，她瞪着我，冷笑着说："我们的皇后死了，你们这一辈子都别想安宁。"她说完整理一下身上的睡衣飘然从偏门离开。

利希美冲进来，看到我躺在一张按摩床上面一丝不挂，她惨叫一声，顺手撩起一块毛巾扔给我，"想不到相守宫警官你如此风流不羁。"

"非礼勿视。"我喊着，一边将毛巾盖到身上的重要部位。

利希美发现自己开枪打死的肥硕人妖皇后，"想不到你还是个重口味，佩服，佩服。"

"凶手逃跑了。"我看着房间的偏门说，意思是让利希美去追，可她无动于衷，在房间里面转了一圈后说："就我自己来了，瞧你软趴趴的，我要是走了，你生命受到威胁怎么办？"

"你想得倒也周到，呵呵！"我无语了。

"不然呢？曼谷警察局那帮胆小鬼根本不敢靠近这儿，不过局长答应要查封这家会所，估计以后不会再有什么莲花养生会所了。"利希美说完指着死掉的人妖皇后问："这玩意儿什么来头？"她刚刚问完，肥得流油的人妖皇后也不知道怎么回事？她居然像是泄气的气球一般突然间缩小，变得干瘪瘪的，最后留下一具皮包骨的尸体。

"采阳补阴，呵呵！一群人妖组成的杀戮团以养生会所的名义在这儿养皇后，这种事，曼谷警方肯定不会承认，他们没有包围这儿我也能理解。这算是咱们第一次联手破案，你胆子蛮大的，这次谢谢你了。"我没有想过利希美会来营救自己，她一个人独闯莲花养生会所确实令我刮目相看。利希美却不领情，"少跟我客气，你说的养皇后，这事我没听过，你有兴趣跟我说说吗？"

"皇后都被你一枪毙掉了，还有啥好说的，你能把我弄下来吗？"

我激动地说，泡了一缸“迷魂汤”，我整个人软软的，除了手可以挪动一下，其他部位都是一股麻麻的感觉，特别难受。利希美白了我一眼，“我去帮你把衣服找来。”她说完朝房子外面走去。

过了一阵，利希美才把我的衣服找回来，她把我的衣服重重地摔在我身上，我叫道：“我根本没法穿衣服。”利希美显得很无奈，最后还是帮我把衣服穿上，穿上衣服后，我的身体才有一些舒展度，可以下床稍微走几步。利希美搀着我离开莲花养生会所。来到外面，利希美拿着一个记事本递给我看，我问：“这是什么东西？”

“死亡名单。”利希美说完把记事本递给我。

“在哪儿找的？”我拿过记事本看了一眼，上面一共二十八个名字，包括大卫，包括我的名字，除了名字还有死亡日期。上面有个日期，1995 年 12 月 4 日，从字迹看去，似乎这些名单和死亡日期在 1995 年就写在上面了。1995 年 12 月 4 日，那是我第一次来曼谷的时间。翻到记事本最后一页，上面用泰文写着一行字：“奉天行事，逝者逆生”。

“上面有什么不对劲吗？”利希美问我。

我摇摇头，“会所的人都跑光了，没有皇后，他们以后估计不会再害人。”说完想起美娘最后跟我说的话，心里面涌出一丝不安，日后还会见到美娘吗？想起她杀死南娜的情形，我想我还是不要再遇到这个诡异的人妖。

“你没发现吗？”利希美继续问。

我说：“发现什么？”

“28 个名字里面除了你之外，其余的都有死亡日期。”

“这个有什么奇怪呢？或许人死了之后才会添加日期，我不是还活着吗？”

“你确定死亡日期是后面添加的吗？”

“你到底想说什么呢？”

“我只是想不通你的名字为什么会在上面，1995 年，你那时候在曼谷做什么呢？”利希美问道。

我怔了怔，1995 年 12 月 4 日，我只记得自己在曼谷，那时候我在曼谷做什么？我居然一点儿也想不起来，我伸手敲了敲自己笨拙的脑袋对利希美说：“你想知道吗？”

“中国有句古话，打破砂锅问到底。”利希美说完，正好一辆出租车经过，看到是辆空车，我招手把车拦下钻进车子里面。利希美想跟过来，我迅速地把门关上，利希美敲着车窗骂道：“相守宫，你搞什么？”

“等我哪一天有空了，再给你解释。”我在车里对她喊了一句。她气得直跺脚，恨不能把车窗敲开。我对她做了个鬼脸，看到她气呼呼的样子，心中得意，招手叫司机开车。

曼谷郊外的一个小山坡，随着残缺的记忆，我来到一座坟墓面前。坟墓杂草丛生，也不知道多久没有人打理。我找到墓碑，找来一根树枝把墓碑上面的青苔弄走，墓碑露出一行中文：“相守宫之墓，1995 年 12 月 4 日”。

我打了个冷战，1995 年 12 月 4 日的曼谷，我到底怎么了？

■ 第二章　环形医院

■1　魑

菲律宾克拉克经济特区天使城某个阴暗的小巷子里，一个身穿碎花短裙的女孩拎着一个淡蓝色手袋慢慢地行走着。时间将近深夜 12 点，女孩拐出小巷子朝后面的一条林荫过道快步走进去。由于过道两边种着树，女孩进到里面之后，监视器再没有捕捉到她的画面。时间大概过了十分钟左右，林荫过道出口的地方，一条浑身沾满鲜血的赤裸身躯缓缓地爬出来，并朝路边的监视器招手，不停地挥手，像是在求救。当她的脸转过来越来越清晰的时候，五官似乎被人切掉了，看着极为恐怖。我挥手叫播放这段录像的菲律宾警察唐尼停下播放，利希美伸手在我背后推了一下，低声说："相守宫，你先看完。"

我只好挥手让那个负责播放的警察唐尼继续，利希美比我先到这边，她应该已经把监视器拍下来的作案视频看过了。我盯着视频播放器，由于作案手法太过残忍，心里边难免有些不忍心继续往下看，我得缓口气再看。视频延续刚刚的播放，女孩不停地向监视器挥手，痛苦地求救着。半分钟之后，一条黑色身影出现在女孩身后，他戴着一个鬼神模样的面具，手里拿着一把滴血的弯刀。凶手走到女孩身前，朝监视器看了一眼，一手将女孩血肉模糊的脑袋摁在地上，弯刀伸到女孩脖子下面，只要稍微一用力，女孩立马会身首异处。到了这儿，负责接待我和利希美的克拉克警察局刑警雷蒙德伸手把视频关掉了，他转身看着我说：“相守宫先生，接下来我想你不必看了。”

我点点头，视频最终会如何，不需要想就能知道。雷蒙德把一份资料递给我，“这已经是第十二个女孩了，我们已经把案件定位为连环杀人事件，如果抓不到凶手，我想……”他哽咽了，似乎已经不需要再往下说。我拿过雷蒙德手里的资料翻开看了几眼，“这份资料我先拿回去看看，有什么事再跟你联系。”利希美看到我要告辞，问道：“你没有看法？”我摇摇头，跟着朝警察局外面走去，利希美看着不大高兴，但她还是乖乖地跟着我出来。

克拉克警察局外面，雷蒙德追了出来，他对着我们喊道：“如果你们想去案发现场可以跟我联系，我愿意替两位效劳。”

回到酒店里面，利希美躺在我的床上抱怨着说：“相守宫，你个浑蛋，你说你还是男人吗？你把我一个人和一大堆行李丢在曼谷机场，你不给我一个合理的解释，我这辈子都饶不了你。”我呵呵笑道：“咱们现在不是又在一起了吗？你别乱想了，不就是帮我带点儿行李吗？下次换我行了吧？利希美大小姐，别这么小气好不好？”

“那你大方点儿告诉我你离开莲花养生会所之后去了哪儿？做了什么？”

我犹豫了一下说：“我告诉你，你可不许告诉别人。”

“那当然，保密工作我最在行了。”利希美伸手在嘴巴边上做了一个拉拉链的动作。我干咳一声说：“我去见了一个老朋友。”剩下的我就不提了，利希美感觉自己上当了，骂了一句：“相守宫，你要我吗？你个浑蛋。”她抓起床上的一个枕头朝我砸过来。我躲过枕头后说：“利希美，别忘了咱们是为什么来这儿，快点儿过来帮忙分析这个案子。”

利希美很不情愿地从床上坐起来，她把我的笔记本电脑打开并在上面痴迷地浏览起来。她安安静静的，我也好把手里的案件资料细细看一遍。一共死了12个天使城女孩，年龄在11岁到14岁之间，杀人手法如出一辙，杀人地点位于天使城附近，林荫道、地下道、天桥等，都是一些隐秘地点，女孩们遭到残害之后都会从隐秘地点爬出来向监视器求救，最后被凶手以断头方式杀害，行为无比残忍。看完资料，我痛心无比，这种非人行为一向让我感到厌恶。经过对比研究，凶手每三天作案一次，极为疯狂，刚刚在克拉克警察局看的视频正好是昨晚刚刚拍到的，也就是说，如果不在明后天把凶手找出来，死亡人数将会增加一名女孩。

我深思着，利希美突然叫起来，“克拉克警方似乎隐瞒了一点，这些女孩……女孩们……”我扭头看着大惊小怪的利希美，“你舌头被烫到了？说话利索点儿。”

“你知道天使城这个地方吗？你以前来过这边吗？”利希美问我。我不明白地说：“你到底想说什么？我当然知道天使城是什么地方，娱乐场所呗！”利希美说：“被害人，那些女孩并非普通女孩，而是在天使城打工工作的童妓。”

“童妓？”我问了一声，但我显得很平静，克拉克经济特区天使城，我并非第一次来，对这儿也算熟悉。据联合国调查，这里被誉为柬埔寨之后第二大的童妓场所，天使城是克拉克这座度假城最大的特色之一，无数外国游客喜欢到这里寻欢作乐。造成这一特色的原因还要从美军当年在这里建立空军基地说起，当年美军为了战争把这里建成他们最大的亚洲空军基地。这座美军空军基地建于1903年，三十年代主飞重型轰炸机，“二战”时期曾被日军占领，冷战时期基地处于最繁荣的时间段。1991年皮纳图博火山大爆发，这块繁华地段被火山灰淹没，美国空军撤走，后来菲律宾政府发动群众将这块地方重新挖掘和建设，1993年设立克拉克经济特区，成为菲律宾一座旅游、商业重镇。

克拉克空军基地旁边的“天使城”原是为服务于基地军人而自发形成的一个生活娱乐小镇。会所满街，酒吧林立，最繁荣的时候有五百多家酒吧。美国军队撤走之后，小镇的娱乐业却保留下来，经过不断发展，最终成为当地最为器重的特色产业，每年都会吸引无数的外国游客到来。作为世界上第二大的童妓集中区，天使城是美国失婚老头儿和青年的度假胜地，在中国其实没有什么名气。

我以前去过一次天使城观看菲妹表演比基尼舞蹈，感觉也还可以。利希美看到我沉浸在往事之中，拿起枕头又扔向我，我叫道：“你查到什么？咱们晚上去天使城转转。”

利希美把笔记本电脑递到我跟前，“这12名受害者均来自一个娱乐中心，她们之间也许有什么联系，咱们得把其中的关系理清楚。”

“什么娱乐中心？”我问道。

“天使娱乐中心。”利希美回答。

我低头去看了一眼笔记本电脑，上面是天使娱乐中心的资料，这个娱乐中心属于一个叫朗格拉克的澳洲人，娱乐中心提供最齐全的童妓服务，包括比基尼舞会表演、脱衣舞表演等。我对这个会所印象不大，似乎这是一家最近才开张的娱乐中心。我想了想，看了一下时间，中午一点钟，我想我等不到晚上了。我说咱们得去作案现场走走，特别是昨晚刚刚发现的惨案。利希美点头同意了，我还以为她能陪着我去一趟，没想到她说她刚刚下飞机就赶往克拉克警察局和安排我们所住的酒店，她累得不行，现在只想休息一下。

她找到这么好的借口，我也不想为难她，独自一人离开酒店。

来到夏妮丝被害的那个林荫过道，林荫过道没有一个人，这一带无比偏僻，一路过来看到的均是残屋破房，应该属于旧楼区，很多人都搬走了。

我在林荫过道里面走着，心想着凶手的作案经过，夜深人静，女孩独自归来，凶手藏在路边的树后，看到目标后立马下杀手，从女孩还能爬到监视器下面，可想而知，凶手心理得多变态，女孩遭受的虐待，那种过程如坠地狱。我不忍心再想下去，走出林荫过道，抬头看了一眼那个拍下视频的监视器，这玩意儿感觉是最近才安装上去的。根据雷蒙德给的资料，我突然觉得凶手挺有意思，杀个人还亲自装个摄像头，他到底想诉说什么？复仇吗？我思考着，向一群手无缚鸡之力的童妓复仇什么呢？我绕回林荫道里面，这个地方似乎已经被凶手做出选择了，那么受害者也是凶手选择的吗？我顺着过道往回走的时候，路边一棵大树上突然“咚”的一声掉下一个东西，这玩意儿就掉在我的脚跟前，吓得我急忙后退。

我低头看着，一个干瘪瘪的老头子喝得醉醺醺的从地上爬起来，他打了一个饱嗝儿，整个人摇摇晃晃都快站不住了。我看着这个从路边树上掉下来的老酒鬼笑道：“大叔，你没事吧？”

老酒鬼咧嘴大笑：“我知道杀人凶手是谁。”

“你说什么？”

老酒鬼说着一腔不着调的英文。“我说我知道凶手是谁？我看到他杀人了。”老酒鬼一个踉跄坐到路边，“可惜那些警官都不相信我说的话，他们觉得我喝多了，呵呵……可我昨晚真看到了。”

“你看到凶手杀掉那个女孩？”我惊讶地问着。老酒鬼冷笑道：“何止见到了，我还知道他是谁，你们惹不起，惹不起他……”

“是谁？”我沉声问，老头子的话虽说未必可信，但他说得未必会错，看他喝多了从树上掉下来的样子，没准凶手行凶的时候他就在这儿。老酒鬼呵呵地笑起来，摆摆手说：“我还是不说了，我会被它杀掉。我虽然一把年纪了，可还想多活几年。”

“它？”我更加不解。老酒鬼摇着头说，“你可以去老美留下的空军医院看看，我只能说这么多了，那个地方阴魂不散，你自己小心点儿，听说魖将军就藏在那儿，每到晚上十二点它就会出来杀死一个童女，哎呀！说漏嘴了，死了，死了，我要死了。”老酒鬼说着说着爬了起来，捂着嘴巴快步朝林荫过道外面跑去。他的话把我说得一愣一愣的，“魖将军”到底是个什么玩意儿？我顺着过道离开，到了外面的街上，找了一个公共电话给利希美打电话，利希美估计还在睡觉，她没有接电话。我只好叫了一辆车到天使城的“天使娱乐中心”。

进入娱乐中心，服务员看到我是个亚洲面孔，他挥手叫我离开。经过了解，他们似乎只做欧美人的生意。这点使我觉得可笑，哪有做生意赶客人这种道理。我进不去，只能在门口徘徊着，想方设法想溜进娱乐中心，可惜最终都被识破了。我只好找了个小酒吧喝点儿酒，天快黑的时候，我想离开酒吧，一个十三四岁的女孩突然出现在我身边，她用一口流利的中文问我：“你来自中国吗？”她应该是个华裔女孩，听到汉语，我倍感亲切，微笑道：“对。”

“为什么要进天使娱乐中心呢？”女孩问。

“为什么？我也不知道，我就想去看看。”

“那个地方不喜欢东亚人，你进不去，最近娱乐中心发生了命案，他们更加紧张了，只招待 VIP 客户，散客都不要了。”女孩低声说着。我说：“命案？什么命案？”女孩轻声说：“我告诉你，你可不要说出去，我们的老板来自澳洲，他来天使城做生意，得罪不少本地同行。有人请魖将军来杀我们的老板，魖将军很厉害，三天就来一次。我们老板为了保命，他从大马请来一个鬼王，鬼王为了帮我们老板保命，将魖将军的目标转移，利用娱乐中心的女服务员作为老板的‘替身’误导魖将军。魖将军已经杀掉好几个替死鬼了，那些女孩和我差不多大，她们被鬼王变成我们老板的替身……”女孩说到这儿的时候似乎看到了谁，这个人应该是她很害怕的人，她畏畏缩缩地离开了。

我还想和女孩多交流一会儿，我甚至都没有问清楚她的名字，她就这么溜出去了。我感到遗憾，听女孩口气，她似乎在娱乐中心工作，我又不能进那个地方。为了再次见到女孩，我离开酒吧去给雷蒙德打电话。雷蒙德到的时候，我想让他带我进天使娱乐中心，他却拒绝了，“相守宫先生，我觉得你还是回去休息吧！”

“雷蒙德警官，这个案子牵涉这家娱乐中心，你不知道吗？”我问。

雷蒙德笑道：“知道了又如何？咱们惹不起这些人，老老实实查案就好了。”

“那好，我问你一个事，魑将军是什么东西？”

我的话使得雷蒙德表情震惊，他冷笑道：“想不到你查案查得这么快，听说你是个闲不住的人，看来还真是，魑将军这个事情，你也管不着。如果真是魑将军作案，咱们就是把大罗神仙请来也无济于事。”

“真滑稽，你堂堂一位警察竟然会相信这种鬼话？”

“这不是鬼话。总而言之，天使娱乐中心，我们不能查，我得回去了，有什么事你电话里面跟我说。”雷蒙德很不客气地走掉了。我感到一阵失落，“魑将军”这种东西真有那么恐怖吗？闻者丧胆，见者失色，真搞笑，我回忆起作案者的模样，一身黑衣裳，脸上戴着一个鬼神面具，那个鬼神面具，我似乎有点儿印象，面目狰狞的面具，像是一种古代驱逐鬼怪的傩面具。这种面具有个名字叫“魌”，在我国宋代高承所写的《魌头》中有记载：“宋朝《丧葬令》有方相、魌头之别，皆是其品所当用，而世以四目为方相，两目为魌头。”凶手所戴的面具正好双目，面具造型属于将军面孔，威风凛凛，霸气外露，辟邪镇魔，令人畏惧。如此说来，这个所谓的“魑将军”应该读为“魌将军”，反正我也凌乱了，在菲律宾这种地方，谁会戴着一个中国古老的面具来杀人呢？

带着疑问回到酒店，利希美不知道哪里去了，我去她房门敲门，半天不见她应一声。到了大半夜，利希美喝得醉醺醺地回来，一头栽进我房间，倒头就躺在床上。我走到她跟前，看着她红彤彤的脸蛋，正想问她怎么了，她嚷着说，“我打听到了，打听到了……”

“打听到什么？”我疑惑地问。

“神鬼医院……”

“什么神鬼医院？”我严肃地问一句，利希美已经睡着了。

■ 2　环形迷宫

克拉克美国空军医院在 1991 年火山大爆发后一直被废置，这座规模很大的空军医院一眼看去，荒草丛生，破烂不堪，这一带似乎很少有人出没。我跟着利希美来到这边的时候，已经是来克拉克的第二天晚上，利希美喝得太多了，从第一天晚上一直睡到第二天下午四点半。她这个人能睡，睡着了，雷打不动。我们吃了晚餐之后才找车去克拉克空军医院。说老实话，大晚上跑到这种没有人气的荒废医院，心里多少有些不安。利希美倒不怕，大大咧咧地走着，我感觉她昨晚的酒气还在，平日里她可比谁都胆小怕事。

她所说的“神鬼医院”便是这座美军空军医院，医院这种地方本身就带着灵异气息。那场火山爆发震惊了世界，这所医院在劫难逃。火山大爆发的时候，医院几乎被火山灰淹没，当时在场的人几乎都死在了这儿。因此，这所医院此后不断地传出亡灵事件，很多当地人都曾在这儿撞邪遇鬼。时间久了，这所医院便成了“神鬼医院”，没有人愿意靠近它。哪怕克拉克建立经济特区，也没有哪个老板敢买下这儿。

至于连环凶杀案的凶手怎么会跟这所医院有关，利希美告诉我，被传为凶手的不明物体“魑将军”就藏在这所医院里面。医院死人多，阴气盛行，特别适合魑将军居留。至于魑将军是个什么玩意儿，利希美也打听到了，魑将军是当地一个神鬼法师，火山还没有爆发的时候，他正好在医院里面接受治疗。后来火山爆发，他就死在这里了。听说魑将军生前修炼了一种奇怪的“永生”黑巫术，他曾说就算他的肉体没有了，他也一样能跟活人似的存在。当然，这种话没有人能理解。魑将军是个热爱神秘文化的人，他所学所知的东西均与鬼神有关，死后成灵这种事情深得人心。

医院里面经常闹鬼，很多人都觉得这和魑将军有关。至于魑将军为什么要杀害那么多女孩，据说魑将军死后能被人操纵。如此说来，昨晚在酒吧，那个华裔女孩对我说的话极有可能是真话。有人把已经死了的魑将军请了出来，利用魑将军去对付生意很火的天使娱乐中心，而天使娱乐中心的老板朗格拉克知道有人请魑将军暗杀自己，因此他找来了马来西亚的巫师帮助自己对付魑将军。

马来西亚的巫师估计没啥本事，对付不了魑将军的他只能利用朗格拉克手下的童妓帮朗格拉克抵命。这种事听起来挺玄乎，到底是不是真的，只能由自己亲自来查清楚。我和利希美进入克拉克空军医院里面后，先是在门诊部转了几圈，接着到病房看了几眼，这里静悄悄的，人影都没有一个，窗外传来各种奇怪的鸟叫和虫鸣。

我和利希美小心翼翼地走着，医院里面的东西破烂不堪，蜘蛛网更是随处可见。由于闹鬼事件，医院里面的设备什么的基本都还在，估计因为大家觉得被鬼用过，因此都不敢私自拿走。我跟着利希美从住院处走出来，利希美指着一个指路标对我说：“要不去那儿看看？”

我看向路标，路标上面写着太平间的方向，“你不怕？”

“怕什么？跟着你混，早料到了，我从来都不觉得进入特案组是一件稀松平常的事情。”利希美也不知道是不是喝多了的缘故，第一次看到她的时候，新加入特案组，她满脸的委屈，似乎很不情愿地加入特案组。被派来跟我之后，饱受我的冷落，她曾经多次想过调离。特案组这种组织，成立也有几十年了，一批批的人走了，一批批的人来了，这种不对外公开的组织表面上看着没什么，其实暗地里流传着各种诡异的传说与流言。

利希美被调到特案组的时候，估计也打听过我们这个似有似无的组织，特案组经历的各种离奇诡异案件，诸如印度洋魔鬼海域、越南丛林野人屠村、因纽特人大屠杀事件、北极圈神秘极光杀人、印加地区割头术事件……她肯定知道不少。她分给我的时候，知道我们要负责协助调查东南亚一带的离奇案件，她拿着一本介绍东南亚巫术的书找到我，问我上面的东西是不是真的。那时候我觉得她有点儿可笑，因而对她置之不理，她倒好，没有投诉我，反而安安静静地跟着我往来于东南亚各国。利希美似乎已经开始融入这份奇特的工作，她带头朝太平间方向走去，我叫住她：“等……”

“怎么，你害怕了吗？”利希美带着嘲意对我说。

“你身后有个人。”我指着利希美身后，就在去太平间的道路上，一个身穿白色裙子的小女孩缓缓地移动着。听到我的话，利希美立马扭头，看到那个女孩，她叫道：“你是谁？给我站住。”她的声音震慑到女孩，女孩站住了，她缓缓地把头转过来，她满脸是血，五官好像被人剥掉了。我想起那个视频，利希美已经冲了上去，小女孩突然凄凉地喊道：“不要……不要杀我……”刚刚说完，她就倒在了地上。听到这个声音，我想起了酒吧里遇到的华裔女孩，她怎么会在这儿呢？容不得多想，小女孩身后突然冒出一个黑色的影子，那个影子缓缓靠近女孩，他手里握着一把弯刀，脸上戴着“魑”面具，看来他要将女孩断头，我吼道：“别动，不要伤害那个孩子。”

“嘭”的一声枪响，也不知道子弹从哪里飞过来，子弹打在了黑色身影后面的墙上，虽说没有打中黑色身影却把它吓住了，它一转身朝太平间跑去。利希美已经来到女孩面前，她抱起女孩对我号叫：“怎么办？怎么办？她就要死掉了。”

我赶过来的时候，后面突然涌出一群菲律宾警察，他们其中一批人追着那个黑色身影，指挥官雷蒙德带着另外一批人围住我们，看到我和利希美在这儿，雷蒙德火冒三丈，“我们差一点点就成功了，都怪你们，这次放它跑了，下次就没有那么容易了。”

“我不明白你说什么。”我对着雷蒙德说完，利希美指着怀里的女孩说：“快叫救护车。”

雷蒙德回头看了一眼五官被剃掉的女孩，他朝对讲机说了几句。不一会儿，几个医生冲进来把女孩带走了。利希美显得很生气，她抓着雷蒙德的衣领说：“这到底怎么回事？”

“那是个诱饵。”雷蒙德淡淡地说。

“诱饵？你们把一个女孩拿来做诱饵？”利希美骂着。

“我们也是没有办法，这是我们和天使娱乐中心商量之后唯一的办法。”雷蒙德解释着。我大概明白了，难怪他不让我进入天使娱乐中心，他一早就跟朗格拉克他们协商好了。朗格拉克知道自己遇到了危险，他愿意奉献诱饵协助警察局办案。对于他手下的童妓，估计还不如他的一条狗。我问雷蒙德：“雷蒙德警官，你要跟我说清楚，这不是唯一的一次诱饵？”

“这不是唯一的一次，已经是第五个女孩诱饵了，为了抓住他，包括这一次，我们将不惜一切代价。”雷蒙德冷冷地说：“这也不是我们第一次来这儿，五个女孩，我们追了他五次。前面四次，我们都追到了这儿，他躲起来了，我们派人去追缉，可惜……呵呵……”

“你拿人的命来玩儿，你还好意思笑！”利希美怒骂着。

雷蒙德苦笑着说：“拿人的命来玩儿，你以为我愿意吗？四次追缉，我们一共二十一位警官有去无回，现在是死是活都不知道，你们难道还不知道我们的对手是什么呢？”

“魑将军？胡说八道，这无非是一个戴着面具的变态杀人犯……”利希美说着。

雷蒙德冷笑着说：“你们不是菲律宾公民，你们不会明白的。”

“那你打算怎么做呢？魑将军已经被你们引出来了。”我问雷蒙德。

雷蒙德骂道：“老子今天掘地三尺也要把魑将军找出来。”他说完带着人追向太平间。利希美扭头看着我说：“相守宫，这事你管不管？”

“雷蒙德的做法我们管不了，但是我能把凶手找出来。”我说完，一个身穿西装的中年男人带着一位法师走了进来，他对我说：“你们都不是魑将军的对手，别再白白送命了。”看得出来，这人就是天使娱乐中心的大老板朗格拉克。我没有理会他，带着利希美朝太平间方向走去。朗格拉克叫住我说：“相守宫警官，我知道你很厉害，可人怎么能跟鬼魂斗呢？”

朗格拉克居然认识我，我停下来，利希美朝朗格拉克骂道：“为了自己的命，那么多人给你陪葬，你满意了吗？王八蛋，要是在我的国家，你已经死一千次了。”

“美女警官，你别急，这事因我而起，我自然不会不闻不问，我身边这位高人今晚就会把魑将军给收拾掉。”朗格拉克说完带着他的法师先我们一步走进太平间。利希美怒不可遏，骂了一句：“人渣”。我对利希美笑道：“这种人，你别理他，不是有句话吗？恶有恶报，善有善报。那些替他抵命的女孩们不会白白死掉的。”

“走，咱们去瞧瞧，我倒要看看他们想搞什么把戏。”利希美说完迈着大步向太平间走去。我跟在利希美后面，进入太平间，太平间属于地下二层，阴暗阴凉，一排排的停尸床，一张张白色的裹尸布，幽幽的氛围使人不寒而栗。我们走了一会儿，前面才出现一点儿火光。我们走向火光，火光是两根蜡烛，朗格拉克得意扬扬地站着，他的法师正在念咒作法。雷蒙德他们不知道哪里去了，看到我们过来，朗格拉克笑道：“对付鬼魂，一杆枪两颗子弹是不够的。”他说完，太平间突然传来一阵“咯吱咯吱”的响声，我回头看了一眼，那些一排排放置的停尸床居然在震动，停尸床上面似乎摆着什么，看着像是尸体。我做了一个深呼吸，利希美抓着我的手问：“难不成这儿还留着尸体？”

咯吱咯吱，停尸床不停地抖动，停尸床上面用白布裹着的尸体突然发出一阵阵喘息，像是一头狂奔十几公里的老牛。尸体在喘气，我们听得瑟瑟发抖。朗格拉克喊着法师，“快去瞧瞧，快去瞧瞧怎么回事？”法师胆子也大，他快步朝一张停尸床跑过去。在停尸床边上，他嘴巴紧声念着咒语，伸手去扯裹尸布，结果尸体一声咆哮突然挺起身来一把抱住法师，两者倒在地上纠缠成为一团。

朗格拉克看到自己的法师完蛋了，吓得赶紧往外跑。利希美看着我，我拉着她退到蜡烛附近，我摘下蜡烛发现两根蜡烛前面有一个洞口，洞口里面还有一条阶梯，难道太平间下面还有一层吗？咯吱咯吱，太平间的停尸床抖动得越来越厉害，躺在上面的尸体突然站起来，它们像是电影里面的僵尸，站起来之后，它们挥手把将自己包裹得严严实实的裹尸布扯掉。它们痛苦地叫着，看到我和利希美后发疯地朝我们俩跑过来，等它们靠近的时候，火光照耀，我看到了它们的脸孔，居然是雷蒙德一伙人，他们如同中邪一般丧尸状扭动。

“雷蒙德警官他们怎么了？”利希美忍不住叫出来。

我拉着利希美钻进了那个洞，顺着石阶快步往下走。进入地洞之后，里面是一条延伸的过道，过道三米多高，两米多宽，通道滑亮，干干净净。我们顺着过道往里面走去。走了十几分钟，利希美叫道：“有血腥味。”她弯下身子，我把烛光递过去，果然，过道的地面上滴着血，血一路滴着往过道深处去。看来这条过道有人走过，仔细研究血迹，血迹有新有旧，我有种不祥的预感，利希美似乎也想到了，她说：“没准那个魑将军就躲在这儿。”

“小心点儿吧！”我举起蜡烛带着利希美继续往前走，凶手杀人如麻，地道阴暗无比，明枪易躲，暗箭难防，如果被袭击，我们俩估计会死得很惨。我们小心翼翼地走着，大概半个小时之后，我们别说遇到凶手了，就是一只老鼠、蟑螂也没遇到，反而是嗅到了一股肉香。利希美奇怪地问：“这儿怎么会有肉香味呢？这味道浓郁无比，东西肯定很美味的。”

“你就知道馋，咱们在这儿转了那么久，氧气不足，你产生幻觉了。”我刚说完，利希美叫道：“不对，不对。”

“怎么不对了？”我问完也觉得不对了，我们似乎又回到了原来的地方。那个石阶，我记得我们就是从这里往地道里面走去，怎么又走回来了呢？我看着那个石阶，望着石阶上面的洞口，上面就是太平间了，发疯的雷蒙德等人正在那儿等着我们吗？我把手里的蜡烛递给利希美后快步顺着石阶上去，上面果然是我们进来的太平间，只是雷蒙德等人不见了。我钻回地洞里面，利希美问我：“怎么样了？雷蒙德他们还在吗？”

我摇摇头，利希美说，“那我们走吧！离开这个鬼地方”

我说：“不，咱们再走一遍。”

利希美骂道：“你疯了？”

“这儿有古怪，我一定要查个清楚。”我把利希美手里的蜡烛拿过来，蜡烛快没了，我把她手机借过来，“你要是害怕，你先回去。”

“行，我先跑了，你好自为之。”利希美太不讲义气了，我的意思是她完全可以陪我一起查案，她居然真的走了，“蹭蹭”几下就顺着石阶往太平间去了。

我拿着蜡烛往地洞里面走，走到蜡烛熄灭的时候，我的脚下似乎碰到了什么东西，像是一只手。我把利希美的手机拿出来，打开手机的手电筒功能往地上一照。果然，我踩到了一只手，一只肉呼呼的手。我顺着手照过去，是个胖子警官，他好像晕倒了，在他身后还有几个警官，他们躺成一堆，我检查了一下，他们都没有死，均处于休克状态。我叹了一口气，继续往地洞里面走，走了一阵子，我又闻到了一阵肉香味，这里面似乎有个厨房，厨房里面有个手艺超级好的厨师正在烹饪。嗅着味道，我突然有点儿饿了，顺着肉香味走着，也不知道走了多久，我脚底滑了一下，也不知道怎么回事整个人突然滑落，像是坐过山车，“嘭”的一声，几分钟后，我重重地摔在地上。等我晃着手机光芒站起来的时候发现地上躺着好几个人，这几个人正是之前看到的那个胖子警官和他小伙伴。

“怎么又回来了？”我拍了拍脑袋想让自己清醒一点儿，前面传来一个脆生生的女孩声，“警官，你跟我来吧！”

我愣了一下，把手机电筒朝前面打去，一个穿着白裙子的小女孩出现在地洞前面。

“怎么是你？”我诧异地问。

小女孩已经转身往地洞里面走去。

我顿了顿，最后还是追了上去。

■ 3　人体指南针

小女孩正是我在酒吧喝酒的时候遇到的华裔女孩，她的出现让我有些匪夷所思，她怎么会在这儿呢？那个脸上五官被剃掉的女孩又是谁？

难道我听错声音了吗？女孩沉默地走着，我沉默地跟着。女孩她看着好像湿淋淋的，她的裙子和头发都湿透了，像是一只落汤鸡。那一刻我也不知道怎么了，心中很多疑问却张不开嘴巴问一句。

在地道里面走了差不多二十分钟，这段路特别的长，我都快不耐烦了。继续往前走的时候，不知道什么东西突然绊了我一下，我低头一看，一只肥胖的手突然抓着我的脚踝。我有些无语了，我们又回到了原地，那个胖子警察所在的地方。女孩回过头来看着满脸疑问的我，“这里是环形迷宫，无论你怎么走你都会回到原地，你想离开这儿，你得好好跟着我，知道吗？”

我点点头，但我完全不明白她在说什么，克拉克空军医院下面有一个迷宫吗？大概是这个意思，竟然是迷宫，我感到有些恐惧，这么说，我走不出去了吗？要困死于此吗？我为利希美感到庆幸，她运气毕竟好。我愁眉苦脸地对女孩说：“你是谁？你怎么会在环形迷宫这里呢？”

“我叫阿冰，我就住这儿。”女孩爽朗地回答。

我问：“你怎么湿湿的呢？”

“我受到了惩罚，但我逃了出来，你来这儿做什么呢？查案吗？我带你回去吧！以后不要再来了，因为他会杀掉你。”女孩说着，我隐约感觉到她认识凶手，顿时笑道：“没事，凶手杀死那么多人，我不能再让他杀人了，每个人都有安排自己这条命的权利，谁都无法去剥夺别人活下去的权利。你说你住在这儿，这儿不是没人住吗？”利希美突然“嘘”了一声，她叫我蹲下。我蹲下后，她也蹲下来，前面传来一阵肉香，我想凑着手机手电筒看清楚点儿，她却把我的手机收缴并关掉手机手电筒。此时，前面突然传来一堆脚步声，一大群人挥着油灯、蜡烛、火把似乎在找着什么。不一会儿，我听到一个妇女喊着，“阿冰，你回来吧！妈妈不惩罚你了。”我扭头看着身前的阿冰低声问她：“那是你妈妈吗？”

我没有想到地道下面居然住着人，听着脚步声，人数还不少。阿冰轻声说："我回不去了，因为我不听话，悄悄往外跑，妈妈她罚我泡在水里，我忍受不了，又逃出去了，我不想再回去了。"

"那可是你妈妈，你忍心吗？"

"忍心吗？我不懂，反正我回不去了。"阿冰说到这儿的时候，前面的人已经散开了。我好想帮阿冰回答一下她妈妈，但她似乎没有这种想法，我也懒得管了。等地道里的人散去，阿冰站了起来，她打开手机手电筒照射我的脸说："你想抓到凶手吗？"

"看样子很难。"我无奈地说，我现在属于泥菩萨过河——自身难保，哪里还有想法抓魑将军呢？先搞清楚这座环形迷宫再说。阿冰似乎对这座迷宫很熟悉，刚刚那些人也可以在迷宫里面行动自如，看来这座迷宫还不至于把人困死，想到这里，心里不由得安慰一些。我沉默了一下后问阿冰："你能帮我吗？帮我把那个杀人犯抓出来，我知道他不是什么魑将军这类的妖魔鬼怪，你认识他，对吗？他就在这座地宫里面，对吗？"

"他叫阿奇，不过他已经不和我们一起住了，他从小到大都是独来独往，他有个妹妹叫阿丽，半年前死掉了，我和他一起去找阿丽，我们最后只找到阿丽的尸体。"阿冰说着说着泪水汪汪，看样子她和那个叫阿丽的女孩关系还不错。我没有问阿丽是怎么死掉的，我知道这将会是一个很悲伤的故事。阿冰带着我往前走，她告诉我，她们住在地宫里面已经有几十年了，在外面，她们被称为S族人，意思为Susliks，她们从来不会跟外界往来，一直深居于地宫之中，这座迷宫是她们最大的保护屏障，没人能随便进出这儿。她们最早的一批人是在"二战"时期入住迷宫的。"二战"的时候，日军攻入克拉克，美军让出这个军事基地，日本人手段残忍，他们残害当地居民，一个美国军官为了保护S族人，他让S族人藏到了迷宫里面。久而久之，S族人为求安稳，自力更生，自给自足，不再与外界接触。对于阿冰这个族群，这事确实令我惊讶，想不到这座空军医院下面竟然生活着这么一个族群。想到这儿，我也总算明白为什么火山爆发之后，这座医院传出那么多的鬼怪事件。

“我们一定可以找到阿奇。”阿冰说完蹲下身子。

我凑过去看了一眼，她的前面摆着一只断臂，断臂的方向指着右边的一堵墙，断臂已经腐烂了，臭气熏天。我捏着鼻子问阿冰，“这是什么？你真的能带我找到阿奇吗？”

“阿奇为了给自己认路，他把人的手臂放在这儿。”阿冰说完走到断臂所指的那堵墙面前，她轻轻一按，墙壁自动打开，里面出现一条幽暗的隧道。阿冰走进了隧道，我跟进去问道：“阿奇为什么要这么做呢？”

“因为阿丽，他们杀死了阿丽。”阿冰怒狠狠地说。

“谁杀死阿丽？天使娱乐中心的人吗？那群女孩吗？”我问着，阿冰没有再说什么，她继续往前走，走到一个角落那儿，她又蹲下去。我过来一看，角落那儿摆着一条人腿，人腿指着右边的墙壁。阿冰利用同样的方法使得人腿所指向的墙壁打开。我跟着阿冰进入新的隧道，我完全没有想到这座迷宫还能这么玩儿，如果没有阿冰，我想我肯定会被困死在这儿，哪怕不被困死，也会像那些鲁莽追着阿奇进入这座迷宫的警察一样完全休克。

“那些人逼着阿丽去招待客人，他们真该死。”阿冰继续骂着。

“原来如此，阿奇在复仇，对吗？可是他为什么戴着魋头面具呢？”我问着，阿冰没有回答我。她指着前面说：“那边有人。”我看过去，就着微弱的光芒我看到前边躺着几个人，他们都穿着警察制服，我本以为又回到胖子警察那儿，走近一看才知道是另外一批追进来的警察。阿冰叹了一口气说：“他们都中了阿奇的诡计，我没法救他们，对不起。”阿冰看来还蛮善良的，我低声说：“没关系，等我出去了再叫人来……”

“不，你不能叫人来这儿。”

“好，我知道了。”我听得出她所担心的东西，这儿是她的家园，一个神秘家园。

“你是中国人吗？”阿冰继续往前走。

“对，你呢？你怎么会说一口那么流利的汉语？”我很好奇这一点，阿冰笑道：“我以前也认识一个中国人，她对我挺好的。你知道吗？我们在地下待久了就会想逃到外面去看看，有一次，我遇到了她，她是个游客，她发现我躺在路边，又冷又饿，她接纳了我，带着我一起旅行并教会我说汉语，她知道我的事情后想把我接到中国，我没有答应。”

“哦，原来这样子。”

“她很温柔也很善良，阿丽就没有我这么好运气了，她遇人不淑，交到了坏朋友，那几个女孩把她给带走了，带着她去做和她们一样的工作，就在天使娱乐中心那里，阿丽她什么都不会、什么都不懂，她哪里肯呢？饱受凌辱的她最后杀死了自己。阿奇知道这个事情后，他很愤怒，带着我去给阿丽报仇，结果我们俩被揍了一顿，我还被他们抓走了，他们想要我给他们赚钱，我哪里肯，他们把我关在一个小房子里面，如果没有她们的帮忙，我想我应该跟阿丽一样……”阿冰说到这儿的时候说不下去了，她正偷偷地抹泪水，“救我的她们，她们也在天使娱乐中心做那种活儿，但她们是被逼的，她们知道这种痛苦，所以给我帮助，可惜……可惜阿奇他疯了……唉……我得阻止阿奇。”

“阿奇把她们杀了？”我问道。

“那些人把我的恩人当作诱饵引阿奇出现，阿奇他……”阿冰说到这儿，她蹲了下去，地面上放着一颗血淋淋的人头，人头对着左边的一堵墙，这个人头已经腐烂了，嘴巴里面衔着一枚菲律宾警徽，看样子是一位警官。阿冰往左边移动，她弄开了墙壁然后钻进去，我跟进去后，她“嘘”了一声，跟着晃了晃手机，我看到墙壁后面堆着一座人墙，他们一个堆在一个上面，表情惊讶夸张，像是被什么东西吓到了一样，怪诞而恐怖，又像是搞行为艺术。阿冰上去查看了一下，说：“都死掉了，看来阿奇就在附近。”

我默默地数了数人墙，大概有十来个警察，他们能追到这儿来算不错了。阿冰继续往前走，我继续跟着，阿冰回头跟我说：“你们会怎么处置阿奇呢？”

“你说呢？”我反问一句。

阿冰摇摇头，“我不知道。”

“没事，你只要帮我找到魑将军阿奇就好了，剩下的交给我吧！欠债还钱，杀人偿命，阿奇要为他所做的一切付出代价。阿丽的死我很遗憾，我知道你很不甘心，如果放纵阿奇，那得死多少人呢？”我说完，阿冰把手机交给我，她指着地上的一根被切出来的手臂说：“阿奇就在前面，我只能帮你到这儿了。”我顺着手臂指着的方向看去，前面是一条很深的地道，魑将军阿奇就在前面吗？阿冰转身往来的地道走去。

“你要走了？”我叫住她，她一边离去一边说：“我没法面对阿奇。”

我没有再说什么，为了抓捕凶手，只能豁出去了。快步朝断手指着的地道跑过去，为了让自己的胆子大一些，我喊道：“阿奇，你出来，我知道你在这儿。”我的菲律宾语还算及格，喊了几声，跑了一段，前面出现了一盏灯火和一个石室。石室里面有个人正在呜呜痛哭，他在不停地自责，“我杀了她，我居然杀了她……”我慢慢地靠过去，石室里面坐着一个矮小的身影，他哭泣着，自怨自艾，看着很悲伤。我走进石室里面，他突然被惊动，手里抓着的一把弯刀朝我砍过来，我吓了一跳，转身躲开，看到他脸上魃头面具，我喊道：“阿奇，等一等，你杀掉我又能如何呢？阿丽她回不来了。”

“谁告诉你的？”阿奇停止对我的攻击，“谁把你带来的？你怎么找到我？”

他看着很愤怒、很火爆，我伸手叫他冷静，“阿冰，阿冰她带我来的。”

“呵呵，她在哪儿？你别骗我。”

“她走了，阿奇。你已经杀了那么多人，害你妹妹的人已经得到应有的报应，你不要再滥杀无辜，跟我回去自首吧！”我一边说着一边打量着阿奇，阿奇个子不高、皮肤黝黑，穿着一件黑色衣服，戴着一张魌头面具。我的话使得阿奇沉默了一会，跟着阿奇爆发了，他像是一头猛虎般将我扑倒在地，我喊道：“阿奇，何必呢？我既然已经找到你了，别人很快也会来到这儿，你逃不掉的。”阿奇松开我，“你懂什么？你什么都不懂，呵呵！”他伸手把脸上的魌头面具摘下来，他的脸很白，我不能相信的是他的脸上居然长着五个眼睛，额头一个眼睛，眼睛的部位，左边两个，右边两个，两两相连，我听说过长着双瞳孔的人，双瞳孔的人只有两个眼睛，阿奇却有五个眼睛，难不成他患上了异目症？五颗眼珠子一起转动着，看得我一身鸡皮疙瘩，“你怎么会这样子？”

“可笑吗？”阿奇蹲在我面前，他五只眼睛骨碌骨碌转动着审视着我，五颗眼珠子来回上下转动着，“你是警察吗？你懂我的痛苦吗？我不是为了阿丽杀人，我是为自己杀人，我是个怪胎，怪胎杀人而已，这不是给阿丽复仇，这是为了活命。”

“活命？”我爬起来靠着墙壁坐着。阿奇把手里的魌头面具戴上并笑着说：“没有人知道我的痛苦，哪怕是阿丽和阿冰，我从小到大都戴着这个面具，我阿妈说，这个面具可以使我恢复两个眼睛，只要我一直戴着，我的眼睛就能跟正常人一样。”

“你妈妈她……”

“她是个中国人，还是个女巫，也许因为她是女巫，我被诅咒了，我彻底被诅咒了，她造的孽，我来承受，我不甘心，你说这凭什么？凭什么呢？我的眼睛，一开始还没什么，自从阿丽出事之后，我的眼睛就不行了，视力开始变得模糊，路都看不清了，我就要变成一个瞎子了，那时候好想死掉算了。”阿奇痛苦地说着。

“所以你要杀人，要吃掉别人的眼睛……”我说着，阿奇哈哈大笑，“不，我不会吃掉她们的眼睛，我有那么恶心吗？”他说完摘下魑头面具，伸出一只手指把额头上面那只眼睛的黑珠子扔到地上，他另一只手伸进口袋里面拿出一颗眼珠子塞进了额头上那只空洞里面。眼珠子塞进空洞的眼睛内，看着毫无违和感。但是，死眼与活眼始终不同，死掉的眼睛终究还是见不到半点儿光明。阿奇的内心完全扭曲了，因为自己患上了异目症，所以才生出剥夺他人眼睛的邪念。

我看着，心里面涌出一阵阵寒意，阿奇突然跑到我跟前，他看着我的双眼，“你的眼睛和普通人的不一样，它是我的了。”说完伸手就要来抠我的双眼。

我吓得躲开，“你疯了。”

我往石室外面跑去，阿奇追出来，“有了你的眼睛，我就能恢复了，我要做个普通人，我不要做怪物。”

我不熟悉这座地宫，跑了没多久便被一具尸体给绊倒了。倒地之后刚刚想爬起来，阿奇已经追到我跟前，他伸手将我摁在地上，阴恻恻地笑着。我骂道：“滚开，从我身上滚开。”

阿奇哪里肯放过我，他在我鼻底下面轻轻一抹，一股辛辣刺鼻的味道涌进我的鼻孔，我感到一阵晕眩，脑海里面频频出现胖子警察他们那种休克状态。我身体变得软软的，呼吸都快透不出气来，感觉也越来越弱，阿奇的手指已经摁在我的眼皮上面，他的手指冰凉冰凉的。

“相守宫……”我耳边传来利希美的声音，“嘭”的一声枪声，我晕了过去。

我醒过来的时候躺在克拉克的一家医院里面，看到我醒过来，利希美嘻嘻笑道：“你还好吗？”

我点点头，脑袋虽然有些疼，但我知道我还活着。利希美接着说：“克拉克警察局派去抓魑将军的警察都救回来了，那个怪物死掉了，这个案子归入绝密档案。对了，那个女孩，你还记得吗？我们在克拉克空军医院遇到的那个女孩。”我点点头，利希美继续说：“她叫阿冰，天使娱乐中心的童妓，她被他们当作诱饵，可惜她最后……最后还是死掉了。”

“她叫阿冰？”我愣了一下。

“这是她的照片，我从她身上找到的，很甜美的一个女孩，可惜了。”利希美说完从她的包包里面掏出一张彩色照片递给我。我拿过照片看了一眼，照片上面的人确实是阿冰。我把照片盖住，“不可能，这绝对不可能，她还活着，你一定是搞错了。”

“怎么？你认识她？”利希美觉得我不对劲，问道。

我再看一遍照片和利希美一本正经的样子，叹了一口气说：“似曾相识。”

利希美又拿出一张照片，照片上是两个天真可爱的小女孩，小女孩长得一模一样，应该是一对同卵双胞胎。我仔细地看了几眼，伸手指着左边的小女孩说：“这是阿冰？”

利希美点点头。

“另外一个是？”

“那是阿冰的双胞胎妹妹阿霜。”

看着照片内两个可人的小女孩，我释怀了，原来在地宫内为我带路的并非死掉的阿冰而是她妹妹阿霜。只是她为何要称自己为“阿冰”呢？算了，不管了，每个人都有她不可告人的秘密，我又何必去深究？惹一身麻烦。

时间静止在2014年6月7日，因为曼谷郊外有写着我名字的墓碑，我翻查大量资料，结果找不到任何有用的信息。在我迷惘之际，一条神秘短信进入我的手机，“想要知道你的死亡真相，你跟着我的提示去菲律宾寻找‘萝’”。加上“环形迷宫”的案子，我向总部申请去一趟菲律宾，一面调查“环形迷宫”血案，一面寻找知道我死亡真相的“萝”。然而，我从曼谷来到菲律宾克拉克经济特区寻找答案，案子破了，却没有找到“萝”。

■ 第三章　湄公龙迹

■ 1　恶龙升天

一对美国夫妇坐着一艘小船缓缓地在湄公河上游走着，对于第一次到曼谷游玩的他们俩来说，这一次夜游即将会让他们铭记一辈子，因为半个小时之后，一团火球掀翻了小船，夫妻俩险些被烧死。湄公河里面吐出火球，这事鲜见，那天晚上，我和利希美正好在河岸上散步。一团巨大的火焰从河里冒出来，火焰气势庞大，扰得河面附近的夜游小舟一一惊倒。

河岸上的外国游客们，包括我和利希美均是目瞪口呆。曼谷人却显得很淡定，他们从容地朝火球跪拜，似乎在祈祷着什么。我后来问了一个曼谷警察，这个警察告诉我，火球是那伽喷出来的。至于那伽，它身形很长，如同蛇一般，在曼谷人心里，它是守卫湄公河的河神。据说，那伽曾是一条无恶不作祸害两岸百姓的恶龙，它经常从河里飞出来滋扰百姓，这事被佛祖知道了，佛祖最终将它给收服，那伽请求佛祖给它一个机会，佛祖让它遁入空门。

泰国有一个名为解夏节的节日，这个节日是为了庆祝佛祖闭关修行三个月后出关而设立。这一天，泰国人会聚集在河边为佛祖庆祝。那伽自然也会跑来凑凑热闹，它从河里面吐出一颗又一颗的火球表示对佛祖的视觉。因此湄公河有了"龙吐火珠"的传说，这种现象在泰国并不多见，只有少数的渔民曾见过所谓的"龙吐火珠"。我没有想到自己能亲眼见到，那伽所吐出来的火球也比我想象中的要大得多，火球冒出水面后，迅速飞入空中，燃烧一分钟左右便熄灭。听到我提起火球的时候，那个曼谷警察说我太幸运了，凡是见过火球的人一辈子都会走运。我倒不觉得自己能多走运，干我们这种工作的能有几个走运的呢？工作的时候，我总能听到谁谁谁在金三角卧底的时候被枪杀，谁谁谁在追捕刑事重犯的时候被捅死。

"照这么说，河里真的有龙吗？"我把我打听来的消息告诉利希美后，利希美满脸疑问。我只是苦笑，这个世界上真的有龙吗？我反问一句："你觉得呢？"

"我听说过，我们国家东北不是曾经有人抓到过龙吗？还有，前段时间西南大旱，有一条河流干枯死掉了，结果河底出现了一条龙尸。对了，在美军档案里面，不知道你有没有印象？二十世纪七十年代，越战时期，美军曾在湄公河里面抓到过一条龙，当时还有照片为证，我还看过这张照片。据说美军当时杀死了这条龙，后来有份参与抓捕龙的美军士兵一个接着一个发生意外。他们都说这是龙的复仇，喂，相守宫，你到底清不清楚？"利希美喋喋不休。

我叹了一声说："你这些都是道听途说，你亲眼瞧见了吗？"

"那倒没有，可是我们亲眼看到了龙吐珠。"利希美还想狡辩。

"湄公河里真有龙，说不定咱们都被它给吃掉了，你以为龙都是好好先生吗？"我说完，利希美嘟着嘴说："那你告诉我，湄公河里如果没有龙，那它为什么能吐出火球。"

这个我倒是无法解释了，这种问题有点儿无聊，不过，我倒是听说过一种说法，湄公河之所以能吐出火球，那是因为湄公河河里经常有尸体漂流，无论是人畜，他们的尸体沉在河底，时间久了，尸体腐烂发出一种奇怪的尸气，这种气味慢慢地从河里冒出来，气味离开河面后遇到空气，经过与空气摩擦，擦出火花，火花爆裂成为火球。比起什么龙吐珠什么的，这个更科学一点儿，虽说听上去也不怎么靠谱。我和利希美聊天的时候，总部来了一个电话，他们叫我和利希美去一个名为廊曼村的地方去一趟。

廊曼村位于曼谷北面，湄公河正好流经这个村子，村子不大，住着几百个人。这儿有些偏远，前不着村后不着店，孤零零地坐落在河边。村子里的人大多以在湄公河上捕鱼为生，家家户户都有自己的渔船和捕鱼工具。我和利希美来到这儿的时候，阳光明媚，晒得我们俩汗流浃背。除了热，林子里面大如黄豆的蚊子扰得我们俩叫苦不已。廊曼村的村长接待了我们俩，喝了口茶水后，廊曼村村长跟我们说起案子的经过。

今天上午，廊曼村村口，廊曼村的青年们正准备坐船出去捕鱼，谁知道河水突然滚动起来。河浪滔天，轰轰咆哮，像是地震一般。村子里所有的人，不管男女老少都害怕不已。河水如同开水般沸腾了十来分钟，一条形状如同龙一般的东西从河里冒出来，这个东西张着血盆大嘴把河上站在渔船中等待出去捕鱼的渔民给吞掉了。这一幕，村长想起来依然感到害怕，他握紧拳头，嘴巴里面破骂不断。至于那个吃人的怪物，它吃掉人之后飞入天空，最后消失在了云端。利希美听完看了我一眼，我微微一笑，意思是让她淡定。我知道利希美对于这种事不大相信，但我又不能让她去质疑村长。村长说完之后老泪纵横，其实这事他已经跟当地的警察报告过一次了。为了说服我和利希美，村长带着我们俩来到村子的河岸码头，这边已经狼藉一片，大小渔船都被掀翻了，一些侥幸逃生的渔民正在修补自己的渔船。

“那是一条恶龙，我看得清清楚楚，龙神那伽，它要毁掉村子。”

村长指着崩坏的码头激动地说："那伽愤怒了，它不会放过我们，它一定会把我们全部杀掉才甘心。"

我和利希美都不知道他想说什么，村长悲恸不已，似乎已经呆滞了。我跟村长说，我们想自己在现场勘查一下，他同意了。村长回去给死去的渔民主持葬礼，我和利希美则绕着码头走。利希美对我说："你觉得这事真的还是假的？"我不知道怎么回答才好，村长说得生动无比，犯罪现场也狼狈无比，看着又不像是人为。但是恶龙杀人的说法又太无厘头，我只能保持沉默。这个村子，沉寂无比，感觉像是在酝酿着什么，也许这儿还会有奇怪的事情发生。我告诉利希美，我打算在这儿住一晚上。利希美彻底愣住了，要知道这儿的蚊子凶残得很，她一个美人胚子只怕已经撑不住了。我们在码头上走着的时候，利希美不停地劝说我离开，改天再来看看。我没有理会她，她说得口干舌燥，我无动于衷，最终她答应留下来。

"这是一枚鳞片吗？"我在码头上面见到一粒鱼鳞状的鳞片，鳞片呈青铜色，拇指大小，像是一枚扇面小贝壳。利希美凑过来问："龙鳞吗？难道真的有龙吗？村长没有骗人吗？"我干咳一声，仔细打量着这枚鳞片，鳞片好像也没有什么奇怪的地方，不知道是鱼鳞还是蛇鳞，我把它收起来后说："如果真有吃人的龙，你怕不怕？"

"怕什么？我才不怕。"利希美冷哼一声说。

"不怕就好。"我说完回头朝村子走去。

回到村子里面，村长还在帮忙给死去的人办葬礼，我和利希美都没有打搅他，反倒是他看到我们俩就那么站着，一直没有离开，他客气地过来问了几句，知道我们要住一晚上，他笑呵呵地叫他女儿扎玲鹏招待我们俩。

扎玲鹏二十岁出头，个头很矮，皮肤黝黑，看着挺彪悍，但是举止特别温柔，她把我和利希美带回她家，接着给我们弄了一些糕点和茶水。坐下来后，利希美问她："你结婚了吗？"扎玲鹏摇摇头，她显得有点儿害羞。利希美笑道："还在读书吗？"扎玲鹏还是摇头，利希美问："那你平时都做什么呢？"扎玲鹏挠挠头说："也没做什么，帮忙做做家务。"

"那你有没有想过嫁人？你年纪也不小了，村里边没有心仪的小伙子吗？"利希美说到这儿，扎玲鹏眼睛湿了，"他被恶龙吃掉了。"也许她真的太伤心了，哽咽地说着，说完之后呜呜痛哭。利希美坐到她身边搂着她安慰她说："想不到会这样子，对不起，我不该问这种问题，你别伤心了，节哀顺变吧！我想你喜欢的人也不愿意看到你哭花了的样子。"

"我们就要结婚了。"扎玲鹏还是很悲伤。

"河里真的有恶龙吗？"我插嘴问了一句。扎玲鹏却摇摇头说："我不知道。"这话让我愣了一下。扎玲鹏接着说："我没有亲眼所见，我不知道，但是大家都说恶龙吃了人，我爸爸也这么说，我想这不是骗人的。我喜欢的人那天正好要出去打渔，我本来要陪他一起去，我们都说好了，可惜……"她哭得很厉害，完全说不下去了。利希美只能拥着她安慰她。我沉默了一会儿，喝了一口茶，这事越来越奇怪了。过了一阵，扎玲鹏情绪好转之后，她告诉我们一个村子里的传说。

廊曼村一直有传说说村子千百年来一直由湄公河河里的龙王那伽所保护，那伽给了他们在河上捕鱼的权利，他们才能生生不息，薪火相传。但是村子和那伽有一个约定，那伽每过十二年就会冬眠很长一段时间，冬眠醒来的时候，它的肚子会很饿，需要进食的它希望村子能够给它提供一个女人作为食物。如果村子的人做不到，它便会惩罚村子里的人。

扎玲鹏说，这一次村子真的把那伽惹恼了，因为今年正好是龙王那伽冬眠结束的日子。廊曼村每隔十二年都会进行河祭，除了会把大量的猪、羊扔进河里，还会把一个女人扔进去。这种河祭一直没有断过，十二年一次，这本是村里面的秘密，由于爱人被恶龙所害，扎玲鹏实在忍不住要说出来。今年，扎玲鹏的父亲跟村子里的人开会，他觉得世界上根本没有什么龙王那伽。他显然是个无神论者，加上科学的进步，村子里的人也开明不少，他们经过商议，决定废除和那伽的契约，不再举行没有人性的河祭。村长打破传统，废除河祭，这件事深得人心。谁知道，这事才刚刚定下来，龙王那伽出现了，一共七个青年男子被那伽一口卷走，这里边包括扎玲鹏的未婚夫。

“我们一直认为这是传说，这不过是祖先过于迷信罢了，想不到……”扎玲鹏又开始哭了。

利希美看了我一眼，事情变成这样子，我还能说什么呢？村长是个很有想法的人，这点我看得出来，来廊曼村的时候，我还特意了解了一下这个村子。村长他好像读过大学，还是在泰国最好的大学朱拉隆宫大学念的。毕业之后，村长没有留在大城市而是回到廊曼村。落后的廊曼村正因为他担任村长，这里才拥有了第一所学校。村长还没有建学校之前，他开办过无数的启蒙班，给村里的人上课，讲文化说科学。村长在村子里的位置慢慢地代替了龙王那伽的位置。眼下，村长带头废除河祭，那伽愤怒了，它开始吃人，村子里面怨声载道，大家开始埋怨村长，甚至要让村长引咎辞职。

“我没有想到爸爸他也会出错，他肯定很悲伤，他一直觉得自己不会出错，他很自负，他肯定不会相信这是真的，爸爸他真可怜。”扎玲鹏继续说。

“我们也没有想到会这样子。”利希美低声说。

“可能是因为妈妈的死，这件事对爸爸打击太大了。”扎玲鹏唏嘘着。我问道：“你别怪我多嘴，能说说你妈妈是怎么死的吗？”我说完，利希美瞪了我一眼，示意我太没人情味了。为了查案，我哪里管得了那么多。扎玲鹏迟疑许久才缓缓地说：“这事我也不大清楚，爸爸他从来不会告诉我妈妈是怎么死的，但是他不说，不代表我不知道，我从别人那里听到我妈妈死于十二年前……”利希美打断道：“十二年前吗？难道是河祭？”

“是的，我妈妈死于河祭。”扎玲鹏斩钉截铁地说，看得出来她很愤怒，她的妈妈被献给了那伽吗？我低头看着扎玲鹏，扎玲鹏眼眶又开始湿润了，她告诉我们，村子里有个规矩，每过十二年，那伽冬眠期结束，村子便会献给那伽一个女人，而这个女人则由村子里的人抽签决定，每户派出一个代表，抽中的人无论如何都得交出一个女人，之前被抽中的人家则不需要参与抽签。十二年前正好被扎玲鹏家抽中，那时候，廊曼村的村长正是扎玲鹏的爷爷。

村长家被抽中，扎玲鹏一家自然不敢怠慢。扎玲鹏的爷爷一共两个儿子，她爸爸属于小儿子，她的伯父很争气，娶了个胖女人，生了四个男孩，特别受宠。扎玲鹏的母亲那时候只有扎玲鹏一个女儿，说来也奇怪，自从生了扎玲鹏后，她母亲就再也没有怀上。由于没有生男孩，她母亲在家里地位很低。她爸爸虽说不忍心，但他却无法抵抗他父亲。

河祭前一天，扎玲鹏的爷爷把她爸爸叫过去：“一大一小，你自己选。”

“能不能不选？”

“不选，不选我这个村长还有何脸面在廊曼村生活？要不你来当这个村长。一边妻子一边女儿，我知道你很难选，但是你必须给我选。”

扎玲鹏的爸爸很无奈，晚上他根本睡不着，妻子跟他说：“你选不了，我来选，你照顾好咱们的女儿，知道吗？她以后肯定会很漂亮、很懂事，一定会嫁给一个有本事的丈夫，生一群乖巧可爱的宝宝。”

“我可以选择离开这个鬼地方。”那天晚上，扎玲鹏的爸爸背着家人拉着她和她妈妈逃离廊曼村。谁想扎玲鹏的爷爷早已看穿这一切，他带着人把扎玲鹏一家三口逮了回去。

河祭那天，扎玲鹏的妈妈随着活猪、活羊一起被扔到河里。廊曼村获得了平安，扎玲鹏却失去了母亲。三年后，扎玲鹏的爷爷去世了，扎玲鹏的爸爸经过自己的努力成了新一任村长。也许，从妻子去世的那一天开始，她爸爸就已经开始筹划废除河祭。河祭在廊曼村村民心里根深蒂固，扎玲鹏的爸爸花了十二年的时间才破解村民这些根深蒂固的封建迷信，谁知道这一切都白做了。听完扎玲鹏这个故事，我和利希美彻底愣住了。

“村长确实很可怜。”利希美感慨着。

“这难道是个阴谋吗？”我心里嘀咕着，村长要废除河祭，村子里面会不会出现反对派呢？如果这一切是反对派制造的阴谋，我想我肯定有办法帮助村长。但是如果河里真有龙王的话，这事情也太奇幻诡异了。我有些惴惴不安，事情变得比想象中的复杂。看着利希美不停地安慰哭个不停的扎玲鹏，扎玲鹏一样很可怜，母亲死于河祭，未婚夫死于龙王，父亲变得神经兮兮、痴痴傻傻。办完葬礼，他父亲好像就不再担任廊曼村村长一职。

入夜的时候，村长喝得醉醺醺地闯进来，他嚷道：“尸体，好多尸体，河面上漂着好多尸体。”他说完之后醉倒在地，不省人事。

■ 2　绿色浮尸

廊曼村码头已经挤满人群，村民们喧嚣地议论着什么，整个码头如同菜市场一般。我和利希美、扎玲鹏两人穿过人群来到码头前面。一个大叔看到扎玲鹏后问："你父亲呢？"扎玲鹏说她父亲喝醉了，大叔直骂她爸爸太没用了，廊曼村已经到了生死存亡的地步，她爸爸居然喝醉了。接下来，大叔把村民叫过来，他觉得自己应该代理村长，由于村长喝多了，加上龙王那伽的事情，村民们对村长很失望，村民们把大叔拥为新的村长。知道我和利希美是警察，大叔带着我和利希美上了一只小船，进入船屋里面，一股腥臭的气味使得我想吐。我寻找臭气发出来的地方，一团绿光出现在我眼帘，绿光绕着一具尸体莹莹闪动，臭气便是从尸体上散发出来的。

"利希美，你快过来瞧瞧。"我招手让我身后的利希美去检查尸体。利希美捏着鼻子来到尸体面前，看了看尸体，她不大愿意做尸检，尸体实在太臭了。我踢了一脚她，示意她无论如何都得给我瞧瞧。利希美无奈地去做尸检，我和大叔赶紧转出船屋。吸了几口河面上吹来的新鲜空气，我向大叔诉苦："我从来没有遇到过这么臭的尸体，尸体哪儿来的？"

"从龙王那伽嘴巴里面吐出来的。"大叔一本正经地说，我抬头瞪了他一眼，他才咧嘴笑道："逗你的，这条尸体是从河面上漂过来的，我们村的村民修理码头的时候发现河面上漂来一道绿光，绿光在水面上流动，这使得他们很好奇，他们划船来到绿光面前，想不到绿光包着一条尸体，尸体臭烘烘的跟牛粪一样，还是我叫他们打捞上来的，要不然早流到下面去了。"

我朝河流上方看了一眼问："以前有这种情况吗？水流把尸体冲下来。"

"有，这种情况挺多的，不过和这次不一样，以前我们看到的都是牲畜的尸体，现在你也看到了，那团绿光缠着的尸体虽说面目已经看不清楚，但它绝对是一具人体，发霉、发臭的人体。我还得打电话给我们这儿的警察，这事可大可小。"大叔说完之后找来一个年轻的村民，他叫这个村民先去报警。我和大叔聊完之后，利希美捏着鼻子从船屋里面走出来，她看了我一眼，显得有些生气地说："没有什么工具，加上尸体腐烂得厉害，我只能粗略地说说自己的看法，死者应该是一个欧美人，死于中毒，尸体被扔进河里，尸体的肚腹里面藏着一块类似夜光杯夜明珠的石头，这枚石头冰凉无比，像是一块碎冰。"她说完把右手张开，在她的手掌心，一枚透着绿光的石头闪闪动着。

"这是宝石吗？"我问。

"不知道，我要拿回去化验化验。"利希美说完，一旁的大叔惊讶地叫道："这是安曼山的石头，这是安曼山的石头……"他发疯地叫着，所有人都被他的呼喊吸引过来，大叔这会儿如同疯掉一般，他一把将利希美手里的那块绿色石头抢过去，他挥动着石头跟村民们说："安曼山的传说是真的，这是真的，你们还在等什么？"他说完，村民们骚动不已，他们争先恐后地上了自己的船，跟着逆流而上。我拦住大叔说："你们到底想做什么？"大叔根本没有再跟我客气，他把我推倒之后带着自己的家人上船起航。

"他们都疯了吗？就因为一块小小的石头。"利希美无法理解村民们的做法。我看着码头，码头上的船已经被村民们开走了，他们朝着大河上游开去，一个个如同着了魔似的。我回头看了一眼利希美，"除了这些，还有什么奇怪的地方吗？"

利希美说："具体我分析不出来，那具尸体好像已经死很久了。"

"多久？"

"两到三年吧！"利希美说得有些犹豫。

"死了两三年吗？那为什么还没有彻底烂掉？"我不解地说。利希美摇摇头说："我怎么知道呢？也许是那块绿色小石头，这块石头防腐化吧！具体我还真不好说，也许我分析错了。好吧！我告诉你一件事，这件事就是尸体消失不见了。”

“消失不见了？”我瞪大眼睛看着利希美。利希美显得有些尴尬地说，“我把绿色小石头拿出来后，尸体突然发出“滋滋滋”的怪声，跟着就融化了，尸水渗进船底，很快就没了。”

我不敢相信地看着利希美，利希美无辜地看着我说：“这是真的。”

码头变得安静起来，静谧得让人心里发毛。我和利希美想着回去，扎玲鹏拦下我们俩，她吞吞吐吐地说，“他们会死掉的，全部都死掉。”这话说得我和利希美心惊肉跳。扎玲鹏接着告诉我们，在廊曼村还有另外一个传说，这是一个关于宝藏的传说，这笔宝藏名为“龙王那伽宝藏”，这是那伽积存了上千年的财富，这笔财富被那伽安置在一座名为“安曼”的大山里面。有传闻说，谁要是获得那伽的宝藏，谁将会成为这个国家的王。泰国历史上的那莱王就是因为获得那伽宝藏才赢得象战赶走了缅甸人。利希美从尸体上找到的那枚绿色石头，这枚看起来甚是漂亮的绿钻正是当年指引那莱王寻获那伽宝藏的指路钻。只要追随绿色小石的方向，人们很快就会寻获藏于安曼山的那伽宝藏。

“神乎其神，相守宫，你怎么看？”利希美浑浑噩噩地跟我说了一句。我还没有回答，扎玲鹏已经开来一只船，她站在船头对我们说：“我得去阻止他们。”她的意思是我们要不要一起去。我看了一眼利希美，利希美已经上船去。我跟着她们，扎玲鹏开着船朝着河流上游行走。途中，扎玲鹏说，那伽宝藏根本不存在，这是一个巫师所编造的谎言罢了，寻找那伽宝藏的人最终财迷心窍，溺死于湄公河里面。至于那个巫师为何会编造这种谎言，扎玲鹏说这是龙王那伽托梦嘱托他的，那伽需要无数的灵魂供养它，巫师就是帮它寻找灵魂的人。想骗走拿走人的灵魂，其实并不难，美色、财富、权力，这些都足以令人忘记自己的灵魂。安曼山的财富就好像罂粟花令人痴迷，人们会因为它而遗弃自己的灵魂。

“绿色指路钻有毒的，触碰它的人会患上怪病。”扎玲鹏的话吓得利希美脸色惨白。我看了一眼利希美，利希美叹了一声，扎玲鹏说：“姐姐会没事的，你戴着手套，毒不会进入你的身体。”我问：“有那么恐怖吗？”扎玲鹏说：“这是我小时候爷爷告诉我的，他说安曼山的传说都是骗人的，他年轻的时候曾经组织一帮人去找安曼山的宝藏，他们找了三百六十六个日夜，最终找到了绿色指路钻，他们因为这些绿色的钻石疯狂，结果八个人去寻找安曼山，只有我爷爷一个人回来。安曼山的宝藏到底在哪里？我爷爷说都是骗人的。”

我想说什么，利希美已经抢着说：“这个有点儿道理，大自然里面，很多石头本身就含有剧毒。比如非洲的马里毒石，外表鲜艳美丽，里面却含有毒气。”

扎玲鹏说：“总之，如果不把他们叫回来，万一他们找到了绿色小石头所在地，他们误以为这是那伽宝藏，这么一来，他们全部都会死掉。”她说完加快了船速，只可惜我们一路追着，那些被绿色小石弄得神魂颠倒的村民们已经不知去向。

我们在湄公河上面快速航驶，水花哗哗响着，河岸上的山林潜伏的魔鬼窥探着湄公河，夜色很沉，天黑得没有半点星火，空气变得闷热，我们感到窒息。继续行走二十几分钟的样子，河面上突然漂来一团绿光，利希美指着绿光叫道：“就是它了，绿得像是青柠。”

扎玲鹏开着船朝绿光过去，闪闪舞动的绿光里面，一具尸体浮在水面上。尸体很安详，随波逐流，远远看着如同一只闪着绿光的萤火虫。我们花了九牛二虎之力才把尸体打捞上来，看到尸体的脸，扎玲鹏失声痛哭：“这是阿肯，我的小学同学，他竟然死掉了。”

阿肯正是诸多村民中的一个，他死掉的话，前往安曼山的村民恐怕也死了。利希美戴着手套把阿肯肚子里的那枚发着绿光的石头拿出来，石头如同绿豆大小，发出的光芒却能照耀半边天，神奇无比。我们感到有些失落的时候，河流上方又漂来一团绿光。我们朝着绿光看过去，绿光突然变得多起来，一颗，两颗，三颗……绿光一闪一闪地随着河水往下流动。

我们都呆住了，绿光已经遮住我们的眼睛，我们被这一片绿光所弄懵了。绿光流动得很快，它们从河流上端冒出来后很快流过我们的小船，绿光包裹着尸体，它像是一座绿色的棺材，流动在水面的棺材，棺材装着死者的尸体朝着死者家的方向流去。扎玲鹏已经哭成泪人，一条一条的尸体从河面上流过去，我同样看得很清楚，那些尸体正是廊曼村的村民。

村民们兴高采烈地去寻找安曼山宝藏，结果变成了一具具绿光浮尸，他们到底遇到了什么？我们根本不知道。浮尸缓缓地漂着，我们已经来不及打捞，只能静静地看着浮尸朝下游流去。尸体伴着绿光慢慢地被黑夜吞没，扎玲鹏朝着天空咆哮了几声，她显得很愤怒，开着船加速朝湄公河上游去。我和利希美跟她一样，我们都想知道这是怎么回事？一条条的绿色尸体从河上面留下来，上面如同一个屠宰场，充满了恐怖与血腥。

过了半个小时这样子，我们总算看到村民们的船只，一共七艘船，这些船堆在一块停在岸边，其中三艘已经被摧毁，眼看就要沉入河底。我们把船停在一边，扎玲鹏带着我们上岸，看着破烂不堪的船只，扎玲鹏叹了一声说："这儿似乎发生了争斗。"看来她说得对，为了安曼山的宝藏，村民们已经变得六亲不认，兄弟不和。我们在村民们的船只上转了转，这里一个人也没有，看来一个活口也没有。利希美此时叫道："你们过来瞧瞧，这边有脚印。"

我和扎玲鹏走到利希美身边，利希美前面出现了一排脚印，脚印纷乱，应该不止一个人的。扎玲鹏看了我和利希美一眼，“我要进山瞧瞧，你们俩要不要一起？”利希美已经带头追着脚印进入前面的小山林。扎玲鹏祈祷着说：“希望不会有什么事。”我知道她担心什么，伸手拍拍她的肩膀说：“放心，不会有事的，我们要相信自己。”我居然成了牧师的角色，心想真好笑。扎玲鹏跟上利希美，我走在后面。这边的小山林有些阴暗，林子里面响着各种奇奇怪怪的声音，树影婆娑，一些奇怪的动物跟着我们东蹦西蹦，扰得我们的心怦怦乱跳。

走了一段路，前边的利希美突然惨叫一声，我耳边传来扎玲鹏的声音：“没事没事，踩到棺材盖了。”踩到棺材盖可不是什么好事，利希美大叫晦气。我走到前面来，利希美的左脚果真踩进一个棺材里面，好像还拔不出来了，扎玲鹏正在帮她的忙。只见扎玲鹏抱着利希美的小腿如同拔萝卜一般使劲，她力气大，稍微用点力，腐烂的棺材发出咯吱一声，利希美的脚顺利从棺材盖里拔出来。

“咦，棺材里面有个外国人。”扎玲鹏朝着棺材里面说了一句。我过来看了一眼，破烂棺材里面果然装着一个美国人，这个美国人穿着一身迷彩服，身体还被一块美国国旗包裹着，他死得很奇怪，半边脸被什么东西给啃掉了，被啃掉的脸已经腐烂，上面爬着一堆恶心的虫子。扎玲鹏盯着尸体看了几眼说：“我认得他，他叫亨利，是个美国特种兵。”

“美国特种兵？”我感到惊讶。

扎玲鹏接着说，在三年前，湄公河上发生一起离奇事件，一个美国摄影师在湄公河玩航拍的时候拍到了一张照片，一条白色如同巨龙的奇怪生物正在湄公河上游动，巨龙摆动着身体，看着庞大无比。这张照片吸引了不少美国探险家、科学家的眼光，因此他们组织一支探险勘察队打算顺着湄公河流域把这条巨龙给找出来。探险队经过廊曼村的时候，扎玲鹏她们家正好接待他们，扎玲鹏还告诉他们关于龙王那伽的故事，探险队的人对这些轶闻传说很感兴趣，他们还邀请扎玲鹏一起去冒险，可惜被扎玲鹏的爸爸拒绝了。

美国探险队里面，亨利身材高大，平时还喜欢玩飞刀，他发出的飞刀可以把一只飞翔着的小鸟刺死，这给扎玲鹏印象深刻。扎玲鹏说，如果她没有记错的话，三年前的探险队一共有二十一个人，他们执意要寻找白色巨龙，在廊曼村停留三天后逆流而上。

利希美弯腰把棺材里面的亨利挪动了一下，接着她把亨利身上的美国国旗扯开，亨利的身体只剩下一堆白骨，利希美拿出一根白骨研究了一会儿说："死了两三年左右，身体已经化为白骨，他的脸怎么还好好的？"我看着亨利被啃掉的半边脸说："这也叫好好的吗？"

利希美白了我一眼说："一条尸体死了两三年，身体化为白骨，脸却没有腐烂，这不奇怪吗？哎哟！他脸上那些黏黏的液体到底是什么玩意儿？"她正在检查亨利的脸部，伸手去摸亨利的脸，那半边没腐化的脸上有一层看着像是唾液的东西。扎玲鹏走过来伸出一根手指蘸了一下那些液体递到鼻底，嗅了嗅后说，"这应该是蛇的唾液。"

"蛇的唾液？"我感到意外。

"湄公河流域水蛇众多，特别是大水蟒，大水蟒能把一个人吞进去再吐出来。"扎玲鹏说完，利希美咽了咽口水说："还能吐出来吗？"

"吐出一堆白骨。"扎玲鹏说。

"别乱吓唬人。"我骂了一句。

看来三年前来寻找白色巨龙的美国探险队遇难了，特种兵亨利被埋在这儿，还有那具带着绿色小石的尸体，漂到码头的那一具，他应该也是探险队其中一员。这支探险队到底遇到了什么？我深思着，利希美走到我身边说："我感到有些不对劲。"

"怎么了？"我问她。

"你有没有发现有什么东西一直跟着我们。"利希美显得神神秘秘的，有东西跟着我们，她没必要现在才说，难道那个东西已经靠近我们，或者就在附近吗？我朝四周看了一眼，树林里面静悄悄的，感觉什么也没有。利希美贴着我站着，她似乎很害怕。扎玲鹏走到我跟前说："你们有没有闻到一股血腥味？"

我摇摇头，利希美低声说："对，就是这股味道，这股味道跟着我们很久了。"

她话音刚落，树林里面突然抖动了一下，几只黑影"唰唰唰"地从林子里面冒出来。我听到扎玲鹏喊道："不好，是大蜥蜴，咱们快点儿跑。"她已经朝林子里面跑去，利希美跟着跑去，我跑在最后。藏在树林里面的三只巨大蜥蜴蹦了出来。我们逃跑，它们狂追不已。我回头瞥了一眼，哪怕是在电视机里面我也没有见过这么大个头的蜥蜴，这些蜥蜴一身灰黄色，皮肤糙得如同盔甲，脑袋如同长吻鳄，舌头比我的手臂还粗大，它们跑起来速度极快，我们根本没有跑出多远，它们就已经跑到我们前面把我们给拦截。

"这回死定了。"利希美退到我身边。

"淡定点儿。"我安慰着利希美，唯一好的地方是大蜥蜴没有攻击我们仨，它们还在转着眼珠子打量着我们。利希美低声跟我说："你以前那么爱看《人与自然》这个节目，你有没有看到有啥办法能赶走它们？"我摇摇头，利希美满脸失望地说："彻底完蛋了。"

"你们听。"扎玲鹏侧着耳朵好像在听什么，她叫了我们一声。

我们侧耳去听，"嗖"的一声响，眼前飞过一条又大又长的身影，三条巨大的蜥蜴不见了，像是被什么东西给叼走了一样。

"你看到什么了吗？"我问利希美。

利希美摇摇头，扎玲鹏则轻声地说："是那伽——龙王——那伽——”

■3 巨龙迷窟

巨蜥被某种神秘怪物吞噬，我、利希美、扎玲鹏三人起了一层鸡皮疙瘩，山林变得静寂，这种静寂使得我们连呼吸都不敢发出太大的声音。扎玲鹏提到龙王那伽，但我和利希美根本没有看到任何东西，一阵风，一个黑影，速度快如流星，转眼间就没了。如果三头巨蜥无法填饱怪物的肚腹，我们仨自然躲不过怪物回头。我们安静地观察着四周，怪物叼走巨蜥后再也没有踪影，反倒是林子里面突然传来一阵笑声，笑声很爽朗，像是中了彩票一般。

一个笑声出现，又有另一个笑声，笑声覆盖了整个林子，笑声疯疯癫癫，也不知道什么东西会那么滑稽好笑？我们朝传出笑声的林子看去。一群人大笑着从林子里面走出来，带头的是廊曼村代理村长，他手里拿着一枚绿色小石头一边走着一边狂笑，笑得他下巴都要掉了。

跟在大叔后面的是十几个村民，村民们同样笑得很厉害，他们手里也拿着一枚绿色石头，他们好像已经找到安曼山宝藏似的，一个个笑得都忘记自己在做什么。村民们在大叔的带领下，一路走一路笑，看到我们也没有理会，一个个朝着林子外面走去了。

扎玲鹏跑上来拦住大叔，大叔哈哈笑着推开她，无论扎玲鹏说什么，大叔和村民都没有理她。扎玲鹏显得很愤怒，村民们也许是怕她抢走宝藏。我和利希美跟在村民后面，村民们丧心病狂地笑着，利希美低声问我：“你说他们怎么了？像是吃错药了一样。”这事我不清楚，只能老老实实地跟着、观察着，当然，不管村民们为何而笑，他们没有死掉算是值得庆幸的事情。扎玲鹏走到我旁边说："他们好奇怪，好像都不认得我了。"

"没事，他们能活着已经算不错了，你也看得出来，这儿危机重重，随时都会死掉。"我说着，这片山林，巨大的蜥蜴，吃蜥蜴的怪物，探险队队员的墓穴，只怕还有更恐怖的。村民已经找到他们想要的东西，老老实实回家就对了。我希望扎玲鹏不要多想，因而不停地安慰她。一路跟着村民们来到河边，奇怪的是村民们没有回到船上，他们走到河边对着河面哈哈大笑。扎玲鹏看到村民们要往河里走去，她跑上去叫道："你们这是要做什么？"村民们根本没有听扎玲鹏的话，把手里的绿色小石吞进肚子后一头扎入河里。村民们在河浪的冲击下挣扎了一会儿便沉入河底。扎玲鹏几乎要疯了，她没能来得及阻止这一切，捂着脸蹲在河边哭着骂道："你们怎么了？你们都疯掉了吗？"

大叔带着村民们吞下绿色石头跳入湄公河，欢声笑语不见了，河岸上唯有阵阵河浪声。利希美感到害怕，她低声问我："如果我们跟进去，会不会也疯掉？吞下绿色小石头跳入大河。"我摇摇头，我不懂这是为什么？绿色的石头真的能令人变得疯狂吗？扎玲鹏此时站了起来，在她对面的河面上，一道又一道的绿光从河里冒出来，绿色小石虽然只有绿豆那么大，但是光芒真的很亮，十几粒绿色小石堆在一起，整条河面都闪着绿光，湄公河在这一段变成了绿色，绿如芭蕉叶。绿光闪动着，伴随着绿光，一具又一具的尸体从河里面冒出来，看着村民们的尸体被河水冲走，扎玲鹏泪水汪汪，追着尸体喊道："你们回来，快给我回来。"

眼看扎玲鹏就要被河水带走，我赶紧跑上去抱住她说："都死掉了，没救了。"

扎玲鹏回头看着我，最后投入我怀里痛哭。

利希美走到我们跟前，她抬头看了我一眼，撇撇嘴后说："你还真懂得安慰人。”

我怀里的扎玲鹏听完利希美的话，一把推开我，然后大声跟我说：“我要报仇。”说完扭头朝幽暗的山林跑进去。我回头看着利希美，“你更懂得安慰人。”利希美无辜地看着我说：“这事千万不要怪我，我什么都没说，什么也没做，你抱人家抱得那么过瘾，人家现在去报仇了，你打算怎么办？回廊曼村还是去帮忙？”

“你说呢？”我莞尔一笑。

“还用说吗？”利希美已经追着扎玲鹏的身影去了。

利希美胆子确实变大了，我完全无法想象她以前和羞答答、娇滴滴这种词搭配起来。进入山林里面，扎玲鹏跑得很快，为了给死去的村民报仇，她并不怕死。我和利希美一路跟着扎玲鹏，跑得我们俩气喘吁吁。进入一个山谷，扎玲鹏突然停了下来，我和利希美跟上来的时候发现扎玲鹏面前堆着一堆白骨，白骨很大，不像是人类的。利希美检查了一下白骨，她说：“还热乎，上面沾着血，看样子是刚刚那些蜥蜴……难不成那个东西就在附近吗？”

我们不由得四周查看一眼，还好四周没有任何动静。扎玲鹏继续往前跑，我们只能跟着，面对种种恐怖景象，我们的心七上八下的。在山谷的腹部，这儿闪着一片绿光，绿光把我们吸引过来。看到一粒粒绿色小石头生长在一棵一米五六高的怪树上面，我们大跌眼镜。利希美感慨着说：“我还是第一次……第一次见到长在树上的石头……也难怪……难怪这些绿色小石头那么变态。”

“根本不是石头，只是长得像石头罢了，这棵树好奇怪，你认识吗？”我回头问扎玲鹏。

扎玲鹏盯着挂满绿色小石头的怪树看了许久，我问她，她摇摇头表示不懂。利希美说：“这些绿色石头小果有毒吗？我要不要带几粒回去化验呢？”

我笑道：“你也刚刚看见村民们发疯了，我劝你还是不要想太多。”说完，扎玲鹏朝前面跑去，跑了几步，她站住并招手叫我们过去。我们走过去，扎玲鹏脚跟前竟然摆着无数的白骨和尸体，白骨和尸体零零散散地摆着，有些看着已经死好几年了。扎玲鹏和利希美弯腰去检查死者留下的遗物，白骨和尸体边上放着很多的旅行包。检查之后，扎玲鹏告诉我说，这些东西是三年前那支美国探险队的。我数了数，死在这里的尸体大概有二三十具，从身形体格看，应该全是欧美人。利希美这时候拿着一本日记本递给我，我看了一眼日记，上面用英文写着“追踪龙的足迹”。

我感到好笑，世上真有龙吗？扎玲鹏此时朝前面叫道：“你们快看，前面有座石窟。”

我和利希美还没有反应过来，扎玲鹏已经飞奔而去。利希美担心她的安危，快步追了过去。我翻了翻日记，日记填写得很满，几乎记录了探险之旅的每一天，中间的内容我兴趣不大，毕竟日记主人已经死掉，我对他的最后一天特感兴趣。我把日记翻到最后一页，日记只有几行字：“我们发现龙了，白色的巨龙，我们找到了巨龙的洞穴，这太伟大了。”

我把这些字看完，前面传来利希美的惨叫，我怕她们出事，合起日记本跑向洞窟。在洞窟里面，利希美好像被什么东西咬了一口，她躺在地上呻吟不已。扎玲鹏已经不知去向。我过来的时候，利希美指着洞窟里面说：“扎玲鹏跑进去了，我摔了一跤。”

“你怎么那么不小心，没事吧？”我说完伸手把利希美扶起来。

“奇怪，你说这个洞窟怎么一点儿也不黑呢？大晚上的，这里跟白天一样。”利希美疑惑地说。我看了一眼洞窟，洞窟的石头居然发着光，这倒是难见。利希美见我不回答她，她朝洞窟里面走去，我叫住她：“小心点儿，如果我没有猜错，这儿便是巨龙的巢穴。”

“巨龙巢穴？”利希美不解地看着我。

“探险队的日记本说的。”我怕利希美不相信我，举起那本日记说。

利希美倒吸一口凉气，大步朝石窟内部走去。我心里充满了疑惑，这种疑惑使得我浑身不安。进入石窟后，利希美喊着扎玲鹏的名字，扎玲鹏一直没有回答。走了大概三百多米，利希美惊叹：“龙，真的有龙。”我冲到她前面，一副巨大的龙骨摆在石窟里面，龙骨大概有十五六米长，全是都是刺状的骨头，它的脑袋特别大，嘴巴大到能把好几个我连着吞进去，牙齿差不多有半米那么长。扎玲鹏站在龙骨边上，她回头看着我们俩傻傻地说：“龙神死掉了，真的死掉了，不敢想象，龙神那伽居然死了。”她已经蒙了。

“巨龙既然已经死掉了，为什么廊曼村还出现恶龙？”利希美问。

“或许不止一条。”我说完，心里面不由得一震，我这不是蛊惑人心吗？搞得自己都害怕了。扎玲鹏走到我们跟前说：“巨龙是被人杀死的。”她不说我也察觉出来了，巨龙尸骨上面缠着不少的绳索，除了绳索还有铁链、捕兽网，地上还丢着不少的麻醉药药瓶，墙壁上更是无数的弹孔、弹壳。有人在猎杀巨龙，石窟内被遗弃的麻醉药和枪支弹药均是英文，杀死巨龙的人应该是三年前那支美国探险队，他们想把巨龙带回去研究反而错手杀了巨龙。

看着巨龙白骨，不知道为什么？我们的心拔凉拔凉的，利希美突然靠近我说：“我有种很不安的感觉。”石窟的气氛确实变得诡异莫测，洞窟外面传来一阵脚步声，我听到有人喊道：“找到了，我们终于找到了。”说的是日本语，日本人找到了这儿吗？我拉着利希美、扎玲鹏躲进洞窟底部一个小石窟里面。我们藏起来后，一支日本探险队缓缓地从外面走进来，他们看到巨龙白骨之后，感慨不断，为首的日本人说：“想不到真有巨龙的骨头，太美丽了，我从来没有见过如此美丽的骨头。”其中一个日本人说，“虽说没有抓到活的，拿着这块龙骨回去，我们东京天皇冒险团照样能轰动世界，我们要告诉全世界，湄公河藏着巨龙的传说不是传说而是真的。”

这支日本探险队一共有十二人，他们伪装成游客的样子，看他们狼狈不堪的傻样，只怕吃了不少苦头才找到这儿。日本人开始勘察检验龙骨，一个个兴奋不已，比发现一座巨大的宝藏还兴奋。关于湄公河巨龙的传说，对于世界上的生物学家和探险家来说，寻找巨龙这是一件极为有意义的事情。我们躲在小石窟里面，利希美悄声在我耳边说：“就这么便宜他们了吗？龙骨还是我们先发现的。”

扎玲鹏低声说：“不错，龙骨是属于我们泰国人的。”

我“嘘”了一声，利希美和扎玲鹏不再说话。我们安静下来，耳边传来一个叹息的声音，石窟里面除了我们仨和日本探险队之外并没有其他的生物，谁在叹息呢？叹息声越来越大，不止我们听到，日本人也听到了，其中一个日本人骂道：“谁在这儿？”我们憋住气不出声，可是叹息声还是没有消失，日本人怒了，大骂道：“胆小鬼，有种出来跟小爷爷我单挑。”他比画着空手道，似乎在吓唬着谁。叹息声越来越重、越来越近，随着叹息声，一条乂长又黑的身影如同一条蜈蚣般从石窟外面钻进来。

“那……是什么玩意儿？”利希美险些喊出来，还好我手快，一把捂住她的嘴巴。

不止我们，日本人也被吓到了，石窟外面进来一个怪物，怪物庞然，足足高出正常人六七个头，肚子大如房子，它的身体很长，十二三米左右，没有脚，也没有尾巴，全身上下长着一种青铜色的鳞片，鳞片不大，密密麻麻地遍布它的身体。它的脑袋高高抬起，看不见它的眼睛、鼻子、耳朵在哪儿？唯有一张大嘴巴，嘴巴大得能吞进两三个人。

我被彻底震撼住，利希美和扎玲鹏也傻住了。这头怪物就是在廊曼村码头杀人的怪物吗？它还杀掉了追杀我们的巨蜥，这到底是个什么东西？我想着的时候，石窟里面已经是惨叫连连，枪炮对怪物一点作用也没有，日本人不管怎么逃，怪物都能迅速将他们吞下肚腹。怪物看着丑陋肥硕，但它特别灵活，十几个日本人在几分钟的时间内全被它吞掉。

我们躲在小石窟里面看得满头大汗，还好我们躲起来，要不然再多几条命也不够用。日本探险队的人全被怪物吃掉了，怪物吃饱之后不断发出几声叹息，摇摇晃晃地离开石窟。由于太好奇，我从小石窟爬出来，带着利希美、扎玲鹏两人跟着怪物离开石窟。到了石窟外面，叹息声越来越响亮，在那棵挂满绿色小石头的怪树面前，怪物停下了脚步。

怪物的肚腹发出“轰轰轰”的响声，它的肚子居然开了一个门，一条又一条的尸体从这个门里扔出来，这正是日本探险队队员的尸体，他们被扔在怪树旁边。十几条尸体扔出来后，怪物的肚腹“轰轰轰”地响着，门关上了。怪物又在叹息，叹息着，叹息着，它突然抖了抖，“轰轰轰”地飞上天，飘走了。

我们走到那堆日本探险家尸体边上，利希美惊叹地说：“全被杀死了。”

“那个东西它到底怎么回事？”我疑惑地看着扎玲鹏。

扎玲鹏苦笑一声说：“我以为那是个传说，想不到是真的。”

“传说？什么传说？”利希美问道。

“关于迦频族的传说，迦频族是一支很聪明的部落，他们认为自己是龙王那伽的后代，是龙王那伽繁衍了他们，他们把那伽视为祖先。迦频族的人一直以保护龙王为天职，这个族群里的人，精于机械木工，据说他们能制造出各种各样的活物、活人。关于他们的传说，无非是茶余饭后的东西，谁也没有亲眼见过一个迦频族的人。”扎玲鹏说。

“这么说迦频族的人因为巨龙被探险队杀死，他们制造了一条机械巨龙吗？就刚刚那家伙，那家伙居然能飞上天……”我有些无语了，这完全是高科技。

“我不知道，我现在头好晕，我不想再追究下去了。”扎玲鹏说完的时候，利希美突然呵呵笑了一声，我问她有什么好笑的？她没有回答我反而笑得更开心了。利希美笑完后，扎玲鹏突然也笑起来。两人笑着笑着居然要去摘怪树上面的绿色小石头，我知道大事不妙，拉着她们俩就往山谷外面跑去。

来到我们的小船上，利希美和扎玲鹏才稍微有些好转。我开船带着她们回廊曼村。回到村里，她们喝了村长精心泡制的茶水后才恢复过来。奇怪的是，说起巨龙石窟和绿色小石头的事情，利希美和扎玲鹏都不记得了。廊曼村码头，村民们的尸体发着绿色的光芒，他们一排排安安静静地躺在那儿。村长说，这是造孽，龙王那伽在报复廊曼村，河祭的事情要补办。

我带着利希美回总部，写报告的时候，我把自己所遇到的事情一五一十全写出来，结果总部派人根据我给的地址去湄公河大密林找巨龙石窟以及擅造机器的迦频族，结果连根毛也没找到。

这个世界上，很多东西都讲缘分，包括查案。如果没有缘分，我又怎么会碰到那么多奇怪的事物呢？这种案子，有些人只怕一辈子也遇不上。

■第四章　嗜血秘器

■1　无头奇兵

在泰国，大象是这个国度的象征之一，就好像大熊猫被我国视为“国宝”一样，大象是泰国的国宝，他们还给大象设立一个节日“大象日”。大象总会出现在泰国人的日常生活里面，经过驯化的大象可以帮人驮运、开荒、筑路、伐木、表演等。在古代，大象还是战士们的坐骑，为军队立下不少军功。来泰国旅游，“骑象丛林游”这个项目受到不少外国游客的喜爱。苏曼和男友钱宁游完曼谷大皇宫后，她扯着钱宁去骑大象。苏曼来泰国后特别迷恋大象，看了一次大象表演，她就成了大象迷。眼看明天就要回中国，她不能放弃与大象近距离接触的机会。说到骑大象，钱宁显得有些不开心，他不大喜欢大象，觉得泰国的大象有点儿脏兮兮的，而且大象在他眼里就是个丑八怪，骑到大象上面，难免一身鸡皮疙瘩。

女友苏曼不断地撒娇，不答应又显得自己小气，因此钱宁给旅行社打了一通电话，预约了明天早上的骑象丛林游。第二天一大早，苏曼兴致勃勃地拉着钱宁来到旅行社安排的曼谷考艾国家森林公园。骑象丛林游是一项热门旅游项目，一大清早，游客们已经迫不及待地到这儿等着旅行社的安排。苏曼和钱宁被安排在一头青象上面，这一趟将要穿越整个考艾森林公园。苏曼兴奋不已，钱宁则兢兢战战，坐在大象的背上，他有点儿头晕，说来也奇怪，他从来不晕车，这会儿却晕大象。钱宁拿出一瓶老早准备好的风油精在鼻底吸了吸，人才精神不少。一行十二头大象很快便出发了，驯象师吆喝着驱赶着大象朝森林公园深处去。

苏曼、钱宁所乘的青象，它的驯象师兼“司机”叫纳诺克，大象启程的时候，他回头看了苏曼、钱宁一眼后用泰语说：“你们来自哪儿呢？”

苏曼热情高涨，笑着回答说：“上海。”

纳诺克改用中国话说：“我以前也带过不少中国人，中国人骑大象很激动，他们很热情。”钱宁听了这话，脸上表情麻木，大象上路后颠簸无比，他都快吐了，一点儿热情也没有。苏曼笑嘻嘻地对纳诺克说：“想不到你还会说中国话。”纳诺克告诉她，做他这一行的需要接触不同国家的游客，他们下班的时候需要不停地给自己充电，汉语、日语、英语、韩语、德语、俄罗斯语、西班牙语等，他们都要学一些。纳诺克告诉苏曼，骑象丛林游是泰国旅游最好玩儿的项目之一，他接待过不少的回头客。苏曼这一次旅行绝对会终生难忘。钱宁可不会听信这种鬼话，心里暗骂这个驯象师嘴里口水也太多了。苏曼却满心期待，伸手抚摩着大象说：“我这辈子都没有想过自己能坐在陆地上最大的生物背上，我太开心了，钱宁，我爱你。”她转过脸来亲了钱宁一下。钱宁撇撇嘴笑了笑，为了这个香吻，接下来无论如何也要豁出去了。

考艾国家森林公园属于一座神秘之森，苏曼她们骑着大象进入森林后，异花怪树，奇石诡山，琳琅满目，这是一个花样百出五彩缤纷的世界，幸运的话还能看到一些色彩鲜艳的鸟类和小动物。对于苏曼而言，这一趟比坐高山缆车还精彩好玩儿。穿越原始森林，蹚过小河山溪，越过山谷盆地，苏曼无时不是一股兴奋劲儿，看到稀奇古怪的东西嚷得天旋地转。钱宁却不行，晕乎乎地想睡觉，心情沉闷的他哪儿有心思去看看这座奇异的森林景观。

中午的时候，驯象师命令大象原地休息，大家纷纷去吃随身携带的午餐。吃了午餐之后，苏曼憧憬着接下来的旅程。不过，她的憧憬很快就幻灭了，阳光明媚的天空遽然飘来几朵乌云。乌云越滚越大，像是一块黑色天幕，转眼间把这一片天空给遮住。驯象师们聚在一起谈论着什么。大象们也不知道怎么了，突然嗷嗷鸣叫。

滴答滴答，下雨了，豆大的雨珠一颗又一颗地打在苏曼的脸上，苏曼一脸闷闷不乐的样子。钱宁撑起伞靠近她说："苏曼，看来咱们得返程了。"他话刚刚说完，豆大的雨珠变得拇指这么大，乌云压顶，伸手便可捞到这一团团骤变万化的黑云。大雨成了线条，一根一根地渗入山林地表，雨水哗啦，暴风骤雨，大象们开始不安，嚎叫不已。驯象师们只好把大象牵入密林。苏曼和钱宁还有其他游客都纷纷跟着大象还有驯象师。

这一场雨来得很突然，望着倾盆而下的大雨，苏曼走到纳诺克身边问："雨会停吗？"纳诺克摇摇头说："还不知道，我们很少遇到这种情况，气象报道说今天没有雨，我们也不知道怎么回事？"苏曼来的时候也查过当地的气象，确实没有下雨的报道，突然电闪雷鸣，暴雨不断，果真是天有不测风云。钱宁靠过来问："咱们还能继续吗？"

纳诺克看了一眼钱宁说："天那么黑，雨那么大，一时半会儿咱们是没法继续了。这个得看老天爷能不能雨后放晴，告诉你们一件事，雨后骑象从林游，这会是另一种心情、另一种滋味，很难得的。"听了这话，苏曼笑逐颜开，暗暗祈祷着乌云赶紧飘走，大雨赶紧止住。

雨一直下，乌云也没有飘走，电闪雷鸣，远处的山林在电光闪烁下如同一只只潜伏着的食人妖怪，一幕幕恐怖景象使得大家惨叫连连。游客们聚集在一起，驯象师们还在讨论接下来怎么办？苏曼靠着钱宁站着，一场雨把一天的好心情都淋湿了。雨水持续一个多小时，天空越来越暗，林子也变得越来越暗，明明中午时分却如同半夜，这诡异的景象使得大家心寒不已。更诡异的是12头大象嗷嗷鸣叫着，它们的声音撕裂了天空，山谷回音不断，令人毛骨悚然。

大象变得焦躁，叫累了之后，它们显得很不安分，几头大象挣脱缰绳朝深林跑去。驯象师们已然无法控制大象，大象逃离，这事使得大家更加不安。苏曼问纳诺克："大象都怎么了？"纳诺克安抚着他那头同样焦躁不安的青象说："我们第一次遇到这种情况。"

"这到底怎么回事？"苏曼疑惑地说着，纳诺克的大象突然咆哮起来挣脱缰绳逃跑了，纳诺克嚷着、喊着去追大象。苏曼吓得躲进钱宁的怀里，"好可怕，钱宁，我好害怕。"钱宁紧紧地抱住苏曼，"没事，没事，下雨而已，别担心，有我在呢！"苏曼泪水已经流了出来，"早知道我就不来了，我到底是不是吃错药了，没事跑来骑什么大象？一点儿也不好玩儿。"

"别乱想了，乖乖的，我们会没事的，雨停了，我们就回去。"钱宁安慰着苏曼。这时候，旅客们都慌乱了，12头大象都逃跑了，12位驯象师追着大象去了。密林里面，只有一群无助的游客面面相觑。过了十几分钟，大象和驯象师都没有回来，有个人指着前面的山谷说："你们听到什么了吗？"大家伙侧耳去听，似乎也没有什么奇怪的声音。

"马蹄声，是马蹄声。"那个人叫着。苏曼和钱宁忍不住竖起耳朵听着，嘚嘚，山谷里面传来一阵马蹄声。大家似乎也听到了，一个看着一个，全是一副不明不白的傻样。苏曼靠紧钱宁问："怎么会有马蹄声呢？"钱宁摇摇头说："也许不是马蹄声。"他说完，有人喊道："有人来了，有人来了。"大家同时朝山谷看去，八匹马八个骑士如同一道闪电般越过山谷，他们举着银闪闪的长枪盾牌嗷嗷怪叫着往密林这边过来。

“这都是些什么？”有个美国佬用英文喊道。苏曼、钱宁睁眼看去，马和人越来越近，马是战马，披着铁甲钢盔，装饰得雄赳赳、气昂昂，人是骑士，身披银盔，手执红缨枪黄金盾，他们来势汹汹，密林里面的游客发出一阵阵惊叹，其中一个日本游客还说这是曼谷人特别设定的表演，这是森林骑士在向大家伙展示他们的才艺。在骑象丛林游这个项目里面，苏曼可没有“森林骑士”的印象，这一项根本不在骑象丛林游之中，难道这是意外惊喜吗？骑士和战马飞速而来，钱宁突然喊道：“他们居然……居然没有脑袋。”这话说得苏曼心里一紧，她抬头看着已经到跟前的骑士，骑士的脑袋不知道被谁给砍掉了，更可怕的是，这不是一场表演，是一场杀戮。

暴雨不断，雷电不断，黑云已经压到地面上。无头骑士甩着长枪，长枪刺穿了游客们的心脏，一枪一个，百发百中。游客们带着惊惶的表情倒下，他们根本没来得及逃生，长枪已经把他们给撂倒了。

“苏曼，快跑，你快跑。”钱宁发现不对，他推着呆若木鸡的苏曼。

苏曼被钱宁推了一把，她才醒悟过来撒腿就跑，跑了一阵，发现钱宁没有跟上来，她回头看了一眼，无头骑士的长枪已经刺穿钱宁的心口，钱宁跪在地上，大雨洗刷着他，他挥手示意苏曼跑快点儿，不要管他。苏曼饱含泪水，无头骑士朝她过来，她只能发狠朝前面的林子跑去。嘚啵嘚啵，骑士骑着战马追着她，她狼狈地跑着，已经顾不上前面有没有路。

17 名“骑象丛林游”的游客失踪了，曼谷警察和公园的保安处、当地附近的居民开始进行大面积搜索。我和利希美同样是搜救队成员之一，一场莫名其妙的大雨卷走了 17 名游客，这事显得很神秘。搜救队的人经过一小时的搜索，他们找到负责那趟旅行的大象和驯象师。12 头大象遍体鳞伤、气喘吁吁，有的倒在山沟里面，有的被大树压着，它们显得很惶惑，尽管天已放晴，它们还是很不安。追着大象的12位驯象师则满脸无奈地陪在大象身边，由于通信设备坏掉了，他们只能等着外面的人来营救。驯象师告诉我们当时的情形，他们把游客扔在密林后追大象去了，游客们遇到了什么？去了哪里？他们谁也不清楚。说起大象的异常情况，他们更表示从来没有过，大象为什么会如此惊慌失控？他们也解释不了。

17名游客，数目不小，这么多人不见了，偌大的森林公园，找寻他们也不容易。在游客们躲雨的地方，我们几乎找不到任何线索。那片林子，由于风大雨大，满目疮痍。游客们没有留下任何有价值的东西，比如脚印啥的。我只能用“不翼而飞”这个成语来形容。利希美跟在我身后，“老宫，你说这会不会是一个巨大的阴谋，或许根本没有这17个人。”

“我不清楚，林子这么大，谁也不知道他们遇到什么。”我说完，利希美笑道：“难道被火星人给抓走了吗？”我没有理会她，现场确实找不到任何有价值的东西。我在里面走了一圈便朝前面的山谷走去，山谷这边属于一片荒草地，显得很平坦，在山谷中间的地带属于一片崎岖的山岩地带，山岩后面则是一片茂盛的原始森林。我在山谷里面走着，雨过天晴，阳光照着这片土地，由于地势比较高，积水很快便蒸发。利希美在对讲机里面朝我喊道：“老宫，找到了，他们找到了一个幸存者。”

我心里涌出一丝波澜，“幸存者”的出现使得这件怪事有了眉目。但我心中的波澜不是来自这位幸存者而是在山谷里面我看到一片纷乱的马蹄印，马蹄印来来回回，深浅不一。山林之中，居然出现马蹄印，我眉头深锁，利希美催着我过去瞧瞧，我拿出手机把马蹄印拍下来。利希美在对讲机里面喊道：“你快点儿过来，幸存者是个中国女孩。”我只好跑着来到利希美这边。

我把马蹄印的事情告诉曼谷警方，希望他们能调查一下。利希美带着我进入一个搜救队营帐里面，幸存者慌慌张张地坐着，手里捧着一杯热牛奶和一块面包，她还在发抖，牛奶和面包都没有动一口。利希美低声在我耳边说："她好像很害怕。"

"她说话了吗？"我问。利希美摇摇头，"衣服是我帮她换的，面包和牛奶是我给她的。应该是看到我长得像中国人，她才接受。找到她的那个曼谷警察被她咬伤了，她好像不大喜欢泰国人。"我走到幸存者面前，幸存者抬头看了我一眼，嘴角突然露出一丝诡异的笑容，我告诉她的身份，听到我来自中国，她泪水哗哗直流，红着眼说："钱宁他死掉了，钱宁他死掉了。"说完就不再说什么。我看了一眼利希美，利希美翻了翻失踪人员的资料，她告诉我，钱宁是幸存者的男友，陪她一起来旅行的。我拿过资料看了一眼，知道她们俩来自上海，是一家外贸公司的白领，两人已经订婚了，订完婚，公司给她们放了一个小短假，她们便来泰国旅游。我坐到苏曼面前说："苏曼，你有什么想要跟我说的吗？或许钱宁他还活着。"

"活着吗？钱宁还活着吗？"苏曼激动了。

"我们没有找到他的尸体，还有其他人，我们找不到任何线索。"我说完，苏曼不停地摇头，"不可能，不可能，我亲眼看到他们被杀了，长枪刺穿了他们的心口，他们的心脏活生生地被长枪挑出来，真的，我没有骗人，我亲眼所见。"她的话把我和利希美吓得一愣一愣的。利希美低头跟我说："她是不是精神有点儿问题？疯掉了吗？"苏曼看着有点儿神志不清，她所说的这些，我自然有所保留。利希美此时问她："苏曼，你又怎么活下来了？"

"跑，不停地跑，发疯地跑。"苏曼说着呆呆地盯着我们看，她的双眼似乎在说，你们一定要相信我。我回头看了一眼利希美，利希美告诉我，搜救队是在密林前端一个山沟里面发现了苏曼。我低头看了一眼苏曼的双脚，她的双脚全是伤痕，有些伤疤还在滴血。我问苏曼，“谁杀了钱宁他们？你都看到了什么？”

“战马还有骑士。”苏曼恍惚地说着。

“苏曼，你真看到了吗？”我再问一句，我得确认这件事。苏曼点点头说，“骑士都没有脑袋，他们手挥长枪，长枪刺穿了钱宁的心口……”她接着又呜呜哭起来。利希美坐到她身边搂着她，安慰她说：“别哭了，我们会帮你找到钱宁。”苏曼哭得更厉害了，似乎钱宁真的死掉了。听着苏曼的描述，现场应该是血流成河，横尸遍地，可是现场一滴血也没有发现。苏曼哭个不停，泣不成声。我只好走出营帐，搜救队的负责人马尼特看到我从营帐里面出来，拦下我问：“那个中国女孩说了什么？”

我把苏曼所说的东西一五一十地告诉马尼特，说完我还笑道：“无头骑士这种东西不是西洋玩意儿吗？你们泰国还有这玩意儿？”

马尼特听完之后，脸上的表情凝住了。听完我的嘲笑，他干咳一声说：“曼谷确实流传着不少关于无头兵基亚蒂苏克的传说。”

我心里一紧，曼谷还真有无头骑士这种东西存在吗？

■ 2　曼谷往事

曼谷恰图恰周末市场可以说得上是东南亚最著名、最大的跳蚤市场，市场只有周末两天开放，开放时期热闹非常，车水马龙，摆地摊者无以计数，往来的淘宝者和凑热闹者比肩接踵。在这个周末市场，商品琳琅满目、包罗万象，泰丝、服饰、帽子、鞋子、首饰、工艺品、玩具、精油、香薰、泰式小包、各种泰式小吃、泰式按摩、人妖表演等令人眼花缭乱。在这儿，每到周末深夜，总会流传一个诡异离奇的传说。恰图恰市场只有周末两天开放，时间可谓紧迫万分。周日的晚上，由于周一还得工作上班，深夜十二点以后，小商贩们开始收摊，游客们也渐渐散去。

喧嚣和繁华瞬间变得寂静起来，人流渐渐变少的时候，市场会出现一个小摊子，小摊子坐着一个穿着军装的士兵，士兵的摊子上摆着一堆死状各异的虫子，有死蚂蚁、死蟑螂、死蜘蛛、死蚱蜢、死兜虫等，这些死虫子一把一把地摆在摊子上面。夜深人静，无论商贩还是游客，他们都离开了，唯独这个摊子还没有收，更古怪的是没人注意到士兵什么时候开的摊位。

摊主士兵低着头，一声不响地卖着死虫子。谁要是好奇上前询问，如果你不把虫子买走，士兵就会把他的脑袋摘下来放到你的手上。从此，士兵的脑袋就会跟随着你，无论如何你都不能把他的脑袋扔掉，你只能抱着这颗脑袋活下去，如果你把士兵的脑袋扔掉，你和你最好的朋友将会死掉，脑袋还会飞离身体，永远找不回来。

这个传说就是马尼特所说的无头兵基亚蒂苏克的传说。回到曼谷总部的时候，我特意找人打听了一下，说来也奇怪，关于这个传说，竟然没有几个曼谷人听说过。我费尽心思才在恰图恰周末市场北边一个地摊老婆婆嘴里获得答案。我向老婆婆打听无头兵基亚蒂苏克的事情，利希美正好在我身边，对于这个传说，利希美不以为然，“这只不过是一个哄小孩的鬼故事罢了。”

我不觉得事情会那么简单，老婆婆白了一眼利希美，用泰语说：“小女孩，今天恰好周日，今晚你敢不敢在这儿过夜？”她的意思是今晚也许会碰到无头兵基亚蒂苏克，她这话可没有把利希美吓住，利希美冷笑道：“敢又如何？”老婆婆咧嘴笑道：“你要是见到基亚蒂苏克，你千万千万不要搭理他，只要你无视他，他才不会害你。”

“笑话。”利希美呵呵笑起来。我回头看着她说：“你真要留在这儿？”

利希美瞪着我说：“老娘留下来，你也得陪着。”

“你这么不讲道理，我还能咋样？”我无语反驳，只能顺从。在我心里，我也想知道无头兵基亚蒂苏克的秘密。自从听了苏曼的阐述，我越来越觉得无头兵和无头骑士之间有什么牵连。山谷之中出现马蹄印，经过曼谷警方的调查，他们说马蹄印是真实存在的，我没有眼花。经过考察引据，留下马蹄印的马蹄铁从造型、大小、工艺上竟然来自一百多年前。无头骑士掳走游客，他们真的来自一百多年前吗？他们把游客带去哪里呢？这点使得我疑惑不已。苏曼说游客们已经被杀死，我们却找不到任何血迹和尸体。大家都说苏曼疯了，她在胡说八道，我却选择了相信她。

夜深了，老婆婆开始收摊，离开的时候她不忘叮嘱一句：“基亚蒂苏克是个可怜人，他已经很久没有出现了，你们要是有缘见到他，回头记得跟我说一声。”老婆婆跟着告诉我们她所住的地址。利希美无奈地摇着头，老婆婆走后，她问我：“你真觉得今晚基亚蒂苏克会出现吗？”我不知道怎么回答她，只能找个地方先坐着。她很懊恼地跟着我，也许她有点儿后悔了。她大可以一走了之，但她没有。夜色越来越浓，小商贩们已经走得差不多，游客几乎都回去休息了。我和利希美愣愣地坐着，几个路过的人投来异样的眼神，也许他们觉得我们俩疯了。

“我们走吧！”夜深人静的时候，利希美忍不住了，也许是因为这边蚊子开始变多了。她站起来要走，我抬头看了一眼夜空，看来今晚一无所获。我们朝市场外面走去，转过一个角落的时候，前面出现了一条人影，利希美被吓到了，嘀咕着：“基亚蒂苏克……”

我走到那个人影面前，那人愣愣地坐着，身上穿着一件泰国军装，头上还戴着一顶绿色行军帽子，他个子很瘦，双手藏在袖子里面瑟瑟发抖。在他前面，摆着一块一米多长的黑布，黑布上面撒落着无数的死虫子，虫子黑兮兮地堆成一坨，有些还没死透的虫子，小腿还在抖着，挣扎着。

利希美躲在我身后，我们都不敢太靠近，关于无头兵基亚蒂苏克的传说充斥在我们的脑海里。那人一动不动，像是木偶。利希美扯了扯我的衣角，她想我陪着一起离开，速速离开。我也不知道哪来的勇气，抬头朝着那人问道：“你是基亚蒂苏克吗？”

那人嘴边发出一阵怪笑，笑声如同夜里的老枭，刺耳无比，我继续问道：“你到底是人还是鬼？”那人没有回答，他继续笑着。利希美在我后面使劲地扯着我。我走到那人面前说：“如果你不说话，我就不客气了。”我来到他面前，他还是没动一下，话也没有说一句。利希美突然指着那人叫道：“血，他流血了。老宫，你快看他的脖子。”

我低头朝那人脖子看去，他的脖子确实在渗血，血顺着他白白的脖子往领子流去，看着恐怖异常。我对他说：“你没事吧？”伸手碰了一下他的脖子，他的脑袋咕噜一声从脖子上掉下来，脑袋一路滚着滚到利希美脚边，利希美吓得一脚把脑袋踢开。我直起身子，利希美惊慌失措地来到我身边说：“完了，完了，我踢开基亚蒂苏克的脑袋，我和我最好的朋友岂不是要死了，脑袋也会不见了。老宫，就目前来说，咱们是搭档，你算是我最好的朋友。”

我拍着利希美的肩膀说：“放心吧！我们都不会死，赶紧打电话回去叫人来吧！”利希美听了我的话，整个人愣住了。我督促她说：“你就说恰图恰市场这边发生了凶案。”利希美这才浑浑噩噩地拨通总部的电话。同事们来了之后，我把现场交给他们。和利希美离开恰图恰市场，利希美显得有些困倦，我问她要不要回去睡一觉，她摇摇头，我说：“你是不是担惊受怕傻掉了？”

利希美生气地说：“你才傻掉了。”

“总算是打起点儿精神来了。”我淡然一笑。

“接下来去哪儿？”利希美问。

“回去睡人觉。”我说完，大步而去。

“等我。”利希美可怜巴巴地追上来。今晚，基亚蒂苏克的传说绝对会令她无眠。

第二天早上，总部来电告诉我，死者身份已经调查清楚，他名字叫泰维卡，四十一岁，住在曼谷空讪县，他在空讪县拥有一座巨大的农庄，他也是空讪县颇有名气的种植大王、水果大王。根据法医的报告，死者死于昨天晚上九点钟左右，死因是被人切掉脑袋，活生生地切掉，残忍无比。他们还调查到，泰维卡正是17考艾森林公园失踪游客之一，那次骑象丛林游，他正好跟苏曼她们一个团。泰维卡失踪于考艾森林公园，尸体却出现在恰图恰市场，这点令人费解。至于无头骑士的出现，这显然受了无头兵基亚蒂苏克的影响，凶手为什么要把泰维卡伪装成无头兵基亚蒂苏克呢？他似乎在提醒我们什么。

我打电话叫上利希美，利希美带着两个黑眼圈出现在我面前的时候还不停地打哈欠，“一晚没睡好，都赖你。”

“赖基亚蒂苏克吧！你失眠这事跟我一毛钱的关系也没有。”我笑道。

“现在去哪里？”利希美打着哈欠说。

“没事去走访一下。”我说完带着利希美来到那个地摊老婆婆家里。老婆婆正好在院子里面打扫卫生，她住的地方还挺大，我数了数，大概有七八间房子。这儿除了老婆婆和一条狗之外，没有任何活物。老婆婆告诉我们，她早就算好了，我们迟早会来找她。她说她的子孙们都搬到清迈去了，唯独她留下来。为了过日子，尽管年纪大，周末的时候她还是会去恰图恰市场做点小生意，卖点小玩意儿。老婆婆把我们请到客厅，她给我们倒了两杯茶，还对利希美说：“我这茶喝了好睡眠，小姑娘你可以多喝点。”利希美抓起茶杯一口闷了，喝完茶后，她顿时显得睡意十足，由于不是自己家，她只能忍着，十根手指互相搓来搓去让自己没有那么困。接下来，老婆婆问我们有没有见着基亚蒂苏克，我告知她恰图恰市场发生了凶案，死者被伪造成基亚蒂苏克。

老婆婆听完一声叹息说："我没想到会是这样。"她满脸皱纹，听说发生命案，脸上的皱纹更纠结了，她似乎没有想到会是这样子。老婆婆接着告诉我们无头兵基亚蒂苏克的身世。

1752 年，一直生活在下缅甸的孟族人励精图治，变得强大无比，他们崛起之后，兵强马壮的他们开始吞并周邻，开疆辟土。为了征服缅甸，孟族人挥军北上，在四月份，他们赢得阿瓦城战役，攻陷缅甸东吁王朝首都阿瓦城，俘获东吁朝末代缅王摩诃陀摩耶沙底波帝，缅甸宣告亡国。那时候，泰国属于大城王朝末期，孟族人生怕他们北上后，大城王朝会对他们发动进攻，因而攻陷阿瓦城后，他们的主力部队正式南返以防御大城王朝。

孟族军队撤走之后，只有一部分孟族人统治者阿瓦城。在阿瓦城西北部的冒瑞县，邑官之子雍籍牙为了复国，起初他联合西北四十六寨的人起兵抵抗孟族军队，他们一次次挫败孟族军队，保卫了冒瑞县。之后雍籍牙不断壮大自己的队伍，1752 年对被孟族人占领的阿瓦城进行反攻。1753 年，雍籍牙率军收复首都阿瓦城。凭借自己的实力和良好信誉，雍籍牙建立了缅甸最后一个王朝——贡榜王朝。在雍籍牙苦心经营下，不到六年时间，缅甸实现了复国与统一，他们还征服了孟族人。野心勃勃的雍籍牙没有那么容易满足，他开始对觊觎已久的暹罗发起进攻。

1760 年元月，雍籍牙率领贡榜王朝步兵、骑兵、葡萄牙雇佣兵、象兵一共六万人征伐暹罗，他们势如破竹、来势汹汹，暹罗军队溃败连连，最终暹罗首都大城被雍籍牙的军队所围困。围城期间，雍籍牙的军队每天都在进行攻城战，暹罗人负隅顽抗，一次次打退雍籍牙的攻城部队。数月之后，雍籍牙怒了，他亲自率领部队攻城，结果在攻城的时候，一颗炮弹打中了他，他被炸得人仰马翻。雍籍牙因为这颗炮弹身受重伤，缅甸大军群龙无首，只能回撤。而开炮打中雍籍牙的正是士兵基亚蒂苏克，他当时只是个籍籍无名的新兵蛋子。

基亚蒂苏克成了护城的英雄，但他很低调，雍籍牙撤军后，他躲了起来，城里再也没有他的踪影。

被炮火重伤的雍籍牙很快离世，雍籍牙的儿子，被誉为"白象王"的孟驳继位，为了给父亲报仇，他率军四处征战，加上其天生爱打仗，拥有着比他父王还厉害的军事才能，缅甸军队在他的指挥下战无不胜、攻无不克。不久，孟驳便占领清迈、琅勃拉邦等地方，为了报仇，他利用蚕食、包抄战术将英勇抵抗的暹罗军队一一瓦解。1766年年初，孟驳用了五十八个营的步兵、三百艘战船、四百头战象、一千多骑兵共四万多人沿着他父王雍籍牙当初征战暹罗的征途直捣黄龙，包围暹罗首都大城。围城一年多，大城王朝军队已经弹尽粮绝，孟驳命人用大炮轰城。炮火满天飞，大城被夷为平地，暹罗宣告亡国。战后，孟驳不仅把暹罗的财物宝贝全部掳走，他还把数万暹罗男女拐走。孟驳没有忘记寻找炮轰自己父王的基亚蒂苏克，由于小人告密，孟驳成功抓到基亚蒂苏克。

孟驳折磨了基亚蒂苏克三个月，最后砍下基亚蒂苏克的脑袋。把基亚蒂苏克的脑袋焚烧成灰后，孟驳命人将基亚蒂苏克的尸体晾在暹罗人人看得见的地方暴晒。一个星期后，有人来报告孟驳，基亚蒂苏克的尸体不见了，孟驳命人去搜索，大家都说基亚蒂苏克这具无头尸是自己扯掉绑着悬挂它的绳索走掉了，谁也不知道它要去哪里？

随后缅甸和清朝爆发战争，孟驳需要军队支援，他把占领暹罗的军队召回缅甸。只有少部分缅甸军队驻守暹罗，暹罗人没有放过这次机会。达府太守郑信先统一暹罗的东南沿海地区，半年后，他开始反攻，不到两年时间，他成功收复首都大城，由于大城已经破败不堪，作为国王的他把都城京迁到吞武里，在泰国历史上，这段时期被称之为吞武里王朝。

吞武里王朝出现后，首都吞武里的市集里面出现了一个神秘士兵，士兵摆着摊，卖死虫子，谁要是问而不买，士兵就把自己的脑袋摘下来放在他的手里，他要是把脑袋扔掉，他的脑袋就会被士兵切走。有人说，这是大城英雄基亚蒂苏克的丧魂，他被小人出卖，死后回来复仇。这事被众口相传，于是有了无头兵基亚蒂苏克的传说。

“传闻说基亚蒂苏克从脖子上摘下来的脑袋并非他自己的脑袋，几百年来，他一直在寻找自己的脑袋，找不到自己那颗已经被焚烧成灰的脑袋，他将阴魂不散窃人头颅。”老婆婆慢慢悠悠地说着，她更像是一位泰国历史老师，让我们恶补了一番泰国历史。关于吞武里王朝的第一任国王吞武里大帝郑信，我曾有耳闻，据说他是个广东人。有人说，泰国文化里面，佛教文化占五，印度教文化占三，本土文化占一，还有一部分来自中国，郑信属于这部分里极为重要的人物。

“基亚蒂苏克的传说和案子有关吗？”困倦的利希美问了我一句。

老婆婆似乎懂得更多，她笑道：“基亚蒂苏克的尸体并非他自己走失的，有人偷走了他的尸体。偷走他尸体的这个家族在一百多年前曾雄霸一方。”

“哦，这事怪了。”利希美干笑一声。

“有传闻说，孟驳占领大城费力寻找基亚蒂苏克并非只是为了给父王报仇，他还为一样东西，一样可以起死回生、扭转乾坤的东西。这件东西在大城王朝战乱的时候，基亚蒂苏克趁乱从王宫里面偷走了。孟驳抓到基亚蒂苏克后，连续审问了他三个月，基亚蒂苏克一句话也没有透露。孟驳没有想到他把那样东西藏在体内，因此有人偷走了他的尸体。”老婆婆的话使得我兴趣盎然，我隐约感到这件事和最近发生的失踪案有着一种说不清的联系。

“这么说来，有人从基业蒂苏克身体里面拿走了那件神秘物品，得到这件神秘物品的人最后飞黄腾达了。如果这不是传闻而是真的，这件秘器到底是什么？获得这件秘器的人又是谁？”我问道。老婆婆却沉默了。利希美追问：“你到底清不清楚呢？这事已经闹出人命了。”

“我没有什么好说的。”老婆婆叹气说，她突然冒出满脸的忧伤。

“帮帮忙了，老婆婆。”我央求着。

老婆婆看了我们俩一眼后挥手叫我们走，利希美还想闹，老婆婆已经说得够多了，我不想再麻烦她，只好拉着利希美离开。出了老婆婆家大门，老婆婆突然追出来说：“你们可以调查一下百年前的猜曼家族。”说完她咯吱一声把门关上。

■3 圣器

猜曼家族在十九世纪的曼谷声威显赫，是曼谷当时最有实力的奴隶主之一，鼎盛时期，他们拥有几万名大小奴隶。二十世纪初期，因为曼谷王朝的皇帝拉玛五世颁布废奴令，奴隶制度逐渐在泰国消失，这个庞大的家族也随之消失。猜曼家族从此成为一个隐世神秘家族，曼谷再也没有关于这个家族的点点滴滴。我在调查猜曼家族的时候，收集到关于这个家族的信息也不多，这个家族没落后，关于它的东西更少了。我只是从一些零星的记载里面查到这个家族的人生性残暴、心肠歹毒，他们经营着无数的烟馆“妓院”赌场，除此之外，他们还做奴隶买卖，把不少泰国童男童女卖到国外做苦力。在那个阴暗的年代，这个家族被人称之为“恶魔家族”，他们拥有一套极为严格的管理制度，拥有一支极为凶残的部队。成为猜曼家族的奴隶，如果没有拉玛五世的废奴令，只怕永世见不到光明，因为不止奴隶自己，奴隶的子子孙孙都将是猜曼家族的财产。

为了控制奴隶，他们这个家族发明了“三日囚”、“蛇窟”、“火焰炉”、“血槽”等听着令人发憷的牢狱、酷刑，奴隶一旦犯错，他们立马被扔到这些严酷的牢狱之中，在这些恐怖牢狱里面，不少奴隶丢掉性命。猜曼家族还有一支名为“魔骑士”的恐怖军团，魔骑士被训练得冷漠无情、心狠手辣，对付不听话的奴隶，他们从来不会手软，他们最擅长的就是如何折磨奴隶。由于猜曼家族财大势大，不少朝中官员都被他们买通了，他们横行霸道，谁也拿他们没办法。强势的拉玛五世登基后，为了让泰国从野蛮步入文明，这位与日本明治天皇齐名的朱拉隆功大帝起草了废奴令。奴隶们受到废奴令的照顾，全都变成自由民。

曼谷最大的奴隶主家族猜曼家族从此没落，由于他们作恶多端、欺男霸女，朝廷和百姓对他们进行无数次地打压。虎落平阳被犬欺，猜曼家族的人流落四方，一蹶不振，久而久之，这个家族彻底没了音信，谁也不曾记得曼谷有过那么一个恶魔家族。

泰维卡的尸体被发现后，一对美国夫妇的尸体被凶手丢在暹罗广场，他们的死体完全被肢解，法医花了很大的心思才拼合起来。经过调查，夫妇俩三天前来到曼谷，他们是纽约一家外贸公司的负责人。这对夫妇同样是 17 个失踪游客里面的成员。我感觉游客之间或许有什么联系，所以我就带着利希美来到负责游客们骑象丛林游的那家旅行社。

旅行社的老板介绍我们认识了当时负责这一次骑象丛林游的经理努娜。

努娜身材高挑，与传统泰国女人体态丰腴不同，她很瘦，身材超好，皮肤白皙，气质逼人，她除了在旅行社上班之外还是一家瑜伽馆的老师。我们聊天的时候，她总是面带笑容、语速平缓，跟她聊天让人特别舒适。提到失踪案，努娜整理了一下名单，我发现除了苏曼和钱宁之外，其他人均是由空讪县种植大王泰维卡出资参加这一次骑象丛林游。除了苏曼、钱宁外，另外十几人均是来自各国的外贸商，有日本人、韩国人，也有澳洲人、德国人，他们一行人似乎是来跟泰维卡谈生意的。

这些千里迢迢跑来和泰维卡谈生意的人在骑象丛林游的途中被一群骑士掳走了，能找到的除了苏曼，其他的只有泰维卡的尸体以及一对美国夫妇的尸体。利希美提醒我说："要不查一查泰维卡？"努娜笑着说："泰维卡已经是我们旅行社的老客户了，他经常带他的朋友们来参加骑象丛林游，他生意做得很大，朋友来自五湖四海，各种肤色都有。这一次，我也不知道怎么回事？他们发生了什么？为什么消失了？我完全无法理解，我问过驯象师纳诺克，他说他们只顾着追大象，那时候风大雨大，他还以为游客们会老老实实地待着等他们回来。真是遗憾，我出来工作那么久，第一次遇到这种事故。"她谈到这个，神色有些慌张，一次性失踪那么多人，找到的只有一个幸存者和三具尸体，其余的人只怕难逃一死。对于负责这次骑象丛林游的人来说，无非是一场噩梦。旅行社已经给她和那些驯象师放假，案件没有水落石出，只怕他们一天也不得安宁。我们聊着的时候，一个皮肤黧黑的男人走进来，我认得他，他是驯象师纳诺克，他好像在跟努娜谈恋爱，一直等不到努娜，所以过来瞧瞧。

纳诺克看到是我和利希美在跟努娜聊天，他显得有些局促地说："没有打搅你们吧？"

努娜走到他身边笑道："没事，他们就是过来了解情况。"

"之前不是录过口供写过资料了吗？"知道我们是为了调查案子找努娜，纳诺克显得有些反感。我瞥了一眼纳诺克，纳诺克眼神涣散，见着我看他，他低下头说："这事搞不好跟泰维卡有关，他不是什么好人，你们应该好好查查他。"他的话令我很意外。利希美笑着对纳诺克说："你好像很了解泰维卡。"

“我不过是听说而已，泰维卡带他的客人过来玩儿，我作为驯象师，耳朵又没有失聪，总能听到一些他们之间的谈话，泰维卡他表面上是个农场主，其实他在贩毒，是个十恶不赦的毒贩子。我知道的就这么多了，不知道能不能帮上忙。”纳诺克说完后拉着努娜匆匆离去。

看着两人的背影，我深深地吸了一口气，利希美打了个响指说：“我马上去调查泰维卡。”她如同在黑暗之中遇到了光明。我倒觉得纳诺克这人很怪，但又说不出他怪在哪儿？或许是他态度有些冷漠，让我不大喜欢。

经过曼谷警方，我们总算是弄清楚泰维卡的身份，虽说他在空讪县做着自己的农场主，平时做着水果粮食进出口贸易，暗地里，他其实已经被曼谷警方调查了一段时间。曼谷警方早已怀疑他利用水果粮食贸易来掩护自己贩毒。失踪的游客里面，他们其实也是在利用贸易商的身份掩饰自己的毒贩身份。泰维卡和他的这些国际毒贩朋友估计也没有想到会在森林公园里面遭遇绑架和杀害。没有足够的证据，曼谷警方对泰维卡一直处于秘密调查的状态中。

在核对泰维卡的资料中，我发现了一个很有趣的地方，泰维卡竟然来自一百多年前的猜曼家族。据泰维卡身边的朋友爆料，他已经不止一次在公共场合说自己是猜曼家族的后人。泰维卡这人财大气粗，好面子爱吹牛，谁也没有相信他的话。猜曼家族已经消失多年，这个神秘家族到底怎么了？谁也不知道。泰维卡口口声声说自己来自猜曼家族，我反而觉得这不是假话。

为了印证这件事，我独自一人来到地摊老婆婆家里，谁知道老婆婆并不在家，开门迎接我的是她的儿子邦杰。邦杰五十来岁，留着一小撮胡子，样子看着挺憔悴的。知道我曾跟老婆婆聊过天，他把我带进家里。喝过茶后，邦杰告诉我他母亲三天前过世了。我心里咯噔一下，这样太不幸了，我还有很多疑问要问问她老人家，没准她能帮忙破案。

我显得有些难过，邦杰说："我母亲身体一直不好，我没能在她身边照顾她，真该死。"他显得很自责，我轻声说："我听她提起过，你们十年前就搬到清迈去了。"

"对了，你找我母亲所为何事呢？"邦杰疑惑地看着我。

我显得有些尴尬，不知道如何开口，沉默片刻，邦杰咄咄逼问，我只好如实回答："我找老婆婆是因为她跟我提起过猜曼家族。"

说到猜曼家族，邦杰愕然站起来，我还以为他要赶我走，但他没有，他反问道："猜曼家族怎么了？"

"有个猜曼家族的人被杀了。"我没有具体说明白，主要是想看看邦杰有啥表示。邦杰重新坐下来，迟疑了一下，他说："不瞒你说，我和我母亲都属于猜曼家族，关于这件事，我母亲天天叮嘱我们不要告诉任何人，我母亲说我们属于猜曼家族的身份一旦曝光就会有很多讨债人上门要债，这些讨债人甚至会杀死我们。身为猜曼家族的人，一点儿也不光荣，我们背着耻辱活着，我憎恨这个家族，所以我们搬离曼谷去了清迈。"

我没有想到邦杰会跟我说这事，老婆婆提起猜曼家族的时候同样小心翼翼。邦杰还真大方，我抬头看着他，他抓着就快要秃光的脑袋显得很难受。我还想说什么，邦杰抢先说："你一定觉得猜曼家族消失了，其实没有消失，废奴令颁布后，家族成为王室重点打击对象，家族的人开始闹意见，知道拉玛五世要拿家族开刀，整个猜曼家族形同一盘散沙，分崩离析，四处逃生。据我母亲说，当时家族一共五兄弟，老大这一脉被拉玛五世抓走了，老二逃到缅甸，老三和老四逃到泰国南部隐姓埋名，老五在逃难的时候病死了。"

"这么说，猜曼家族并没有消失。"

“等人们把这个恶魔家族遗忘之后，老三、老四回到了曼谷，他们隐藏了自己的身份，我知道，这个肮脏的家族并没有放弃东山再起，他们一直在找寻一样东西。”邦杰平静地说着。

“可以扭转乾坤的秘器。”我记得老婆婆说过这事。

邦杰点点头，看来偷走基亚蒂苏克尸体的人正是猜曼家族的先辈，他们剖开基亚蒂苏克的尸体，掏走了藏在基亚蒂苏克体内的秘器。家族获得了神秘秘器，从此风生水起，变得强大无比。我问邦杰：“难不成在一百多年前，秘器丢了吗？”

“你说得不错，如果不是秘器丢了，猜曼家族也不会没落。你说的秘器，我们称为圣器，这是猜曼家族的命根子，没有它，猜曼家族什么都不是。身为猜曼家族的人，我们一直在找寻这个圣器。当年圣器丢失后，五兄弟互相责怪、互相猜疑、互相残杀，至今如此。”邦杰有些痛心地说。

“你们呢？”我问。

“我们算是幸运的了，拉玛五世要拿家族开刀的时候，老大被四个弟弟推出去送死，我爷爷属于他的私生子，没人知道这事，因此他躲过一劫。老大死后，四个弟弟各走一方，没有结过婚的老五病死了，因此猜曼家族剩下三个派系……”邦杰说到这儿，我打断道：“你们也算一系。”邦杰苦笑着说，“我母亲算，我和我的后人不算，我们早就跟这个家族没关系了，尽管我们留着猜曼家族的血脉，这个家族的事我从不过问。”

“你认识泰维卡吗？”

“他应该是老三的后人，这人嘴巴大，爱炫耀，成事不足，败事有余，呵呵，他总是声称自己来自猜曼家族，这犯了家族的大忌。没有找到圣器之前，猜曼家族决不允许有人暴露自己的身份，家族没落后，家族里的人变得谨慎不少，他们害怕断子绝孙，害怕家族彻底完蛋。泰维卡仗着自己有钱有势，他一直不服从家族里的其他人，显得自己别具一格。”

“泰维卡他死了，这事你知道吗？”

“我不知道，不过我收到风声说家族的圣器已经被泰维卡找到，他正打算把圣器卖掉。”邦杰说到这里没有再说下去。看来是猜曼家族的圣器害了泰维卡的命，那些失踪的游客难道不是来贩毒而是来看泰维卡手里的家族圣器吗？我问邦杰知道家族的其他人在哪儿吗？谁最有嫌疑杀掉泰维卡？邦杰没有回答我，他只说自己不想沾上这个家族，他也不会出卖这个家族的人。邦杰已经帮我很多，我没有再强迫他，他不愿多说，我也只好告辞。

回到总部，利希美兴高采烈地拉着我进她的办公室，她打开电脑让我看显示屏上已经被打开的照片，说：“这些照片是我在泰维卡家里拍摄到的，这是他家的地下室。”我拖着鼠标翻着照片，泰维卡家的地下室还挺大，如同一个小停车场。翻照片翻到后面，照片里面出现一堆尸体，利希美拍着我的肩膀说：“意外吗？失踪的游客全被杀了，他们的尸体被丢在泰维卡家的地下室，一共十三具，包括苏曼的未婚夫钱宁。”

我凝视照片，照片里的尸体干瘪瘪的，完全看不清脸孔。利希美叹气说：“死状很诡异，血都被吸干了。”

“血都被吸干了吗？”我讶然。

“对，十三具干尸把我们都吓坏了，更奇怪的是尸体上面毫无伤痕，你说他们的血是如何被吸干呢？”利希美问道。

我无法理解：“我想我得去看看尸体。”

“看尸体之前，我想让你看个东西。”利希美说完朝外面走去。我跟着她来到证物室，她打开一个黑色檀木盒给我看，木盒内摆着一件小孩拳头大小的玉质器具，器具形如一个小酒杯子，白里透红，美感十足。利希美解释说：“这是我们在干尸堆中找到的。”

“玉杯？还是什么？”

“你一定想不到，也猜不到。”

“你倒是说呀！”我急了。

“这是一颗已经有上千年历史的佛顶骨舍利子。”利希美说完，我不由得把这颗佛顶骨舍利子跟猜曼家族的圣器联系在一起。佛顶骨舍利子属于佛教圣物，这是高僧涅槃成佛后留下的神物，传说这种舍利子拥有一股神秘力量。地摊老婆婆所说的可以起死回生、扭转乾坤的秘器难不成就是这颗佛顶骨舍利子吗？我仔细看着檀木盒里的佛顶骨舍利子，这东西晶莹剔透，如同雪玉冰翡，这不像是一颗舍利子，更别说已经有上千年的历史。我满脸疑惑，利希美沉声说：“我知道你不相信，这是经过不少人鉴定过的。这颗佛顶骨舍利子来历不明，不知道是来自印度还是泰国本土高僧涅槃后留下的，最可怕的是这颗舍利子以血为生。”

“你是说这颗佛顶骨舍利子吸干了那些人的血？”我不敢想象。

“我亲眼所见。”利希美生怕我不相信，说得铿锵有力。

利希美去调查泰维卡的时候，亲自到了泰维卡家里，在泰维卡家里转了几圈，她便发现了泰维卡秘密修建的地下室。进入地下室后，她遇到干尸堆并在干尸堆里面找到了这颗来历不明的佛顶骨舍利子。回来之后，鉴证科的人做过一个实验，他们把佛顶骨舍利放在一个盛满鲜血的容器里面，三个小时之后，容器里面的血液还在，佛顶骨舍利子安然无恙。

我不由得挖苦利希美：“你不是说舍利子以血为生吗？”

“也许是我眼花了吧！”利希美撇撇嘴说。

后来，总部请来一位佛门大师，他们希望大师把这枚舍利子带走。下午的时候，大师来了，他念念叨叨地告诉我们，舍利子带有怨念，需要放到寺庙里面静心供奉，他会派人每天在舍利子面前诵经，百年之后，舍利子中的怨气戾气必然会化为乌有。

我们就这么让大师把重要证物——猜曼家族圣器，一颗携带怨念的佛顶骨舍利子给带走了。关于泰维卡他们的死亡，关于无头魔骑士，关于猜曼家族，依然是一个谜。

■ 第五章　死亡博物馆

■ 1　窃骨贼

曼谷律实县荒郊公墓，公墓管理员大叔已经被人打晕绑了起来。公墓西边，几条人影不停地晃动着，提着铲子的，举着照明的，叼着烟的，搬着泥的，一共四人。四人年纪相仿，三十出头，他们正齐心合力地挖掘一口龙凤合葬墓穴。他们所挖的这座双人合葬墓外表刚被填上水泥，是一座新坟墓，挖掘起来还挺费劲儿，搞得四人满头大汗。

努力了差不多一个小时，猩红的棺材总算露出一角。带头的萨克达脸上露出欣慰的表情，挥手叫其他人加把劲儿。泥土一铲一铲地挖出来，红棺材整个露了出来。四人跳下墓坑把棺材抬起来，他们气力倒不小，棺材轻而易举地被他们挪出墓穴。其中一人拿着起子把棺材钉全部弄掉，萨克达用力推开棺材盖，棺材里面躺着一对夫妇，年纪大概四十来岁。

“把尸体给我搬出来。”萨克达跟他身后提着灯火的大汉说。那个大汉把灯递给萨克达，他来到棺材边上。拿着铲子的人从一个黑色袋子中拿出一块黑布摆在地上。大汉把尸体抱出来放在黑布上面，两具尸体那么一摆，大汉朝尸体吐了一口唾沫，伸手把尸体身上穿的白色丧衣撕开脱掉。望着两具赤裸裸的尸体，萨克达从腰间拿出一把尖刀，尖刀锐利，形同柳叶，吹毛断发。他跪在尸体面前伸手把灯递给大汉，大汉提着灯给他照明。另外两个人则拿着一张白色透明纸将现场围起来。一切就绪，萨克达开始舞动手里那把尖刀，尖刀锋利，切在尸体上面，一点儿声音也没有。

公墓显得很安静，萨克达谨慎小心、仔仔细细、一丝不苟地工作着，身边的三人屏息凝神，动都不敢动一下。

一根又一根的白骨从尸体上剖出来，萨克达欣然将它们装进一个普通水桶大小的玻璃容器里面。对于萨克达而言，他喜欢这份工作，他热爱尸体和白骨，热爱这个美好的夜晚。把两具尸体都骨肉分离后，萨克达收起尖刀掏出一张白色手帕擦了擦额头上的汗珠，又是一个成功的夜晚，他盖上玻璃容器的盖对提灯大汉说："把尸体装回棺材，坟墓重新给我填起来，千万不要留下任何的痕迹，我先回去了。"

"别动，全都别动，你们这帮兔崽子，我盯你们好几个晚上了。"萨克达刚刚说完，公墓前面突然亮出一道光，两个高高瘦瘦的曼谷警察一边喊着一边跑过来。三人愣愣地看着萨克达，等着萨克达的指示，萨克达却没有任何表示。两个曼谷警察已经来到他们跟前，看到墓穴被挖，尸体被挪出棺材，萨克达手里提着一个装满白骨的玻璃容器，他们俩义愤填膺地掏出手铐去铐萨克达他们。哪知道他们在掏手铐的那一刻，一条黑影从他们身后冒出来。黑影静悄悄地靠近两个曼谷警察，他手里捏着一把匕首，匕首快如闪电般刺入两个曼谷警察背脊。

两个曼谷警察痛苦倒地，黑影扑上他们俩如同疯狗一般将他们千刀万剐。黑影解决了警察，萨克达冷笑一声消失在茫茫夜色中。

我和利希美赶到现场的时候，曼谷和律实县的警察们已经把尸体挖出来，一对律实县中年夫妇的尸体和两个警察尸体笔直地摆着。中年夫妇的尸体内，白骨已然被掏之一空。两个追踪此案的曼谷警察遭到杀害，尸体被埋在夫妇俩的墓穴里面。两个曼谷警察调查此案已经有两个星期，为了破案，他们一直守着这块墓地，想不到与凶手狭路相逢，最终丢了性命。因为他们俩失踪了，曼谷警方的警犬找到了这儿，他们挖坑墓穴，最终获得四具尸体。

“好恶心。”看到尸体千疮百孔，利希美不忍去看而是走到一边站着。我盯着尸体看了差不多五分钟，一个曼谷警察走到我身边说：“中国朋友，你有什么想说的吗？”

“你们的同事死得真惨，凶手下手好快，一刀又一刀，你们的同事根本没有还手的余地。这个杀警的家伙太冷酷了，如同一条疯狗，杀人不眨眼。”我说完，那个警察呵呵一笑，说：“这不是重点，重点是另外两具尸体，尸体被人解剖，骨头全被剜走，取骨手法精湛别致，骨头与皮肉之间，凶手了如指掌，他更像是一位开刀的医生。”

“据说这不是第一次了。”我问道。那个警察似乎不太愿意说，扭头走掉了。他不说我也知道得一清二楚，这的的确确不是第一次出现的怪案子。在这个案子发生之前，据警方的记录，律实县已经发生三起类似的案子，墓穴里的尸体被挖出来，尸体体内白骨被掏之一空，凶手手法精湛细腻，如同庖丁解牛般将尸体骨肉分离。能有这种技术的人，我们能想到的只有开刀医师，而且还是一位资深的开刀医师。骨头从尸体脱离出来后，凶手把骨头带走了，尸体则重新被装入棺材，重新被埋葬。

律实县的警察把这个案子命名为“窃骨事件”，凶手是谁？目的是什么？我们都没法弄清楚。出现第一起窃骨案件后，曼谷派来两个警察追踪这个案子，这两个警察追了两个星期，最终在现场遇到行凶者，逮捕行凶者的时候，他们被行凶者杀害。观察现场后，我和利希美离开了公墓。坐在车上，利希美问我：“老宫，你有什么想法？”我脑子一片空白，利希美继续说：“你说凶手挖走死者的骨头要去做什么呢？”

我想了想，抱着脑袋说：“谁知道呢？我也想知道人的骨头到底有什么用途？煲汤吗？或者炼蛊，或者修习邪术，凶手那么好的解剖技艺居然用在窃骨这种活儿上，实在是浪费人才。”

“我也觉得有些大材小用，凶手肯定是拿死者的骨头去修炼什么奇怪的东西，泰国这种地方邪得很，什么降头啊、佛牌啊，太邪门了，我听说泰国有些佛牌是用人骨头磨成粉做出来的，你说凶手掏走死者的骨头会不会是拿去做佛牌？这种用白骨做出来的佛牌虽然邪气但是很灵验，你要是向它许愿，万试万灵。”利希美叽里呱啦地说着，也不知道她从哪里听来的。

我听她说完后问她：“你觉得凶手会是怎样的一个人？”

“心理变态，正常人是干不出这种事。”利希美回答得干脆利落。

她说得对，如果让我给凶手做心理画像，第一个标签我会选“心理变态”这一项，凶手完全沉迷于取人骨头的乐趣之中。利希美说，曼谷警方和律实县警方已经就这个案子调查了不少医生，大医院的手术医生，或者黑医院、小诊所里的医生，凡是能开刀做手术的医生，他们都摸一遍了，这个群体里面，他们没有找到任何一位可疑人物。这让人有点儿绝望，至少让我们断了线索。考虑再三，我决定不调查这个凶杀案而是去调查那两个被杀害的曼谷警察，我有点儿好奇他们俩是如何追到犯罪现场。

死掉的两个曼谷警察，其中一个叫斯里潘，他是这个案子的主要负责人，据他们查案的笔记，找到凶手线索的人正是他。他本是曼谷警局极为器重的一个年轻警员，也是局长点名要重点培养的刑侦后备，想不到今年刚二十六岁便英勇牺牲了。我和利希美来到斯里潘的家里，接待我们俩的是斯里潘的妹妹皮查雅。皮查雅二十出头，目前就读一间女子警校，哥哥的死给她打击很大，整个人看上去像没了魂魄似的。

利希美来之前调查过这个家庭，他们兄妹俩三年前失去了父母，两人相依为命，感情很深。我先是安慰了皮查雅几句，皮查雅则拿出一堆他哥哥调查案子的笔记摆在我们面前，说：“这几本笔记我没有交给警局的人，特别是这一本，这本是我哥哥临死前还在做记录的笔记。”她在笔记堆中掏出一本封面呈粉红色的笔记递给我。

“你居然信任我。”我接过笔记本后，显得有些意外地说。皮查雅抬头盯着我看，看了一会儿说：“我认识你。”这话令我更加意外，利希美瞥了我一眼笑道：“想不到你这么受欢迎。”我无话可说，皮查雅微笑道：“你们别乱想，我只是在参加学校活动的时候见过你，那一次，我们学校组织我们这批学生去参观 ICPO 曼谷总部。我在你们总部名人墙里面见过你的照片，那时候就有留意你了。”

“名人墙吗？”我回头看了一眼利希美，这事我第一次听说。利希美嘻嘻笑道：“这是总部最近弄出来的，类似于每周一星，谁要是破了大案子，谁就能在墙上挂一星期让人瞻仰。”

“好无聊。”我淡淡地吐出一句。

皮查雅偷瞄我一眼说：“你本人比照片上长得好看多了。”

“我很少拍照。”我冷笑一声，说完低头去查看斯里潘的笔记本。利希美则跟皮查雅聊起来，“我觉得他照片和本人都差不多，差不多一样难看，小妹妹，你的眼光不怎么样。”她这么当着我的面儿损我，太没心没肺了。还好皮查雅没有听信她的话，而是转移话题，“我哥哥在他的笔记本里经常提到一个地方，凶手好像经常会去这个地方。”显然，她已经看过斯里潘的笔记本。

利希美问她：“你哥哥经常提到的是什么地方？”

“曼谷玉佛寺附近的诗里拉吉医院死体博物馆。”皮查雅说完，利希美一声感慨，扭头对我说：“老宫，我听说过这个地方，可惜没有去过。”我没有理会她而是盯着斯里潘的笔记本看着，看到最后一页，上面写着：“即将要抓到他了，我一定要弄清楚他的目的，死亡即将结束，亡人即将获得安息。搏一搏了，希望这不是我自己的幻想，斯里潘，相信自己，你一向很准的。”这句话。看到斯里潘“风萧萧兮易水寒，壮士一去不复还”的感慨，我心里虚汗直冒，在这个笔记里面，斯里潘确实多次提到诗里拉吉医院死体博物馆，除了这个死体博物馆，他还提到自己多次跟踪凶手，凶手如同一只幽灵，从来没有露过真面容。他之所以认出凶手是因为他鼻子很灵，他的鼻子能嗅到常人嗅不出的气味。在第一次窃骨事件的现场，他嗅到一股药水味，这阵药水味很淡，一般人嗅不到。通过这股药水味，他在死体博物馆中幸运地嗅到同样的气味，这股气味来自一个男人，这个男人身高一米八二左右，大长腿，穿着一件黑色西装，脖子上围着一块黑色的围巾，围巾遮住了他下半边脸，加上他还戴着一个黑色帽子，脸上除了一双炯炯有神的眼睛，其他部位基本看不到。

“他那双眼睛透着杀气，但凡他看你一眼，你便觉得自己身受重伤。我不敢多看他一眼，我怕他发现我的身份，我只能偷偷地跟着他。经过几天的跟踪，我摸清了他的规律，他不是自己一个人，他有个团队，他们作案的时候很讲究时间，来也匆匆去也匆匆，没人能摸得着他们的踪迹，除了我。”斯里潘的笔记本上写着这样一段话，我有点儿奇怪的是他明明已经知道这个窃骨团伙，他为啥不向上头报告呢？年轻气盛的他难道想做一回英雄吗？我合上斯里潘的笔记本，利希美凑过来问：“发现什么了吗？”

“你自己看看吧！”我把笔记本丢给利希美，利希美嘟着嘴骂道：“小气鬼。”接着低头翻笔记。皮查雅给我倒了一杯水，我喝了一口，她跟着说：“我哥哥一直没有确定这事，这事让他很烦恼，他也向局里打报告，但是没有证据，局里没有对他进行支援。哥哥他从来不会出错，这次除了他的搭档，没人信任他……”

“你呢？你相信你哥哥吗？”我问。

“哥哥他从来没有向我提起过这案子。”皮查雅显得有些难受，或许他哥哥跟她聊聊，案件就豁然开朗了，他哥哥也不会冒冒失失地跑去抓凶手。皮查雅有些自责，斯里潘尽管追到了凶手的踪迹，没有证据，他自己也很没信心。我对皮查雅说：“放心吧！我们会查清楚这件事，凶手肯定会伏法，他们潜藏不了多久。”

等利希美看完笔记后，我们向皮查雅告辞。回到车里，利希美接到一通电话，她说了一个地点后，催着我赶紧过去。到了利希美所说的地点，她带着我走上一个荒草丛生的山坡，山坡前面已经站满人群。我们俩大步过去，穿过人群，几个律实县警察正在勘查现场。我们出示自己的证件，律实县的警察挥手叫我们进入现场。现场是一座新坟，坟墓已经被挖开，棺材也被砸烂了，死者的尸体被扔在墓穴里面，开膛破肚，骨头已经被人取走。

坟地外面站着不少附近的村民，死者的亲人哭天喊地。我蹲在死者面前，尸体被干净利落地剔走骨头。这一次有点儿奇怪，犯罪现场居然被糟蹋了。凶手没有像之前那样把现场清理干净，让人没有办法发觉坟墓里面的尸体已经被窃骨。

“老宫，你过来瞧瞧。”利希美挥手叫我过去。我走到她身边，她从地上的草丛中捡起一张门票，我看了一眼，这张门票正是诗里拉吉医院死体博物馆的门票。利希美把这张门票交给现场搜查官后对我说：“这肯定是凶手落下的，这印证了斯里潘的笔记，难不成这件窃骨案与死体博物馆有关吗？”

“死体博物馆的门票到底隐藏着什么呢？”我皱起眉头念着。

“去看看不就知道了。”利希美伸手一拍我的肩头，我疼得往后倾斜，险些摔下山坡。

利希美说得对，我们是该去诗里拉吉医院的死体博物馆瞧瞧。

■2 人形怪圈

这个世界上，以吓人闻名的博物馆并不少，收藏大量与连环杀手有关展品的洛杉矶死亡博物馆，走廊中总会游荡着精神病患者的美国圣约瑟夫精神病博物馆，摆满各种畸形儿的法国杜普伊伦特博物馆，展示无数寄生虫的日本目黑寄生虫学博物馆，还有墨西哥瓜纳华托干尸博物馆。能够逛这类博物馆的人，想必也不是一般人。在曼谷，诗里拉吉医院中的死体博物馆则是泰国诡异文化中不可或缺的一部分，这家博物馆有七个展区，向世人展示着各类奇怪病状，解剖、先天性缺陷、毒理学、寄生虫学、病理学、法医学等，他们所展示的东西无一造假，全部都是实物展示，诸如车祸现场、杀人现场、畸形婴儿尸体、干尸、被子弹打穿的头颅骨、高空坠落、断臂残肢、五脏六腑、撞车、食人魔等，一幕幕都是让人看过之后噩梦连连。进入死体博物馆看展览需要四十泰铢买一张门票。我和利希美虽说已经在曼谷待过一阵子，这一次，我们还是第一次来到这家死体博物馆。

“展示的东西还挺形象，看着也不是很恐怖，少点儿新鲜感。”利希美一面走一面嘀咕着，她跟着我出生入死，遇到的怪事不少，对于这些尸体白骨什么的自然不会感到害怕。我提醒她我们来这儿不是来玩儿而是干正事。斯里潘当初为什么要来死体博物馆？他又是怎样遇到了凶手？我特别想知道凶手与死体博物馆之间的关系。一边走着一边观察着，利希美一门心思还是在博物馆展品上面，看到这个哇哇哇，看到那个呼呼呼，完全像是一个小孩子。这种阴森恐怖的博物馆，人气还不少，来来往往有着不少的游客，这些游客被一幕幕残忍的场面吸引着，特别是食人魔展区这一块，经过导游介绍，他们一片哗然。

我一心想查案，心不在焉地走着，走马观花。如果不是利希美慢吞吞的，我只怕已经转完整个博物馆。利希美迟迟没有跟上我，我只好坐在一张专门给游客休息的椅子上等她。几分钟后，有人在背后叫了我一声。我回头看到是皮查雅，微笑道："你怎么也在这儿？"皮查雅打开一本笔记本给我瞧，笔记本上面画着一个奇怪的图案，图案是一个"0"形图案，三个赤身裸体的人一个接着一个绕成一个0。皮查雅告诉我，这是他哥哥斯里潘的笔记，正是这个图案将斯里潘引来死体博物馆。可是我逛了那么久，印象里，这座博物馆好像没有这个图案。此时，利希美来到我们面前，见到皮查雅，她显得有些意外地问我："你们约好了吗？"

"碰巧遇到而已。"我回答。利希美看着皮查雅手中打开的笔记本，"这个图案我好像刚刚才看到，好像……"

"在哪里？"我问完，利希美却记不起来了，她说她要去找找，跟着朝她刚刚走过来的方向走去。我和皮查雅跟在她身后，由于斯里潘画画功力一般，画得也不是很清晰，这个奇怪的图案到底是什么，我们自然也不大清楚。来到一个房门面前，利希美停下来，她盯着门口左边的门牌看了一眼，说："明明在这里，怎么会不见了呢？"

"会不会是你看错了？"皮查雅轻声说了一句。

"不可能，我不可能看错，一模一样的图案，也许这个房间有什么秘密。"利希美说完伸手去开门，谁知道她还没有触碰到门把，这扇门已经从里面被打开，一只修长而强有力的手臂伸出来，这只手迅速地抓住利希美。利希美"哇"的一声惊叫，整个人已经被那只手拖进房门里面。利希美被拖进去后，房门严严实实地关上了。

"开门，快开门。"我奋力撞门，门无动于衷，而我已经疼得咬牙。

我让皮查雅去叫保卫，我不停地撞门，这扇门很牢固，无论我怎么努力，哪怕我粉身碎骨，这扇门依然屹立着。皮查雅带着保卫过来，利希美已经被拖进房间十多分钟。保卫拿出钥匙开门，门被打开后，里面空荡荡的没有任何一个人。利希美就这么消失不见了，后来经过博物馆负责人提示，我们在房间里面找到一个密道，密道通往博物馆外面。

博物馆负责人告诉我，知道这条密道的人并不多，我叫人根据他给的名单去排查，结果没人有嫌疑。在这个房子里面坐着，皮查雅对我说："我们只能坐着吗？"除了坐着，我们还能做什么？只求利希美别出什么意外。顿了顿，我让皮查雅把她哥哥斯里潘的笔记给我再看一下，那个奇怪的"0"，它到底有什么含义呢？我看得仔细，皮查雅说："你有没有想过这个图案来自什么呢？"

"衔尾蛇？难道是衔尾蛇？"让皮查雅这么一提醒，我似乎想到了什么。"衔尾蛇"是世界上最古老的符号之一，一条蛇咬着自己的尾巴形成一个圆。这个符号，神秘且具有魔力，在北欧神话里面，衔尾蛇名为乌洛波洛斯。它代表着宇宙的永恒，它头尾相衔，雌雄同体，这是一条盘绕全世界的神奇巨蛇，它嘴巴咬着尾巴的姿态被人认为象征着"无限"、"永生"、"睿智"、"世界"、"完全"等。古埃及人把衔尾蛇作为宇宙四神的统一。在印度神话里面，千蛇之神舍沙环绕着龟神俱利摩，它们一起支撑着背负整个世界的八头大象。而印度把衔尾蛇譬喻生死轮回，据说蛇咬尾巴是为了杀死自己，吞吃自己并令自己获得新生，也就是说蛇咬住自己尾巴杀死自己，这是生命的结束，同样也是生命的开始。

斯里潘所记录的这个"0"并非所谓的衔尾蛇、环形蛇，它是由三个赤身男人嘴巴咬着脚所形成的怪圈。上面三个赤身裸体的男人，一个血红色，一个为银白色，一个煤黑色，三种颜色随着男人头咬脚的体态环绕着。皮查雅盯着这个奇怪的图案说："这是一个奇怪的人形怪圈，它到底意味着什么呢？这只是一个简单的符号还是什么？"

"据我所知，有一部分炼金术师会把衔尾蛇用来当作徽章标志，如果这是一个标志，一种信仰的话，看来这次的窃骨事件将会牵涉不少人。"我说完，皮查雅似乎察觉到什么，指着图案中间的地方说："这儿好像写着什么，哥哥他用涂改液涂掉了。"我伸手摸了摸图案的中间部位，好像还真有涂改液的痕迹。皮查雅突然很振奋地说："没事，你来我家吧！"

"去你家？"我有点儿不明所以。

"我给你看我哥哥的笔记本电脑，那儿肯定还有关于这个图案的记录。"皮查雅说完朝博物馆外面走去。有线索，我自然不会放过。我跟着皮查雅来到她家里，皮查雅把斯里潘的笔记本电脑拿出来，打开笔记本电脑后皮查雅显得很烦恼地说："我试过无数次了，密码总是不对。"我们白高兴一场，皮查雅根本没有打开斯里潘笔记本的密码。这时候如果利希美在就好了，以她的技术肯定能找到斯里潘所设的密码。皮查雅说："怎么办？我又不愿意把笔记本电脑交给警察局，哥哥他很细心谨慎，笔记本电脑总是不停地更换密码。"

"你可以仔细想想，你哥哥都会用什么来作为密码，生日什么的。"我说完，皮查雅无奈地叹气说："都试过了，一个都没中，要不你来试试，说不定你运气好一些。"她把斯里潘的笔记本电脑交到我手里，我对着电脑屏幕，皮查雅提醒我说："我哥哥喜欢用数字做密码。"

我只好按照自己所想的输入几个数字，结果都以失败告终。皮查雅失望地看着我，我失落地看着笔记本电脑屏幕，如果找不到线索，利希美不知道会不会死掉，抓走她的人会杀掉她吗？凶手到底想做什么？我们又烦又闷的时候，总部打了个电话给我，他们告诉我律实县西北部一个山村里面又出现了一起窃骨事件。我告诉皮查雅实情，皮查雅关上电脑后说："那个村子离这儿不远，我陪你一起去瞧瞧。"

我在皮查雅的指引下来到案发现场，手法差不多，开馆起尸取骨，手法干净利落，这一次同样没有收拾现场，难道凶手时间变得紧迫了吗？没时间清理现场。我呆呆地蹲在棺材边上，抽了一根烟，有个曼谷警察突然说道："又是这个图案。"这话使得我心一紧，把手里的烟蒂扔掉，我走到那个警察面前用泰语跟他说："什么图案？"那个警察指着尸体左脚脚底说，"你看了就知道。"我蹲在尸体脚跟边上，拿起已经被剔骨、软绵绵的死者左脚，左脚的脚掌掌心的地方被人打下一个烙印，烙印呈环形，三个男人头脚交缠，显得诡异而神秘。

"就是它了，前面几宗案子，尸体都被打下烙印吗？"我问那个警察。

那个警察点点头说："对，我们一直调查这个图案，似乎没有什么突破口。在泰国，我们崇拜蛇，我们这儿只有环形蛇的图案，没有这种人形怪圈图案。"

我走出现场，皮查雅来到我面前问："怎么？有没有发现什么？"我把脚底烙印的事情告诉她，她做出一副冥想的表情说："这个人形怪圈符号肯定代表着什么？也许我哥哥他知道。"这话属于废话，就算她哥哥知道又有何用？他被凶手杀死了，笔记本电脑又开不了。

我把皮查雅送回家后，开车回到自己所住的地方，天已经黑了，进门的时候，一条黑影从我跟前闪过，我扑过去，一股血腥味灌进我的两个大鼻孔里头。确定房间里面安全后，我伸手去开灯，灯一亮，房间地板上全是血迹，我喊了一声利希美的名字，屋子里面没有人回答。我走到沙发这边，一条尸体出现在我眼前，尸体是一只黑猫，黑猫肚子被剖开，死得很惨。我走到猫尸面前，检查了一下猫尸，它肚腹里面藏着一卷纸。我把这卷纸拿出来展开，纸上面密密麻麻地写满了泰文，内容大概是如果不想她死的话，最好别管这个案子，如果我还穷追不舍，利希美很快就会死在我面前。居然威胁我，看来凶手已经知道我的一举一动，我赶紧把这张纸扔掉。将屋子清扫干净，这个晚上，我一夜没睡好，利希美的死活已然掌握在我手里，我要是乖乖听话，利希美也许能活着回来。

第二天早上，我坐立不安，因为皮查雅给我来了一通电话，她在电话里面说，她哥哥的笔记本电脑已经被她破解密码。在屋子里面徘徊了两个小时，我出门下楼开车来到皮查雅家里。皮查雅见到我后显得挺激动的，哭着说："我哥哥他……我一定要为他报仇。"

"他怎么了？"我问道，皮查雅哭得已经不成人样，她指着斯里潘的笔记本说，"你自己去瞧瞧。"我走到斯里潘的笔记本面前，笔记本已经被皮查雅浏览过无数遍。她正在看的这篇文章，斯里潘描述的内容和我遇到的事情差不多，他跟我一样被威胁了。看来斯里潘追踪凶手的时候同时被凶杀追踪了，凶手威胁他说，如果他继续追查，他们将会杀掉他妹妹皮查雅。"为了妹妹一辈子平平安安，我得先把他们抓进大牢。"这是斯里潘的原话，他没有向凶手妥协，他追到了犯罪现场，结果没有斗赢狡猾歹毒的敌人。皮查雅还在哭哭啼啼，她坐到我对面的时候，我问她："这里面有没有关于人形怪圈符号的东西。"

"在另外一个文件夹里面，文件夹名字叫比萨。"皮查雅说完，我开始在笔记本里面寻找这个名为比萨的文件夹，如果我没有记错，"比萨"在泰国某个语种里属于恶魔的意思。找到比萨文件夹，我点开它，里面的确有有关于人形怪圈图案的解释，这个图案是斯里潘在监狱里面拜访一位前黑社会大佬知道的。图案由三个恶魔交缠而成，恶魔互相咬着形成一个圆圈，表示永恒的邪恶。这是泰国一个很古老的符号，普通人根本认不出它。那个黑社会大佬对它也是一知半解，据他所说，一些混帮会的泰国年轻仔，他们有时候会用到这个符号来做文身。

“这么说，这跟帮会有关吗？”尽管找到人形怪圈的解释，但是我还是一头雾水，问皮查雅一句。皮查雅说，“你看到最后。”我把文章翻到最后，最后斯里潘提到，那个黑社会大佬认识一位信奉人形怪圈的人，这个人就住在律实县。根据黑社会大佬的说法，信奉人形怪圈的这个人脾气很怪，据说他拥有一身神力，但他很少与外界往来。

“上面没有写那个人的名字，我们怎么找他呢？”我似乎已经感到自己离凶手越来越近了。皮查雅拿出斯里潘的一本笔记本递给我，说：“不需要我们查，我哥哥他已经找到了。”

“贾卡蓬？”我看到斯里潘记录了这么一个名字，除了名字，上面还有贾卡蓬的资料。贾卡蓬，53岁，律实县高母村人，曾经因为故意伤人和诈骗罪坐了八年的牢。出狱后回到律实县，从此不再跟社会上的人往来。经过我亲自调查，贾卡蓬一直在乡下务农，与案子无关。斯里潘说贾卡蓬与案子无关，我瞟了一眼皮查雅说：“这人不对。”

“我哥哥没有调查清楚而已。”皮查雅说完，她拿出另外一个本子递给我，我打开本子看了一眼，上面写着：贾卡蓬，比萨符号信奉者，由于其能力非凡，在乡下拥有一批忠实信徒。我问皮查雅：“这是你哥哥记录的吗？”

“不，这是我写的，我有个中三同学，她就住在高母村，她告诉我，高母村已经被贾卡蓬搞得乌烟瘴气，大家平时都不劳动了，整天只知道去听贾卡蓬布道。”

“看来他把你哥哥给蒙骗过去了。”

“贾卡蓬这个人鬼精得很，我想他和这次窃骨事件，还有杀我哥哥这件事肯定有莫大的联系，幕后主谋肯定是他，除了他之外，谁会偷窃别人的尸骨呢？”皮查雅说得铿锵有力。我合上她给我的本子，心里正盘算着怎么去高母村调查贾卡蓬，毕竟贾卡蓬老奸巨猾，他能蒙得住斯里潘，自然也能蒙住我们。他真要是幕后主谋，事情不好办了，毕竟我们的一举一动已经在他的掌握之中。想到这儿，我的手机收到一条短信，一个陌生号码发来的。

我打开短信，短信简短地写着：你不老实，那个女人已死。

■3 白骨掠夺者

幽暗的地堡之中，利希美晃着剧痛连连的脑袋，醒来眼前一片漆黑，几乎看不到任何东西，只感觉到自己身处一间封闭的密室里面。也不知道自己昏迷了多久，一股腥臭味把她给刺激醒来。脑袋很疼，像是上百只长着尖牙的虫子肆扰着她的大脑皮层。她深深地吸了一口气，等脑袋没有那么疼的时候才喊几声救命。啪！一道灯光打来，灯光刺眼，刺眼得她都快睁不开双眼了。密室变得明亮，周围变得清晰，一股阴森森的感觉扑面而来。在她的眼前，白骨，白骨，全是白骨。白骨一根一根地摆着，大大小小，长长短短，它们互相搭配着形成各种各样的摆设，星形、花形、鸟形、人形、畜生形、佛形、妖魔形……憨态可掬者、狰狞恐怖者、玲珑可爱者，使人目不暇接。

利希美被这一房子的白骨工艺品震撼住了，她见到过石雕、竹雕、木雕、骨雕，见过草编、绳编、灯饰、面塑等，房子里的白骨，经过衔接、拼错、镶嵌、粘贴、胶合、雕刻、堆积等工序形成了一个个精致造型。自己和满房子白骨在一起，她心里直发毛，心里在想，如果不是一个神经病，谁会有如此诡异的想象力？自己若是被一个疯子抓来，只怕危在旦夕。

她越想越害怕，一道凉风袭来，房间的门被推开，一条瘦长的身影从门缝里面钻进来。利希美抬头看着他，他身形高大，穿着一件黑色西装，戴着一顶黑色帽子，脖子上围着一条黑色围巾，整个外形看上去除了高大之外，剩下的全是神秘。这人走到利希美面前，他蹲下来把利希美扶起来。利希美推开他骂道：“神经病，快放我走，要不然……要不然……”

“我叫萨克达，这间白骨房的主人，即将闻名世界的白骨工艺师。”男人嘴角微微一笑，语气温和地说着。他声音很好听，如同一曲轻音乐，听着舒服，容易上瘾。利希美盯着他说：“废话少说，放我走。”萨克达竖起一根中指甩了甩，表示不同意，利希美骂道：“你到底想做什么？”

“我要带你参观我的工作室，来吧！你是我的第一位观众，你也将会是我的第一位粉丝。”萨克达牵起利希美的右手朝外面走去。利希美居然没有抗拒，乖乖地让萨克达牵着往外面走。出了密室，外面是一个大殿，堆满白骨的大殿，这里的白骨工艺品比密室里的更多、更大、更吓人。白骨摆成各种恐怖形状、恐怖表情，整个大殿在这堆白骨渲染下显得阴森无比。

利希美胆战心惊，却又不敢造次，一路缓缓地跟着萨克达，听着萨克达讲述他这些作品背后的故事，四面佛、坤平将军、龙王那伽、鬼妻娜娜、湿婆神、象神迦尼萨、白猴神哈奴曼……萨克达完全没有理会利希美愿不愿意听，他投入地诉说着。

在一颗白骨雕成的螺蛳面前，他轻声说：“很久之前，泰国的一位王后怀孕了，分娩之时，她却生了一个白螺蛳，国王恼羞成怒，他把白螺蛳扔到一张竹筏上面，从此白螺蛳随着竹筏在河里漂流。竹筏一直漂，漂到一条巨龙那里，巨龙没有收留白螺蛳。可怜的白螺蛳继续过着漂流的生活，最后漂到了妖国，妖国中的一只老妖把白螺蛳捡起来抚养。不久之后，白螺蛳的壳破裂，一个漂亮的男孩从这儿诞生。男孩长大了，他从老妖口中得知自己的母后原来是个妖魔，他不相信，他想去求证，因此偷走老妖的宝物回到他出生的王国。这时候，国王举办招亲大典，公主扔花环选夫婿，结果花环套在了他头上，最后他和公主结成夫妻。”

萨克达说到这儿，没有再说下去，嘴巴里只是幽怨地叹着气，说：“男孩好可怜。”

利希美心想，“能不可怜吗？和自己的妹妹结为夫妻，这日子还能过吗？”

萨克达牵着利希美来到另外一个作品面前，这个作品是一朵荷花，荷花上面躺着一个身姿妖娆的女孩。利希美望着这朵荷花，萨克达说：“很久以前的泰国，那时候有一个男人，这个男人拥有两个老婆。有一天，为了争宠，小老婆把大老婆给杀死了。大老婆死后牵挂着男人，她化身一条小鱼在男人每天路过的河里游着，试图提醒男人什么。小老婆通过巫师知道这事后，她想方设法弄死化身为鱼的大老婆。鱼最终死掉了，她的女儿把她的骨头扔在村头的岔路口，一年后，埋葬鱼骨头的地方长出了一棵树，这棵树能发出美妙的歌声。国王知道这件事后，他想把这棵树移植到王宫，可是谁也拔不出这棵树，除了鱼的女儿。最终鱼的女儿成功拔出这棵树，备受国王欣赏，她成了王后，还生了一个儿子。这事让男人的小老婆嫉妒不已，趁王后回家探亲的时候，她把王后推入河里，王后被淹死了，小老婆就让自己的女儿穿着王后的衣服回到王宫冒充王后。可惜，国王不是傻子，他发现了这个诡计，他把假王后杀掉并把她的骨肉磨碎做成肉酱饼送给那个小老婆吃。”

“真恶心。”利希美插了一句。

“你想知道王后怎么样了吗？”萨克达知道利希美对他的作品提起了兴趣，愉快地问。利希美平淡地说了一句，“王后不是被淹死了吗？”

“不，王后死后转世成为一朵美丽的荷花，这朵美丽的荷花被一对老夫妻带回家里，荷花变成了一个勤劳勇敢的女孩，女孩成了老夫妻的养女，最后她遇到了国王，他们相爱了，相聚了，恍若隔世的爱情……”

萨克达说完之后，脸上的表情变得忧伤无比，看着快要哭了。利希美忍不住嘲笑他："想不到你还挺多愁善感。"

萨克达把他那黑色西装外套脱掉，帽子和围脖也摘了，有些疲惫地坐在一张白骨搭成的椅子上，拿着一只白骨雕成的酒杯倒了一杯红酒，咕嘟咕嘟喝了几口，说："没人能懂我的孤独，从来没有人。"

利希美远远地看着萨克达，他长得还算俊俏，表情忧郁，眼神伤感，惹人爱怜，她问道："你到底是什么人？"

"我是个亡人。"这几个字清脆地从萨克达牙缝里面吐出来，利希美打了个寒战。萨克达放下酒杯，缓缓地站起来，他的眼神变得凌厉，带着锋芒的眼神直视利希美，利希美不敢接他的目光，低头问道："你到底想做什么？"萨克达突然捂着自己的腰部，脸上露出一副疼痛难忍的表情。门外传来一个爽朗的笑声："萨克达，你这个魔鬼，你去死吧！"利希美回头看去，一个老头子带着一帮村民举着火把冲了进来。利希美莫名其妙之际，老头子他们已经把萨克达围了起来，火把围着萨克达，老头子嘴巴里面不干不净地骂着。萨克达没有还手之力，痛苦地坐回那张白骨椅子，说："你们想杀我吗？"一个提灯大汉从大殿后面走出来，他走到了老头子身边，老头子赞许地看着提灯大汉说："坦古努拉特，你立功了。"

"你背叛了我，你在我的酒里下毒了吗？"萨克达愤怒地盯着提灯大汉坦古努拉特。

坦古努拉特破口大骂："我受够了，受够了你，受够了这一切，你是个变态、是个疯子，你亵渎了我们的灵魂……"他还没说完，一把锋利的柳叶刀划过了他的脖子，他倒下了。萨克达手里多了几把柳叶刀，他这是要做濒死一战。

"萨克达，你死掉了，我们都不会怀念你，我们会掩埋你的一切，你认命吧！为你所做的一切赎罪。”老头子说完，萨克达怒道：“不，贾卡蓬，你杀不死我，永远杀不死。”老头子大手一挥，手里的火把甩到了萨克达身上，其余的人同样把火把扔在萨克达身上。萨克达手里没有力气了，柳叶刀掉在了地上，熊熊燃烧的火慢慢地淹没他，他一声不吭，一动不动，任由火焰将其吞没。利希美站在一边，看着这一幕，可恨又可惜。

利希美获救后，她很快回到我身边。

我感到些许安慰，那条关于她的死亡短信使得我忐忑了一整天。一见到我，她迫不及待地告诉我她所遇到的事情，听她说完自己的亲身经历。坐在我身边的皮查雅感叹着说：“好险好险，想不到我哥哥被这种人害死了，希美姐姐真是命大，如果不是贾卡蓬他们及时赶到，后面不堪设想。”

“萨克达为什么要带走你呢？”我问利希美。

“他缺少观众吧！”利希美简单地回答。

“为什么只是你一人？”我再问一句。

“老宫，你什么意思？你这话把我问蒙了，我也想知道为什么单单就我一个？也许因为我长得漂亮？或者因为我是个女警官。”利希美较真儿了，看到她一股劲儿解释，我拍着她肩头呵呵笑道：“傻样，我跟你开开玩笑罢了，瞧你较真儿的劲儿，笑死人了。”利希美撇撇嘴，愤愤地坐到一边去。

萨克达已经被高母村的村民烧死，斯里潘的大仇已报，皮查雅感到高兴极了，她说以后肯定会做一个好警察，她会继承她哥哥的意志。吐露一阵心声后，皮查雅告辞了。我看着还在生气的利希美，哄着她说：“我不过是随便说说罢了，你别当真呀！”

“你去调查贾卡蓬的时候，他有没有跟你说起萨克达的身世？”利希美问。

我点点头，利希美叹气道："看来你都知道了。"

我"嗯"了一声。萨克达被烧死后，他的白骨工作室被曼谷警方清理掉。至于那些惊悚恐怖的白骨工艺品会被搬运到哪儿，我无权过问。事后我去见了贾卡蓬，贾卡蓬本来已经被我和皮查雅认定为幕后黑手，之前，我和皮查雅去过一次高母村，可惜没找到他。那时候，他估计正带着高母村的村民举着火把闯入萨克达的白骨工作室。贾卡蓬虽说坐过牢，但他一直安分守己，皮查雅的同学说他蛊惑人心，原来他一直在组织村民对付萨克达。

萨克达是在律实县高母村出生的孩子，贾卡蓬他们从小看着他长大。

三十多年前，一个大肚婆独自一人忍饥挨饿风雨兼程来到高母村。大肚婆无依无靠，孩子又快生了，她倒在村头的一棵杧果树边上。贾卡蓬碰巧路过，他把大肚婆带回家里，刚刚跨入家门，大肚婆就生了，生出一个白白胖胖的男娃娃。

大肚婆说着一嘴大家听不懂的语言，谁也不清楚这个女人来自哪里，因为她生了小孩后，命没有保住。好心的贾卡蓬亲手埋葬这个来历不明的女人，女人留下来的孩子，他只能收养起来，并给他取了"萨克达"这个名字。

萨克达出生之后，他和别的孩子完全不一样，他很恶毒、很暴力、很血腥，三岁大左右已经开始杀鸡鸭、杀老鼠青蛙，他会把这些动物的皮肉全部剥掉，玩弄这些动物的骨头。萨克达越长大越奇怪，十六岁那年，他把贾卡蓬邻居家的一头老水牛给杀死了，老水牛的皮肉被剥掉，只剩下一具骨架。这事吓得贾卡蓬的邻居几天没有睡好觉。贾卡蓬认识到萨克达与众不同，整个高母村被他搅得鸡飞狗跳，别说村里的鸡鸭猪牛，就是小孩见到他也会避之三分。贾卡蓬忍无可忍地把萨克达关了起来，足足被关了一个月，后来萨克达逃跑了。

逃出来后，萨克达把高母村亡者的坟墓全挖了，死者的白骨被他用来搭建一座房子。这事轰动了整个高母村，全村人来找贾卡蓬的麻烦，贾卡蓬去找萨克达的时候，萨克达已经逃到曼谷。贾卡蓬一路追到曼谷，一时激动的他捅了萨克达一刀，结果他被抓了，加上他在做卖假药的生意，法官给他判了刑。贾卡蓬坐牢后，萨克达接着失踪了。

直到律实县发生一起又一起窃骨事件，贾卡蓬认识到萨克达回来了，出狱后一直很安分的他将高母村的村民组织起来，想办法对付萨克达。按照贾卡蓬的说法，萨克达并非泰国人，他来自国外，具体是哪一国人，他也没弄明白。萨克达身上流着一股恐怖血脉，这种恐怖血脉使得他自幼便和其他人不同。贾卡蓬是高母村里唯一懂得神鬼的法师，他还是高母村的祭师，因而懂得不少奇异的法门，他的祖师来自一个叫曼加诺学派的神秘组织。这个曼加诺学派的标志、族徽正是人形怪圈“比萨符号”。这是泰国里面极为古老的符号之一，这个符号源自衔尾蛇，代表着人类的本能本性，代表着矛盾与轮回。

萨克达自幼生活在贾卡蓬身边，受贾卡蓬的影响，他偷偷地研究曼加诺这个神秘学派，野心勃勃的他与贾卡蓬甘心蜗于一个小山村不同，他想把这个学派发扬光大。曼加诺学派中有一门骨雕奇艺，修行这门技艺的人将会受天下人崇拜。身怀恐怖血脉，自幼性格冷僻的萨克达怎么能放过这次机会？他拉帮结派，最终组织了一间白骨工作室。在这个秘密的工作室里面，萨克达日夜修炼，午夜窃骨，白日修行，工作室从只有一根骨头慢慢地变成一座白骨博物馆。眼看就要大功告成，养父贾卡蓬带着村民匆匆赶到，一把火烧掉了萨克达所有的梦想。

“他心存邪念，我一忍再忍，最终还是没有忍住，他那么狡猾、那么聪明，除了我，只怕没人能对付他，他现在就这么死掉了，我没有一丝悲伤。”这是贵卡蓬最后跟我说的话。

说白了，萨克达从小就有恋骨癖，这种扭曲的爱好如同病毒一般侵蚀着他，使得他身不由己，爱骨如命，更不惜渎尸窃骨杀人。然而，事情真就这么简单吗？利希美回来后的一个星期，她几乎天天在我耳边念叨：“萨克达看着很忧伤很忧伤，他的双眼充满故事，你知道吗？他想让我阅读他的眼睛，阅读他的内心，可惜我没有做到。”

利希美似乎很同情萨克达，我不知道她是否过于善良，对于一个白骨掠夺者有什么好同情呢？后来，利希美独自一个人的时候，她总喜欢卷着自己右手的袖子，一双忧虑的眼珠游弋在她右手腕。我曾匆匆一瞥，她的右手腕上面有个刺青，如果我没看错，那是一个“比萨符号”的刺青。我不知道这个刺青什么时候出现在她右手手腕，不过我总算弄清楚她为何总替萨克达惋惜。

■ 第六章　暗黑拳王

■1　拔舌

曼谷，一座由天神毗湿奴创造的天使之城，在它西北部一栋紫金色大厦的地下三层，这里挤满了形形色色的泰国人以及远道而来的各国游客。这个隐秘的地下室，它有个名字叫“柯叻拳场”，“柯叻”是泰国的一个地名，拥有“拳城”的美誉。“柯叻拳场”则是曼谷最为隐秘同时也是最为热闹的地下拳场。在泰国，泰拳被誉为“八条腿的运动”，它历史悠久，传承至今，已然名动世界。

打黑拳、赌拳，在泰国就如同斗犬、斗鸡一般风靡。柯叻拳场以黑拳著称，这儿举办的拳赛与普通拳赛不大一样，赛前均要签生死状，选手拼到你死我活为止。在这里，血腥、残忍、冷酷、激情、凶悍、号叫……选手们肆无忌惮，不择手段。按照柯叻拳场的老板帕朗所说的，柯叻拳场即是古泰拳最佳的演示场所。

古泰拳与现代泰拳不同，现代泰拳的拳赛相对比较文明，比如选手会戴上护罩、护腕、护膝什么的，一些危险动作也会被禁止使用。古泰拳则不同，凶猛暴力的古泰拳不会考虑那么多，不打则已，一打便全力以赴，以敌人死亡或者投降为结点。古泰拳在过去，跟西方的角斗士差不多，他们主要给王室进行表演，以鲜血与汗水来愉悦王室。

柯叻拳场之中，没人知道今晚是拳场历史上第几次进行的拳赛，但是他们来到这儿，除了赌拳之外，最终的目的还是为了一睹拳场第一拳霸杀玉狼的风采。

一年前，一个来自同样被誉为“拳城”——猜耶的年轻拳师，他个头不高、皮肤黧黑、头发蓬松、衣衫褴褛，形象狼狈的他突然冲到擂台上面，他要挑战当时名震一时的超级拳霸，已经连续二十四场不败的黑拳选手乃邦。一切来得那么突然，一切都在大家的意料之外。

众目睽睽之下，年轻拳师一招KO了乃邦。年轻拳师赢得了掌声和鲜花，当然，还有丰厚的奖金。不仅如此，他还获得拳场老板帕朗的青睐，帕朗亲自出马宴请年轻拳师。帕朗被年轻拳师身上那股犟气吸引，他觉得自己应该把年轻拳师培养成为柯叻拳场最强悍的拳手，并且给年轻拳师起了个“杀玉狼”的名字。他希望年轻拳师像一头来自草原上的狼，肆意驰骋，雄霸一方。

杀玉狼没有令帕朗失望，已经连续102场不败的他完全成为柯叻拳场的宠儿。无数赌徒来到柯叻拳场一掷千金，他们无非是为了看杀玉狼一败。各路拳师秣兵厉马来到这儿，他们无非是为了赐予杀玉狼一败。可惜，杀玉狼一直没有败下阵来，他一次次令观众、赌徒、拳师们失望，但他又一次次地激起观众、赌徒、拳师们的激情和欲望。

身份不明的杀玉狼很快成为柯叻拳场里的神，连拳场的老板帕朗都要畏之三分。拥有超强杀人技的杀玉狼慢慢地熟络拳场的路数，他的表演越来越娴熟，观众需要惨叫，他会使自己的对手惨叫连天；观众需要血腥，他会使得擂台血流成河；观众需要死亡，他会亲自把对手送入鬼门关。他的表演接近疯狂，在这疯狂的背后，人们更难理解的是他到底是如何做到这一切？一个年纪轻轻的拳师，看着乳臭未干，竟然能连斩102人，这102人里面，不乏已经成名的超强拳师。

杀玉狼名气越大，来挑战的人就越来越多，起初他不挑对手，只要有人来挑战，均会迎战。后面，他不再这么随意，挑战者需要是成名的拳师，拥趸万千的拳手。今晚，杀玉狼的对手正是曼谷赫赫有名的拳王级泰拳手坤意。坤意年少成名，一生从没有败仗，拿到的金腰带数不胜数，但他从来没有下过地下拳场，不屑地下黑拳的他因为杀玉狼崛起的名头而躁动不安。

杀玉狼春风得意，坤意最终向杀玉狼下了战书。这一场拳赛被誉为“曼谷之战”，谁都想看看坤意能否在柯叻拳场一展雄风，谁都想知道杀玉狼到底能不能战胜已然成“拳王”的坤意。杀玉狼为了一口饭而战，坤意则是为了荣誉。

两人老老实实地签下生死状，高手对决，生死存亡似乎已经置之身外。

曼谷之战，死亡之夜，柯叻拳场水泄不通，支持坤意的人喊着:“坤意，终结者。”支持杀玉狼的人则呼着，“杀死他，杀死他，干他，干掉他。”人声鼎沸，排山倒海，呼喊声都快把整栋大厦喊塌了。赌徒们熙熙攘攘吵着下注，观众则激情澎湃地摇头呐喊。时间过了差不多四十分钟，在擂台上，主持人一声喝令，终极之战，即将开始。坤意从擂台左边登场，他身材高大、虎背熊腰，身上缠着藤纱，穿着一条宝蓝色战裤，脑门儿同样缠着一条蓝色头带。浑身肌肉的他如同一堵铜墙铁壁，脸上表情僵硬，如同寺庙里的金刚。征战擂台无数的他知道今晚的对手极为特别，一刻也不敢松懈。坤意出场后，场下一片雷鸣，支持者们已然在疯狂呼喊他的名字。

须臾，杀人无数、战无不胜的杀玉狼缓缓登场。他个头不大，皮肤很黑，长得均匀结实，脸上带着一丝诡异的谄笑，这一战，对他来说，似乎轻而易举。

坤意和杀玉狼站到擂台中间，他们开始向场下的观众们敬礼，坤意象征性地挂起花圈跳起了舞，这是泰拳的拳舞，又叫“望功”，一来感谢场下的观众；二来拜谢天上的神灵和祖师爷，让神灵以及祖师爷保其胜利；三来给自己鼓鼓劲。杀玉狼则一动不动，如同一尊石佛，一尊面带微笑的石佛。人山人海，天旋地转，战歌滚滚，一阵铃声响起，裁判宣布生死战开始。地下拳没有那么多规矩，裁判宣布完毕后立马下场，擂台上孰赢孰输已然不关裁判的事情。擂台让拳手自由发挥，坤意和杀玉狼相对凝视。

“你来自拳城猜耶吗？”坤意瞥了杀玉狼一眼问道。

“废话少说。”杀玉狼冷冷地回答。

“下乡毛头小娃儿，口气忒大了。”坤意见杀玉狼目中无人，心中恼恨，说完发拳朝杀玉狼面门劈过去。杀玉狼冷笑一声，身体一挪，轻轻松松地躲开坤意重击。坤意自然也没有那么轻易放过杀玉狼，嗖嗖嗖，连环拳，一拳打出十几下，打得杀玉狼跳步急躲。坤意攻，杀玉狼守，一头强一头弱，看着没有那么精彩，场下顿时嘘声遍地。

嘘声一起，杀玉狼不得不认真起来，瞧着坤意一拳打过来，他居然用胸口接上这重重一拳。两人身体有所接触，杀玉狼挥拳回击，近距离搏击，两人很快缠在一块。肩顶、脚踢、抱摔、扫绊、臂撞、脚踹、压打、肘击、口咬、锁扣、膝顶……泰拳中的各种犀利招数不断地在两位拳师身上变化着。经过半小时的缠斗，两人打得头破血流、遍体鳞伤，看得大家伙起哄连连，似乎这还不够。

“小子，没力气了吧？你的拳是你奶奶教的吗？没点力气，呵呵，来呀！继续。”坤意瞪着杀玉狼说着，杀玉狼已经气喘吁吁，这种时候，喷垃圾话自然不能少。杀玉狼怒起，一招“飞鸟投林”攻向坤意，紧接着两人又缠在一起，投摔、头触、地战、飞摔、反关节、跌扑、撩阴、锁喉、戳眼，一招比一招狠毒，从来没有经历过地下拳的坤意哪里想到杀玉狼如同饿虎饥狼，为了目的，什么招数都能用出来。吃了点儿小亏后，坤意放下面子、架子，招数变得阴险歹毒。你一招“战象交齿”，我一招“撒网捕鸟”，你一招“拆象脊”，我一招“斩葫芦”，两人来来往往，利用泰拳中的“母招”和“子招”互相攻守。

缠斗了大概半小时后，观众们觉得不够精彩，一个个嘘声又起，在他们心里，高手过招，一招分胜负，坤意和杀玉狼之间缠斗得有些过多，过程虽说血腥激烈，却又不乏平实，这些在之前，他们基本都看过了。当然，地下拳，与古代拳师斗艺差不多，古拳经有云：“不合则矣！一合即势如盘龙，连绵不绝，决胜方休。”坤意和杀玉狼都是实力派，激战起来，难免需要点儿时间，总得摸清楚对方的门路，再一决生死。

“拔舌头，拔舌头……”群众开始起哄，他们呼喊起杀玉狼最为经典的招式。听到观众们一一呼喊，杀玉狼瞬间来了劲儿，他冷冷地对坤意说：“老东西，你快玩儿完了。”说完拳风突然一变，转身鞭锤，低身破马，执腿狂摔，坤意被他这几招吓到，整个人被杀玉狼压制于地。坤意惊愕地看着杀玉狼，“你到底是什么人？”杀玉狼却抱着坤意，一拳一拳地打在坤意脸上。坤意险些晕厥，嘴巴里面念叨着：“这些已经失传的古泰拳招数，你从哪里学到的？难不成你……你……”说到这里，杀玉狼肘击坤意喉咙，坤意惨叫一声，说不出话来。

最激烈的一幕就要到来了，全场高潮迭起，一个个站起来朝着擂台上看，杀玉狼的粉丝们已经撕心裂肺地呼喊：“拔舌头，拔舌头……”

杀玉狼低头在坤意耳边说：“你知道的似乎有些多了。”坤意无助地瞪着杀玉狼，眼神里充满了疑惑和不解，他心里面一直在呐喊着：“这不可能，绝对不可能。”回想起杀玉狼的招式：“仙妃坐坛”、“神猴掷妖”、“牡鹿耀角”、“天帝过海”、“鳄鱼戏尾”等，这些都是他从来没有见过的招式，而且都是古泰拳里面接近失传的招式，除非是古代拳师附体，要不然谁能打出这些招数吗？惊愕和惶恐，坤意渐渐没有了知觉。

杀玉狼顺应观众，他伸出右手的食指和拇指，把食物和拇指做成钳状深入坤意嘴巴里面，昏迷中的坤意突然惨叫醒来，他的舌头已经血淋淋地挂在杀玉狼右手二指之间。坤意再次晕厥，杀玉狼望着坤意的躯干冷笑着，说："这次就饶你一命。"

场下已是哗然一片，大家过足了瘾，不停地欢呼着杀玉狼的名字。杀玉狼得意地绕着擂台走了一圈，他要告诉所有人，这个擂台只属于他，谁也无法抢走他的擂台。胜负已分，坤意的支持者们颓然离开，昏迷不醒的坤意也被抬走了。杀玉狼回到了更衣室里面，拳场老板帕朗忍不住跑来向杀玉狼祝贺，杀玉狼一言不发，只顾换衣服。赚钱赚得笑开颜的帕朗知道杀玉狼的脾气，祝贺几句后便离开更衣室。

更衣室外面，副手阿松问帕朗："这小子真当自己是神了，老板你那么给他面子，他居然不理不睬。"

"阿松，他想怎么样就怎么样，我们能赚钱就得了，这一次，咱们算是赚足了。"帕朗笑眯眯地说着。阿松提醒道："杀玉狼越来越嚣张，名声越来越大，咱们这个非法拳场已经被警察局的人盯上，我看……"帕朗白了阿松一眼说，"你的担忧我明白，嘿嘿！我们钱也赚了，至于杀玉狼，我自然有办法对付他。"

"老板，你的意思是？"阿松做了一个"杀头割喉"的手势。帕朗不置可否，而是大步朝外面走去。阿松似乎更加明白了，狡兔死，走狗烹，大呼老板英明，一路小跑跟着帕朗一同离开拳场。

杀玉狼洗了个澡，自理了身上的伤痕。他受伤后，一向喜欢自己自疗，从来不会用拳场为他准备好的疗伤师。疗伤完毕，穿上衣服，他总会走到更衣室隔壁的那个阴暗房子，这儿摆着他的战利品——舌头。这些舌头被一瓶瓶的福尔马林溶液浸泡着，这是他辛苦得来的战利品，每次面对这些战利品，他总能想起自己是如何活了下来。他把坤意的舌头扔进一个还没有装任何舌头的福尔马林容器里面，这是他赛前准备好的，一开始他就知道自己输不了。

端详着容器中坤意的舌头，他像孩童一般开心，像是欣赏自己的玩具。

从柯叻拳场走出来后，杀玉狼开车朝自己所住的酒店去，一年多的时间，打了一百多场拳，遍体鳞伤的他我行我素，独来独往。帕朗曾经给他一个团队，团队里面包括教练、助理、医疗师、体能师等，但他拒绝了。他性格孤僻，几乎没有朋友，帕朗曾在背后嘲笑他为“野人”。

回到酒店，他开车进到停车场，停好车，推开车门下去，一条黑影从他身后窜过去，黑影如同幽灵，快速而神秘。黑影从他跟前飘过去后，杀玉狼根本没来得及看清楚对方的面孔，他喉结发出一阵奇怪的响声，“噗”的一声倒在地上。

大名鼎鼎的地下拳王杀玉狼被人杀害于停车场，这件事没有流传出去，因为杀玉狼的老板帕朗花了不少钱把这个新闻给封锁了。我和利希美来到杀玉狼所住酒店的地下停车场，这边已经被封锁，所有的车辆禁止出入。杀玉狼的尸体就躺在他车子的前面，他刚刚下车就被杀害了，凶手杀了他一个措手不及。我和利希美走过来，利希美帮助曼谷警局的法医查看了一下杀玉狼的尸体。

杀玉狼的尸体倒在血泊里面，漫天的腥臭味，令人不适。我脑子里不停地思考着，这个世界上，想要杀玉狼死的人太多太多了，凶手会是谁呢？有能力杀死杀玉狼的人并不多，瞬间令杀玉狼致命的人更少。不一会儿，利希美走到我身边说：“死者杀玉狼死于凌晨五点钟左右，死因为急性失血性休克导致死亡，凶器是一枚棺材钉子。”

“棺材钉子？”我愣了一下。

“不错，一枚七厘米长的钉子，他们说，这是用来钉棺材盖用的。”利希美回答着我。

“一个超级黑拳拳王居然被一根棺材钉子刺死了吗？”

“不错，凶手趁杀玉狼不注意迅速地将钉子钉入杀玉狼颈动脉，杀玉狼大量失血，最终死亡。除了这个，杀玉狼的舌头被拔除了，现场没有找到他这根舌头，估计被凶手带走了。”

“拔舌？据说杀玉狼最喜欢拔掉对手的舌头。”我点点头说。

“这么说，这属于复仇吗？”利希美盯着我问。我摇摇头，报复只是其中一种，这是一起规划好的谋杀，感觉不像是简简单单的报复。我对利希美说：“有空查查杀玉狼的身份和来历。”

利希美问：“监视器呢？”

我笑道：“凶手不笨，他选择在这儿杀掉杀玉狼，周围的环境肯定对他有利。”

利希美撇撇嘴，似乎也没有话能反驳我。

喜欢拔对手舌头的黑拳拳师杀玉狼被人杀害后，舌头被人摘除了，这像是一种莫名其妙的嘲笑。

■ 2　哭泣的拳头

曼谷南部一个僻远小山村，关于这座山村，谁也说不出它叫什么名字，在地图上甚至没有标记。这个山村夹在几座大山之中，周围全是密林，密林中的巨木高大参天。如果不是为了破案，我和利希美肯定不愿意受这种苦头，一路披荆斩棘，开出一条小路进入这座不被外界所熟悉的山村。这个村子是柯叻拳场老板帕朗告诉我们的，关于杀玉狼的身世，帕朗从初次见到杀玉狼便开始打听了。杀玉狼自称来自“拳城”猜耶，但他身手了得，一连百场不败。这使得帕朗对他很感兴趣，帕朗私下找了不少私家侦探调查杀玉狼的真实身份和来历。

杀玉狼显得很神秘，关于自己的点点滴滴，几乎没人知道。他不交朋友，独来独往，一旦问起他的身世，他立马板起脸不说话。正因为如此，帕朗从他嘴巴里面问不出，所以找了人调查。像帕朗这种财阀，狡猾如狼，细心如狐，杀玉狼来历不明，这是一个安全隐患，他不得不小心。

杀玉狼被杀后，警方本来可以将帕朗列为犯罪嫌疑人，毕竟他是杀玉狼的老板，也许会因为金钱纠纷而杀人这类的。但是帕朗似乎并不知道杀玉狼被害，我们找到他的时候，他还被吓了一跳，死活不肯相信有人杀得了杀玉狼。他向我们坦白，杀玉狼在死亡擂台上越来越厉害，人也越来越嚣张，柯叻拳场因为他的名气已然不再是那座低调而神秘的地下拳场。帕朗一直担心，杀玉狼再杀戮下去，柯叻拳场会被警方扫掉。

在帕朗心里，他曾经多次出现杀掉杀玉狼的想法，但他没有付诸行动。如果帕朗真的杀掉杀玉狼，他肯定已经卷草跑路了。帕朗从容镇定地回答着我们的所有提问，他还主动帮忙调查杀玉狼的身世。根据杀玉狼派出去的私家侦探所打探到的线索，杀玉狼来自曼谷南部的一个无名村。无名村周围草木茂盛，毒虫猛兽很多，曾有私家侦探闯入而遭到毒蛇咬死。听说这些事后，帕朗只能让那些用生命去调查杀玉狼的私家侦探停止调查活动，也不再往下追究杀玉狼的身世。

我们根据帕朗提供的线索来到这座无名村，庆幸的是我们没有遇到私家侦探们所说的毒虫猛兽而是顺顺利利地来到无名村。无名村倚着一条山溪而建立，住户看着不多，大概有二十来户人家，一群光着屁股的孩子正在溪中戏水。我和利希美，还有三个曼谷警察突然到访使得小孩子们哇哇叫着从溪中跳上来躲进家里。孩子们的惨叫引来正在林中作业的成年人，村民们举着各种各样的农作器具从四面八方冲出来。

我们被包围了，为了表示我们没有危险，我们举手跪在地上并用泰语不停地解释。一开始，村民们并没有听懂我们的解释，几个村民还想刺杀我们。一个白头发老头从人群中走出来，他打量着我们，之后用不流利的泰语磕磕巴巴地说："你们既然是曼谷来的警察，你们凭什么来这儿？"

"我们没有恶意，我们真的没有恶意，我们到这儿来，为的是杀玉狼。"我用泰语解释着。那个白头发老头子似乎不大会讲泰语，对于我的话似懂非懂，他用另外一种土著语言和其他村民开始商量起来。我身边的利希美低声说："他们讲的是傣语，他们不是泰族人而是傣族人。"

我问她："你能听懂傣话吗？"

利希美此时没有回答我反而跟白头发老头用傣语聊起天来。利希美流利的傣语使得我眼前一亮，心想着这丫头总算是派上用场了。经过和白头发老头沟通后，我们得以进村，村民们也放松对我们的戒备。

白头发老头名为蒙沙旺，他是无名村的村长和首领，这个傣村一直由他所管理。蒙沙旺知道我们的真实身份后，误会解除，他把我们请到他家。他家是一座高脚竹楼，楼上住人，楼下养畜生。蒙沙旺还算和蔼可亲，他告诉我们，这个村子已经几十年没有人光顾了，我们算是稀有的客人。他给我们每人倒了一杯茶，茶水黑如墨汁，不知道是什么东西泡出来的，我们都没敢喝。蒙沙旺给我们倒完茶后，我提醒利希美跟蒙沙旺说说杀玉狼的事情。利希美先是跟蒙沙旺聊聊村子里的状况，然后才提起杀玉狼被杀这件事。

对于杀玉狼，蒙沙旺什么印象也没有，他坚持村子里没有一个叫杀玉狼的青年。想起"杀玉狼"的名字是帕朗帮忙起的，我们只能拿着杀玉狼的照片给蒙沙旺看。蒙沙旺看着杀玉狼的照片，看着看着突然掉下泪水来。这可把我们吓得不知道如何是好？过了一刻钟，蒙沙旺摸着照片里的杀玉狼说："这不是杀玉狼，这是洛杰。"

"洛杰？杀玉狼的本名叫洛杰吗？"我勉强听得懂蒙沙旺那不清不楚的泰语。

蒙沙旺显得很悲伤，感觉死掉的洛杰就是他儿子似的，他哭着哭着，突然告辞了，他说他要把这件事告诉村里的人。蒙沙旺家的客厅里面剩下我们几个外人，利希美对我说："这叫得来全不费工夫吗？"一个曼谷警察说："如果知道杀玉狼的身世，破案时间就快到了。"

另外一个曼谷警察说："有那么容易就好了，你们没有发现这儿的人都怪怪的吗？"

利希美说："怪？哪里怪呢？"

那个曼谷警察接着说："这儿的人干瘦如同僵尸，感觉好几个月没饭吃一样，你们也许没有观察到，我倒是看得一清二楚，这个村子，饥饿无比，无论男女老少，一个个皮包骨，根本就是没吃好的样子。"

"那又如何？"利希美问了一句，穷乡僻壤里的村子，没有东西吃很正常。

那个曼谷警察摇摇头说："这是个饿人村，你无法想象一个饥肠辘辘的人会做出怎样的疯狂事情。"

利希美还想反驳，我叫他们先不要吵，村子确实古怪，但还不至于使人害怕，至少村长蒙沙旺还算通情达理。过了一阵，屋子外面传来一阵哭泣声，我们心里一警，纷纷朝屋子外面走去。屋子外边正好是村子的正中心地带，蒙沙旺带着村民们跪在这儿，一个个鬼哭狼嚎，不停地拜着天和地，似乎在进行什么古怪的仪式。我们被这一幕吓住了，只能站在一边呆呆地看着。村民们在蒙沙旺的带领下又哭又闹，不停地跪拜，十几分钟后，村民们突然发狂了，像是得了狂犬病一般互相厮打起来。看到村民们打架，利希美和曼谷警察们都急了，想上前去阻止，我拦住他们说："你们仔细看清楚，他们不是真的在打架而是斗拳。"

不错，村民们在蒙沙旺的带领下看着如同疯狗一般斗殴，其实不是在斗殴而是斗拳，像是在进行一种奇怪的拳舞，只是拳舞显得有些逼真，打斗起来，拳拳到肉，假戏真做，让人看着毛骨悚然。村子的拳舞结束后，蒙沙旺走到我们面前，他跟利希美说了几句后便带着村民们朝山里走去。利希美回头告诉我们说，蒙沙旺叫我们离开，他们现在要到山里祭祖。

洛杰死了，村民们看着很悲伤，蒙沙旺也很悲伤，他们行为变得特别古怪，我们是留是走呢？曼谷那三个警察坚持要走，而我想一直等到蒙沙旺回来，这件事没有那么简单，也没有那么快结束。我、利希美、三个曼谷警察各持己见。眼看天就要黑了，村民们一直没有回来，三个曼谷警察先行告退。我和利希美留在村子里面，天黑的时候，村子没有灯，在大山的笼罩下，村子显得很黑暗、很恐怖。利希美躲在我身后，我们就坐在村子中间的地坪上面。或许老天也在照顾我们俩，天上露出无数的星星点点，使得山村的气氛没有那么诡异。

"想不到杀玉狼出生在这种地方，也难怪他那么拼命。"利希美感慨着，"闭塞、落后、无知、野蛮、饥饿、贫瘠、困难，我要是生长在这儿，我怕我会疯掉。"

"没有谁能选择他出生的地方，杀玉狼生长在这种民风彪悍的村子，每一天都是为了生存而努力，也许正因为如此，他才会不败。很多拳手输给他，无非是输给他这种特质，没有任何想法，只想着活下去。"我说完的时候，村子前面出现一个身影，这个身影慢慢地靠近我们俩。利希美远远地喊了一句："谁？"

那人竟然用泰语说道："别害怕，我是这里的人。"她是个女孩，披头散发，穿着一件淡蓝色碎布拼接成的短衫，还有一条黑色短裤，一双腿瘦如竹竿。她赤着脚走到我们俩面前，村子里的人都进山祭祖了，她居然没有去，而且还会说泰语，这令我们很意外。女孩坐在我们俩面前："关于洛杰，我最了解不过了。"

"你都了解些什么？能说说吗？"我笑着问她，她脸上脏兮兮的，眼睛却很水灵，一眨一眨的如同天上的星星，如果认认真真地打扮一番，她绝对是个大美人儿。

"洛杰不是好人，他是个恶魔，他是我们村子的噩梦。"女孩的话使得我和利希美吃惊不已。我想继续问点儿什么，女孩已经接下去说，"洛杰之所以离开村子去了外边是因为他犯下了滔天大罪，他杀了人，一共杀了七个人，他的父母，他的师父，他的两个弟弟和两个妹妹，这些人被他杀掉后，他把尸体扔到山里。村长他带着人进山，他是要去告诉洛杰所杀死的人，洛杰罪有应得，他没有好下场，以安慰死者在天之灵。"

女孩的话说得我和利希美一身鸡皮疙瘩，洛杰在没有变成杀玉狼之前居然已经杀人了。我收回对洛杰的所有怜悯对女孩说："洛杰杀人后逃出村子吗？"女孩说，"洛杰彻底疯掉了，他被恶魔附身了，他不仅要杀死他的亲人，他还有杀掉村子里的人，他说，这是白牙所为，这不是他做的。洛杰杀掉自己所有的亲人后，村长带着村民们围住他，本来要对他处于死刑，谁知道被他逃跑了，从此之后，村子再也没有洛杰这个人。"

"白牙？白牙是什么东西？"利希美疑惑地看着女孩问。

女孩摇摇头，她似乎也不懂杀人犯洛杰口中的"白牙"到底所指何物？想不到洛杰离开这个村子前竟然制造了一系列血案，手刃父母兄弟，这种事除非是疯子，正常人基本做不来。洛杰离开村子后，变得沉默寡言，初涉社会，不懂得如何养活自己的他来到柯叻拳场，他第一次认识到打拳也能赚钱，因此更名为"杀玉狼"征战死亡擂台。女孩看到我们沉默不语，她继续说："刚刚村子里的人都在哭，你们一定以为他们因为洛杰的死亡哭泣，其实不是，这是欣慰，我们都感到欣慰，我们忍不住哭泣、忍不住舞拳，死去的人总算得以安息。洛杰这种人，死不足惜，你们也不必帮他找凶手。”

“杀人偿命，谁杀掉了洛杰呢？尽管洛杰劣迹斑斑、杀人无数，但是我们对于他的死也不能置若罔闻，我们是正义的一方，罪犯者谁也别想在我们眼皮子底下逃之夭夭。”利希美说完，女孩冷笑一声，“你们还真执着，这种执着可能会害了你们俩。”

“这话怎么说呢？”我瞄着女孩问。女孩把声音压得很低很低：“你们有所不知，洛杰杀人逃跑后，村长派了人去杀洛杰……”我和利希美互相看了一眼，女孩还想说什么，一个雄浑有力的声音从我们背后响起：“你们怎么还在这儿？”蒙沙旺他们回来了。女孩识相地往村子前面跑去。我和利希美站起来，蒙沙旺很快来到我们面前，他跟利希美聊了几句，利希美按照我说的告诉蒙沙旺：“关于洛杰的死，我们还有很多问题请教。”

蒙沙旺本来想发飙，但他克制住了，他把我和利希美请到了家里，知道我们难缠，不好打发，他就只好告诉我们关于洛杰的一些事情。洛杰自幼生于这个穷村子，村子自古好武，每一代的人都要习武健身，所以洛杰和很多孩子一样，自幼跟着村子中的拳师习武。洛杰天赋很高，二十出头的年纪已经能打败自己的师父。不仅他的师父，村子中所有的成年拳师都被他一一打败，包括村长蒙沙旺自己。洛杰越来越强，追求也越来越高，为了满足他，败给他的蒙沙旺特赦他进入拳坛。

拳坛是村子的圣地，里面摆放着无数古人留下来的拳谱，这些拳谱一直封锁起来，村子里的人几乎没人能翻动。洛杰能进入拳坛看拳谱，整个人兴奋不已，在拳坛里面整整研究了三天三夜。出来之后，他性情大变，整个人变得凶残无比。他杀死了自己所有的亲人，如果不是蒙沙旺及时发现，带着村民联合起来对付他，只怕村子里的人已经全被杀光。至于后来发生的事情，和之前那个女孩说得差不多。

“练功走火入魔了吗？”利希美回头看着我说。

“你想太多了。”我说完，看了一眼蒙沙旺，本想着蒙沙旺能让我们去村子里的拳坛瞧瞧，回头想想，拳坛属于村子的圣地，我们这种外人自然无法进入。洛杰在拳坛里面遇到了什么？我们无从知晓，但是有一件事我得问清楚：“白牙到底是什么？”

利希美把我的问题转述给蒙沙旺后，蒙沙旺脸色大变，瞪着我说：“谁告诉你白牙的事情？”

我编造一个谎言：“这是洛杰死前留下的线索。”

蒙沙旺沉默了，我果然没有猜错，白牙确实是洛杰死亡的关键所在，按照女孩的说法，蒙沙旺曾经派出杀手到外面追杀洛杰，那么他派出的人会是谁呢？洛杰身手不凡，瞬间杀死他的人几乎不存在。虽说洛杰树敌诸多，想杀他的人也不少，来到这个村子后，我才发现，最想要洛杰死的还是生他、养他的这个村寨。

“这事我不想说太多。”蒙沙旺有些不耐烦。

“你把白牙的事情解释清楚，我们立马走人。”我算是豁出去了。

蒙沙旺看看我又看看利希美，说：“白牙？呵呵，白牙是一位古代拳师，他已经死几百年了，他和洛杰没有任何关系。”

听了这话，我彻底愣住了，几百年前的拳师白牙和几百年后的洛杰之间真没有任何联系吗？蒙沙旺看到我们将信将疑，他把古代拳师白牙的事迹告诉了我们。听完白牙的事情后，知道白牙和洛杰没什么关联，我们只好老老实实地离开。

摸黑来到村子口，一个女孩拦住我们去路，说：“你们自讨没趣，村长他很爱撒谎。”

看到是之前那个女孩，我和利希美都顿住。一会儿，我问女孩："你还有什么想说的，干脆一起说了吧！我们就要离开了。"女孩瞪大眼睛看着我们俩，说："我肚子好饿。"利希美从她的包包里面掏出一包曲奇饼干和一包巧克力递给女孩。女孩开心不已，一边拆包装吃起来一边说："洛杰杀死他所有的亲人后，我看到他对着自己沾满鲜血的拳头哭泣。"

"对着自己的拳头哭吗？"利希美惊声问道。

"对，他很懊恼，不停地唾骂他的拳头，他的拳头反而安慰他说，'铁拳濡血，天下无敌，至亲之血，化外神功'。"女孩说完，我和利希美都傻住了。

我问："拳头还会说话？"我心里感觉这个女孩就是个骗吃骗喝的。

"嘿嘿！你们没有听说过拳精吗？"女孩笑嘻嘻地说完，村子后边突然出现一阵哭叫声，有人大喊道："起火了，村长家起火了，哎哟！村长被烧死了。"我们回头看去，蒙沙旺家里真起火了，大火熊熊地盖住了他家。村民忙着救火，有人以为是我和利希美放火烧了蒙沙旺家，他们正拿着武器找寻我们。

见到这一幕，女孩冷笑道："这都是骗局。"说完拉着我们俩的手快步朝密林外面跑去。

■ 3 死里逃生

说起被泰国历史学家誉为"断剑名将"的乃通里，我略有耳闻，曾经去过泰国东北部的程逸府出差，在程逸府府署广场上面曾与乃通里的铜像有一面之缘。乃通里出生于程逸府，自幼喜欢修习武术，沉迷武术，作为武痴的他为了提高自己的技艺，成年后四周拜访名师学艺，除此之外，还挑战各路泰拳高手。当年，独孤求败的他被世人誉为武术天才。

18世纪，他路过嗒府，正好当时的萱芒玛国举行擂台赛，嗒府第一拳王乃豪双拳无敌，挑战者无一能胜他。乃通里见着乃豪气焰嚣张，他跃上擂台挑战乃豪。乃豪看到乃通里人模鬼样，根本不把乃通里放在眼里，结果乃通里轻轻松松击败了他。乃通里击败嗒府拳王这件事很快传到了吞武里大帝郑昭的耳里，郑昭把乃通里请到宫中，酒宴期间，郑昭命自己的禁军教头乃墨挑战乃通里，结果乃通里胜出。郑昭见到如此人才，心中大快，把乃通里赐封为“銮披猜”。

从此，乃通里追随吞武里大帝郑昭南征北战、东征西讨，收复被缅人占领的暹罗领土。乃通里不失为一名猛士，他是郑昭的先锋官，冲锋陷阵，浴血奋战，每一战，他几乎都是一马当先。遇到恶战，他总会战到最后，哪怕剑断马翻，受到他的鼓舞和感染，部下们一个个英勇无比。因而每与缅人大战，总能凯旋。乃通里帮助郑昭收复统一暹罗，郑昭成了泰国历史上最为知名的吞武里大帝，而乃通里的战功自然也不会被人遗忘，史学家把他命名为“断剑名将”，永留青史。除此之外，乃通里还有个“白牙”的绰号，这是我第一次听说。

“乃通里还没有被郑皇赏识之前，江湖上的人都称之为‘白牙’，白牙集百家之长，拳法精湛，几乎没有对手。”女孩带着我和利希美离开傣村之后告诉我们。利希美问她：“白牙乃通里和洛杰有何关系呢？”女孩嘟嘟嘴，扔掉手里的饼干包装盒说：“养拳精这事你肯定第一次听说，我们的族人拥有养拳精的传统，拳坛里面就放着不少拳精。所谓拳精，指的是历史上那些名气极大的拳师，他们死后被人炼成精魄，后人要是得到这些精魄并养活，拳功必然大有进步。这还是我从村长嘴巴里面偷听来的，我们村子的拳坛里面养着一个名为‘白牙’的拳精，这个拳精很厉害，村子里没人能驾驭它，所以它一直被封印在拳坛之中……”

“这么说，洛杰遇到了白牙，他激活了白牙吗？”利希美愕然说道。

女孩拍了拍手，把粘在手上的饼干屑拍掉后说：“洛杰无意间遇到白牙，白牙控制了洛杰，洛杰被白牙迷惑，他杀死自己的亲人，血祭白牙，白牙得以重生，与洛杰合二为一。”

“无稽之谈。”利希美冷笑一声。

我也觉得女孩的话不值一哂，这个所谓养拳精，无非就是跟供奉菩萨“土地”神这类的东西，有必要说得那么玄吗？不过，人有信仰，确实会变得强大。洛杰敬奉古代拳王白牙，以白牙为榜样，用心苦练，日益精进。所以，洛杰的拳法越来越厉害，这也不是什么奇怪的事情。

“信不信由你们？反正我知道什么说什么，这种东西换作我，我也不相信，白牙真要那么厉害，他和洛杰也不会被杀死，这事奇怪了。”女孩似乎也一头雾水。我对于女孩所说的话当然不会全部相信，但是我不会去否认她的话，她生于傣村，又能说一口流利的泰语，鬼精灵一个，她的身份显得极为神秘。

我们回到曼谷城区，女孩说她无法回村子里面，村子里已经闹开了，村长估计被烧死了。她只能在外面流浪，将会成为第二个洛杰。看到她那么可怜，我给了她一点儿钱，先让她找个地方安顿下来，之后再做打算。女孩这才大大方方地离开，还说找到住宿之地就会打电话告诉我们。女孩离开后，利希美盯着我问道：“你真相信这丫头的鬼话？”

“我们除了选择相信还有别的办法吗？再说了，洛杰变成杀玉狼之后，一百多场不败。据说，他在擂台上所用的招式大多都是已经失传的。不得不说，洛杰确实是一位天才。”

“可惜天才也难逃鬼门关。”

“先不说这个，不知道你有没有发现一个细节？”我回头问利希美。利希美摇摇头，我低声说，“蒙沙旺手臂上有个刺青，你应该没有看到，我却不小心看到了。”利希美懵然问：“什么刺青？”我本来不想告诉她，迟疑一会儿，还是说出来，“衔尾蛇。”

“哦。”利希美表现得很平静。我咧嘴笑了笑：“事情变得越来越奇妙了，带我们出来的这个女孩，她至今都没有告诉我们她的名字，你说她会不会是蒙沙旺派来黏着我们的呢？”利希美摸了摸脑门儿，一脸倦态地说：“算了，我累了，我回去休息休息。”我没有来得及回应一声，她已经开门出去了。我知道她心里面忧虑什么，跟她尽管是新搭档，我还是不想她出任何的意外。我想躺下来休息一下，帕朗突然打电话给我：“相守宫先生，我找到杀死杀玉狼的凶手了。”帕朗这个话完全在我的意料之中，帕朗这人阴险狡诈，杀玉狼被杀之后，他知道自己脱不了嫌疑，像他这种一心为钱的人，不会希望警察老缠着他不放。再说，帕朗能经营柯叻拳场，手段自然不比人少，黑白通吃，加上他的手下们个个都是精英，找个杀人凶手也不是什么难事。我们调查杀玉狼被杀案件的时候，他也秘密地调查起来。

帕朗在电话里面告诉我一个地址，他说虽然他把凶手找出来，怎么处置凶手这事还得交给警察来办。帕朗这人害怕与警察沾上关系，我能理解他。按照帕朗给的地址，我来到曼谷郊区一栋废弃的化肥厂，化肥厂不大，厂舍大多已经崩坏，凶手躲在这儿吗？我心里不由得警惕起来，帕朗这人不喜欢麻烦，他应该不会给我找麻烦。进入化肥厂，我走了几步，地上突然出现几根被吸过的烟头，其中一根还冒着烟。看来帕朗没有骗我，我拔出一把自卫的手枪，伺机而动。毕竟在来之前，我跟曼谷警方以及总部都通了电话，他们很快就过来。至于利希美，她实在太累了，我没有叫上她。我蹲守着，心里默念着一定不要错过这次机会。

几只乌鸦嘎嘎地从天空中飞过去，墙角边的蚊子不停地肆扰我，我一边挠着一边守着，同事们一直没有出现，我有些不耐烦了。此时，厂舍里面出现一声惨叫，我绷紧神经朝里面冲进去，越过几个已经崩塌的厂舍，我进入一个仓库，一个流着血的人趴在地上，他嘴巴叼着一根已经吸了半截的烟，眼神惊惶地望着我。在他身后，一个穿着黑色短袖的男子一动不动地站着，看到这个人的脸膛，我整个人都错乱了，忍不住喊道："杀玉狼……不……洛杰……怎么会？你怎么会活着？"说完我举起手枪朝着杀玉狼，杀玉狼被我打断后看到我手里有枪，一个飞步从仓库的窗口跃了出去。我追出去的时候，他已经消失得无影无踪了。

回到仓库里面，我查看了一下地上那人，那人还有一口气，可惜舌头已经被拔掉，完全说不出话来，他的脖子好像还被重重地扭折了一下。我急促地问道："你是谁？他为什么要杀你？你不是已经杀掉他了吗？"那人喉咙里面发出"呜呜呜"的响声，无论我说什么，他都回答不上来。我急他也急，可是我们没有任何办法沟通，何况他就快要死了。我朝四周看了几眼，杀玉狼没有留下任何痕迹，他明明已经死了，为何还会出来杀人？他是杀玉狼吗？我没有眼花吧？杀玉狼的鬼魂回来报仇吗？思绪瞬间变得乱糟糟。仓库外面传来警笛声的时候，我松了一口气，低头看了一眼地上那人，他已经断气了，但他在死前用手指蘸着自己的鲜血画出一个"衔尾蛇"的图案。

"又是这个图案，这个图案到底代表什么？"我心情沉甸甸的，同事们很快接手现场。我把自己所见所闻如实报告，他们都瞪眼看着我。我知道他们肯定认为我老眼昏花，但我看得清清楚楚，死掉的杀玉狼复活了，他回来报仇。同事们打电话去殡仪馆确认了一下，果然，就在昨晚，杀玉狼的尸体被偷了。我隐隐感到不安，离开厂库回到酒店，本以为有个好觉，谁知道脑子如同一群小蜜蜂"嗡嗡嗡"转着，根本消停不下来。

第二天，我和利希美来到总部，根据同事的报告，杀玉狼在化肥厂杀的人名字叫作纳隆，这是一个已经被我们列入黑名单的职业杀手，同时也是一个泰拳高手，他的杀人手法悄无声息，职业素养和职业技能获得不少人的赞赏。神龙见首不见尾的他一直是我们和曼谷警方比较头疼的目标之一。可想而知，在停车场轻而易举地杀死杀玉狼的人正是这位被人誉为“影子杀手”的纳隆。纳隆只怕死也不会想到，被自己亲手杀死的杀玉狼突然活过来并找到他杀死他。事情已经变得明朗不少，杀玉狼在柯叻拳场名声大噪，有人请来职业杀手纳隆在地下停车场杀死杀玉狼。之后，纳隆打算功成身退，谁知道杀玉狼突然出现并杀掉他。我们无法解释的是杀玉狼为什么还活着？他的死亡，我们的法医已经证实了。

“总之，我们得找到杀玉狼，答案也只有他能告诉我们了。”我对利希美说。

利希美苦笑一声说：“或许杀玉狼根本没有死掉。”

“这不可能，难道有替身。”我只能想到“替身”这个解释。

“克隆人吗？或许我们应该找柯叻拳场的老板帕朗再好好聊一聊。”利希美的话使得我豁然不少。离开总部往帕朗所住的地方去的时候，我们在半路遇到傣村跟着我们出来的那个女孩。女孩正在路边等着什么，我开车路过的时候，看到她向我招手，我把车停到她面前，她二话不说开门上车。进入车子里面，她哈了一口气，说：“总算找到你们了。”

“你怎么了？你先找个地方住着，等我把案子办完再带你去找份工作。”我说完，利希美瞥了我一眼，似乎在说，你啥时候这么热衷公益了？助人为乐这种事，我很少会错过。我没有理会利希美鄙夷的眼神，而是继续对女孩说：“你找我们有事吗？”

“洛杰他死不了，他活过来了。”女孩眼睛瞪得大大的，无辜地看着我们俩，生怕我们俩不相信一样。利希美听完立马问道：“你怎么知道这事？你到底是什么人？”看利希美的架势，她已经怀疑女孩有什么阴谋，就要将女孩铐起来似的。女孩显得很冷静，她笑着说道：“是我把他复活的。”她的话把我和利希美都说傻了。女孩接着说，“我本来不想这样子，如果蒙沙旺知道我复活洛杰，他肯定会骂死我，洛杰杀了人，不，杀人者不是洛杰，而是拳精白牙，白牙导致他丧失理智，他才会杀死自己的爸妈和亲人。”

我和利希美互相看了一眼，均想这个女孩是不是疯掉了？女孩看着脏兮兮的，眼神却很干净，她似乎感到我们不相信她，泪水滚滚流出来，说：“洛杰他很善良，他不想杀人，你们没有看到他对着拳头流泪的样子，他很无助、很可怜。可恶的白牙，是他害了洛杰。”

女孩说得真挚，利希美微微一笑说：“那你怎么把已经死掉的洛杰复活呢？又是洛杰，又是白牙，这个杀玉狼难道是双重人格吗？”女孩却没有告诉我们：“这是一个秘密，这些都不重要了，重要的是洛杰他活过来了。”利希美无奈地笑道：“如果我告诉你，洛杰又杀人了，你相信吗？”

“不，怎么可能？洛杰不会再杀人，他不会再杀人。”女孩激动不已。我沉声说，“你别不信，洛杰已经把杀掉他的凶手杀掉了，你有什么线索提供给我们吗？”我试图从这个神秘女孩身上找线索。女孩沉默，咬着双唇，她似乎不敢相信我们的话，不敢相信洛杰还会杀人。不一会儿，她狠狠地击打着车窗说：“肯定是白牙，杀人的是白牙，不是洛杰。”说着说着，眼泪已经把她整张脸浸泡起来。看到女孩很悲伤、很失落，利希美扭头看着我，意思接下来怎么办？我叹了一口气，正想说什么，女孩已经说道：“带我去找洛杰。”紧接着她说了一个地址。

她似乎在内心斗争了很久才把这个地址说出来。

我和利希美获得地址后显得兴奋不已，按照女孩所说的地址，我们来到华喃峰火车站，停好车子后，我们跟着女孩转进一条小巷子。在这条简陋的巷子转来转去，我们来到一栋看似烂尾楼的房子面前。女孩抿着嘴巴，一双清澈的眼睛盯着烂尾楼看着。我低头看了一眼楼房前面的路段，地上似乎留着不少血印。我用手肘撞了利希美一下，提醒她注意点儿。利希美掏出手机给总部拨了一记电话。

我们打算往楼里面走的时候，女孩拦在我们面前，说："洛杰不会杀人，你们一定要相信我。"我们点点头，女孩才让开。我和利希美心中疑点很多，洛杰到底是死是活？他怎么能死而复生？他和女孩到底什么关系？他怎能死里逃生？只有亲自面对他，也许才能获得答案。

我破门而入，楼里灰尘很重，呛得我和利希美直咳嗽。第一层很空旷，没有任何活物，我们只能顺着破烂的楼梯往二楼走去。到了二楼，这里摆着无数的砖堆，同样灰尘很重。我们绕过砖堆后，利希美突然叫道："尸体，有尸体。"

我快步来到利希美身边，在她脚尖前面，一具尸体僵硬地躺在那儿，尸体趴在地上，看不清他的面孔。我低腰把尸体转过来，利希美喊道："洛杰？居然是他，他怎么又死掉了？"

"奇怪了。"我伸手摸了摸尸体，尸体身上还没有出现尸斑，脖子的位置被人割了一道口子，鲜血还在汩汩地流着，血液热乎乎，看着像是刚刚死掉没多久。从刀子口的方向推理，死者好像是自己割开了自己的喉咙。洛杰自杀了吗？利希美不敢相信地看着我，已然说不出话来。

我看了一眼洛杰右手拿着的滴血匕首，伸手摸了摸洛杰的脸，他的脸皮有些脱落的样子。我用手指抠了抠，没有想到，我这么一抠，竟然在洛杰的脸上抠出一张人皮。

"他不是洛杰。"利希美目瞪口呆地看着我。

果然不是洛杰。

那么，这个披着洛杰脸皮的人是谁呢？

“特德萨克。”利希美似乎想到了什么。

我看了一眼利希美。

利希美说：“这人叫特德萨克，曾经是个拳师，后来成为洛杰的秘密私人助理，私下关系特别好。洛杰藏得很深，他们俩之间的关系一直没有被公开。我花了不少心思才查到他们俩的关系。我居然把他给忽视了。洛杰被杀之后，他失踪了一段时间。”

我低头看着伪装成洛杰的特德萨克，他脸型俊俏，身材与年纪都跟洛杰差不多。我想，他这是在为洛杰报仇吧！他与洛杰之间的关系可见一斑。

“你居然不早说。”我无语地跟利希美说，她要是早点儿说，我也许也能猜出来了。

“发生那么多事情，我忘了！”利希美说完，楼房突然发出轰隆一声，整座大楼摇摇欲坠。

灰尘滚滚而落，我深知大楼要倒塌了，我拉着利希美想逃生，大楼已经开始往下塌陷。堆积在二楼的砖块随着楼面坍塌轰隆隆地往一楼倾落。随着整个楼面晃动，我和利希美已经站不住，朝着楼梯方向跑去。楼面一片一片地坍塌，眼看已经跑不到楼梯口那儿，我只能抱着利希美躲在一个柱子构成的墙脚。为了活命，我们俩紧紧地贴着这个墙脚蹲着。砖块随着楼面崩塌全部倒下去，洛杰的尸体同样滑落到楼下。利希美惶惑地搂着我，而我只能看着楼面塌陷，毫无办法。

轰隆一声巨响，楼面彻底塌陷，灰尘滚滚，我和利希美紧紧搂在一块，慢慢地没有了知觉。

我们醒来的时候发现自己躺在洛杰伤痕累累的尸体边上，一睁眼，眼前出现一双双惊异的眼神。我们醒过来，同事们脸上全是意外的表情，似乎不敢相信眼前这一幕。

一个医生低头对我们俩说，“你们被水泥钢筋一直压着，心跳本来已经停止了，是她救了你们。”他遥遥一指，我们顺着他的手指方向看去，那个傣村出来的神秘女孩正朝着我们俩做笑脸，她笑得很甜，甜到你没法不喜欢她。

■第七章　夺命佛

■1　秘术

走进女孩的店，我心间惴惴。女孩和我说想要向我借钱开店做生意的时候，我本以为她会开一家服装店，或者咖啡馆、水果店、奶茶店什么的，我想是我想得太文艺了。女孩的店里摆着各种稀奇古怪的东西，我甚至不知道她从哪儿获得这些东西。畸形扭曲的羊角、白森森的牛头颅骨、面目狰狞的佛像、颜色各异的小棺材、已经成为干尸的蝙蝠、猫的骸骨、死亡的食鸟蛛，还有许许多多我说不出来的骸骨以及形形色色的盒子、牌子、饰品。

除此之外，货架上还陈列着两排瓶瓶罐罐，大大小小都有，陶制的、铁制的、玻璃的。靠近的时候，容器透着阵阵恶臭，不懂女孩在里边放了什么。那些透明玻璃的容器，里面则泡着半瓶紫红色的液体，散发着百合花的香味，不懂是啥？我被这个看似阴暗的店铺震慑住了，面对我僵硬的表情，女孩微笑着请我坐下，说："你一定很好奇，我现在可以向你坦白，其实，我是一个小女巫。"

"女巫？"我眯着眼盯着她，她经过修整已然不再是那个邋遢小女孩，穿着一件雪白色衬衫，底下则是一条黄绿色的短裙。她皮肤很白，看着像是藏在一片绿色叶子里面含苞待放的雪莲花。我盯着她看，她神采奕奕地望着我，自信又爽朗，气质凌人。她给我倒了一杯水，说："压压惊。”我端起水杯喝了一口，水很甜，清冽可口。她接着说：“我是一个拥有魔力的女孩，自幼如此，村子里的人都叫我疯丫头。我和很多女孩都不一样，这是第一次离开村子，想要生存下去，我得拿出点儿本事。我一个小女孩，什么都不会，还好我对这些有些天赋。”她说完挥手指着店子里摆放的诡奇物品。

“你这是打算帮人求求神算算命吗？”我直言。

“我想让我亲手制作的这些小玩意儿给人带来福祉。”女孩扬唇一笑。算了，至少她走的路和洛杰不一样，洛杰沦为地下拳选手，杀人无数。她做这事，开这种店，尽管我不太喜欢，但是这类店在泰国这个诡异国度特别受欢迎，我只能祝福她。我沉默下来，女孩抬头问我：“你还有一个问题没有说出来，你不打算问了吗？”我随即想了想，确实还差一个问题，她向我借钱开店的时候，她答应了我，店铺一旦开张，她会告诉我她的名字。

“梵缇娅可，我的名字叫梵缇娅可。”女孩轻声说着，声音很脆，像是一只灵动夜莺发出来的妙音。我向她点点头说：“总算知道你的名字，我还以为你这辈子也不会告诉我。”

“我有个礼物送给你，感谢你对我的照顾，你是个好人，换作别人，只怕已经把我给卖了吧！”她一面说着一面在抽屉里面找寻什么。几分钟后，她拿出一只已经包装好的红色小盒子递给我，像个戒指盒，不知道里面装的是什么？我想打开，她不给。“你回去再看看，千万不要嫌弃，我是个穷女孩，这里面不是金银珠宝，只是我小小的心意罢了。”

听了梵缇娅可的话，我只能把小盒子塞进裤兜。她说：“对了，还有那位姐姐的。”她又弯下腰去寻找，找了一会儿才拿出一个方形盒子递给我，“替我谢谢她。”这个盒子比我的大多了，我有些嫉妒地说：“你对她还真好。”她只是点头笑笑。我只好把盒子收好，喝了一口水，我问她："你真的能起死回生吗？"这个问题相当滑稽可笑，但我又不能不问她。听医生们和同事们说，他们把我和利希美从崩塌的大楼中挖掘出来后，我们都快断气了。她能救活我们俩，想必有什么过人之处。梵缇娅可看着单纯可爱，她会是满肚子阴谋的人吗？听了我的问题，她"扑哧"一声笑出来："这是秘术。""秘术？"我诧异地问。

"嗯，不可告人的秘术。"梵缇娅可似乎不打算把真相说出来，我感到郁闷，话匣子都打开了，何必憋着不说呢？此时，店里来了两个胖女人，她们进门后便找店主。我不想打搅梵缇娅可做生意，只好带着她送我和利希美的礼物离开。梵缇娅可也没有挽留的意思，知道我要离开，她叮嘱我，要是遇到什么危险，遇到什么难题，随时可以来找她聊聊。

回到酒店，一开门，利希美正在我床上上网，我走过来，瞥了一眼电脑屏幕，她似乎在看美剧，一个侦凶破案剧。见到我回来，她懒洋洋地说："我还以为你不会回来了。"我笑道："别乱想。"利希美说："我可没有乱想，那个女孩很漂亮，你到底是个男人，见到那么漂亮的女孩，能不动心吗？人家找你借钱，随便开个口，数目可不小，你居然答应了，魂都被人给迷了。"

"我是见到她着实可怜，一个人孤零零的。"我解释着。

利希美笑道："得了吧！她虽说孤零零一个人，以她的能力，绝对可以把自己照顾得很好，又不是王室中童话里走出来的病怏怏的娇气公主。"她意见还真不少，我显得有些无语。利希美还想说什么，我把梵缇娅可送给她的礼物摆在她面前，说："人家还给你送礼物了。"

"哟，懂事，看来我得积点儿口德。"见到礼物，利希美那些烂话说到喉咙又咽了下去，抱着那个装礼物的盒子，忙着拆礼物去了。我在一旁的沙发上坐下来，伸手在裤兜里掏了掏。奇怪了，梵缇娅可送我的礼物居然不见了。我找了找，找遍身上所有的口袋都没有找到。利希美突然惨叫说："切，我还以为她能送什么好东西给我，想不到是这玩意儿。"

"什么玩意儿？"我走到利希美前面，低头看了一眼梵缇娅可送给利希美的礼物，那是一尊四面佛佛俑，佛俑呈金黄色，面目威严，庄严优雅，手持各种法器。四面佛是泰国相对独特的文化之一。所谓四面佛，它属于神，而不是佛，它是婆罗门教三大主神之一，名为婆罗贺摩。四面佛拥有四张脸孔，所谓慈、悲、喜、舍，也就是仁爱、悲悯、吉祥、施惠。泰国人在朝拜四面佛的时候，必须做到每一面都拜祭，要不然你许的任何愿望都会失败。梵缇娅可居然送了一尊四面佛佛像给利希美，这点着实让人想不到。利希美对四面佛可没有什么好感，听说有礼物，人还精神不已，见到礼物是一尊佛像，她整个人耷拉着，面对佛像嘀咕着："想不到是你这玩意儿，那丫头她疯了吧？"

"有礼物已经不错了，你就别嫌弃了，你看我，我都借钱给她了，她什么都没有给我。"我把梵缇娅可送的礼物弄丢了，只好拿这个来安慰不大开心的利希美。利希美嘟着嘴说："算了，当作个玩笑。"她把四面佛佛像收回那个盒子然后抱起来下床朝门外走去。我没有拦下她，而是帮忙关电脑。关了电脑，我在房间寻找梵缇娅可送给我的那个类似戒指盒的盒子。不在我身上，也不在我的房间，那个盒子到底丢哪儿了？找不到，心里不由得有些烦躁。坐下来喝了一杯白开水，利希美推门进来说："咱们有事做了。"

我掏出腕表看了一眼，已经下午六点多了。看到我发愣，利希美骂道："柯叻拳场的大老板帕朗被杀了，总部叫我们过去看看，他们觉得洛杰的案子还在继续。"我心里咯噔一下，帕朗这个人狡猾无比，身边保镖众多，这个世界上最会保护自己的人无非是帕朗这种有钱有势的人，连他都被杀了，我不由得心寒一阵。起身跟着利希美下楼，见着我恍恍惚惚的，利希美主动提出她开车。我上车后不忘在车里找一下那个盒子，可惜没有找到。利希美坐在驾驶座上问我："你到底怎么了？魂不守舍的，那个女孩把你魂勾走了吗？她有那么好吗？你都一把年纪了，人家未必看得上你，老老实实跟着我去查案吧！那丫头别看她清纯可爱，她可邪了，不适合你的。"

她竟然误会我，我闭嘴不说话，憋死她。

案发现场已经被曼谷警方用黄线封锁起来，这是在帕朗的家里，别看帕朗腰缠万贯，他住的地方实在是普通得不能再普通，和普通贫民家差不多，家里的家具大多都是旧迹斑斑。帕朗这人低调，只怕没人能想得到他会住在贫民区。我和利希美进入现场，利希美不停地感慨着，帕朗这人到底是装的还是真心低调？我没有理会她的唠叨和感慨而是直接走到帕朗的尸体面前。屋子只有一具尸体，万幸的是帕朗被杀的时候，他的妻儿没有在家。帕朗死在他家的客厅中间，身体僵直，头南脚北，一只手还抓着茶几的腿儿。

帕朗头部被人狠狠地敲了一榔头，整张脸埋在血泊之中，法医说他死于脑颅损伤，凶器应该属于一把铁锤，现场没有找到，看来被凶手带走了。除此之外，帕朗的舌头被人割掉了，不是被拔掉而是被割掉，一枚薄如纸的刀片在他的舌头中间一划而过，舌尖被带走，只留下帕朗一口污血。凶手很冷静，也很熟练，现在没有留下任何有用的东西，哪怕一根毛，更别说指痕、脚印什么的。出了黄线，利希美对我说："拔舌可是杀玉狼的最爱。"

"杀玉狼已经被火化了，我们亲眼所见，他不可能再活过来，谁会杀掉帕朗？凶手在模仿杀玉狼吗？"我说完，利希美从手里的一堆照片中抽取一张递给我看，这是法医们现场拍摄的照片。利希美递给我的这张，内容是帕朗的左臂，他左臂上面有个刺青，刺青不大，但是很清晰，这是我们久违的比萨符号，三个赤身裸体的人，头交尾形成一个"0"。

这个被曼谷青年刑警斯里潘命名为“比萨符号”的东西已经不止一次出现在我的视野，我回头看着利希美，利希美一脸茫然地说：“想不到帕朗与这个符号息息相关，它到底代表着什么？”

“除了帕朗之外，蒙沙旺手上也有这个图案，我想这或许是一个庞大的组织，这是他们的徽章和标记，敌暗我明，这事麻烦了。你接触过萨克达，你会想起什么吗？”我温和地说着，我深知利希美手腕上同样有着这么一个符号，但我不会轻易说破，因为她一直在掩藏，我想她总有一天会亲口告诉我。利希美摇摇头说：“我遇到萨克达的时候，这个疯子的一举一动都把我吓坏了，我根本没法集中精神。”在萨克达白骨工作室里发生的一切还历历在目，她根本没办法注意到对破案有用的东西。我不想强迫她，她比我还焦虑不安。我笑着说：“也许我猜错了，帕朗的死亡，估计和他们内部有关，我们得瞧瞧是谁来接管柯叻拳场。”

三天之后，一个让我永远也无法猜到的事情出现了。因为帕朗的死亡，我混进了柯叻拳场，我成为万千赌徒中的一个， 因为在这个晚上，柯叻拳场将会迎来它的新主人。我对这名新主人很感兴趣，能控制整个拳场的人除了帕朗之外，还能有谁呢？在泰国，打黑拳的人很多，玩地下拳场的老板也不少，男子黑拳、女子黑拳、少年黑拳、女子裸身黑拳等，这些都是禁不住的，管理者大多也是睁一只眼闭一只眼。柯叻拳场，这座极为隐秘的拳场，每个周末，赌拳者的盛宴便会在这儿展开，可以说这是曼谷最大的地下拳场，能经营这个地方的人自然不会是泛泛之辈。

前任拳场老板帕朗，我看过他的资料，贩毒起家，做事果断，说一不二，狡猾无比，洗白自己毒贩子的身份后，他花钱打通黑白两道开了这家拳场。他很聪明，知道赌徒们喜欢什么，他把这家拳场经营为一家花式拳场，经常策划出一些令赌徒们彻底疯狂的活动，诸如“爆头之夜”、“饿汉血战”、“囚笼斗兽”等，鲜血和金钱充斥这个肮脏的地方。我对黑拳这一块不大了解，我只想知道帕朗死后，最大的获利者会是谁？

帕朗这种身份的人，死亡多半是因为利益纠纷，再说杀死他的凶手太职业了，俨然是一件买凶杀人事件。我希望我没有判断错误。我坐在观众席里面，周边全是一群疯子，为了迎接新上任的老板，拳场举办了一场死亡拳赛，由拳场新晋拳师“猛虎”颂猜对阵老派拳王“恶鲨鱼”阿伦，尽管杀玉狼已经不在，这一场血战依然引人注目，在地下拳这一行，铁打的赌徒流水的拳师，拳师总有被杀死败下阵、死亡的时候，赌徒则不会因为输了点儿钱就不赌了。

“猛虎”颂猜在第三轮趁阿伦一时大意偷袭阿伦，阿伦被颂猜压着打。颂猜一顿狂揍，阿伦最后被打成猪头，吐血身亡。场下已然一片欢呼，我尽力使自己安静下来，面对死亡，我第一次感到恐惧，对于那些不畏生死的拳师，他们难道一点儿也不珍惜的生命吗？阿伦的尸体被拖走了，颂猜获得了鲜花和喝彩。

一个头发斑白的老者在一群美少女相拥下走向擂台，老者面目慈祥，拿过话筒后用泰语跟大家打招呼：“欢迎大家来到柯叻拳场观看拳场，我代表拳场全体人员表示感谢。”

我抬头看着这位老者，心中涌出一层又一层的波澜，怎么会是他？

“大家好，我就是新来的老板。我叫蒙沙旺。接下来的日子里，柯叻拳场将会在我的带领下给大家献上一场又一场的死亡表演。”老者声音雄浑壮气，整个拳场都安静下来，唯有他这极有厚度的嗓门儿不停地绕着。等他说完，拳场一片掌声。

我不安地站起来，耳边响起梵缇娅可带着我们逃离傣村那时候不经意说出的一句话：“这都是骗局。”

2 佛牌

从柯叻拳场走出来，天色已晚，华灯初上，这一带并没有那么繁华，过往的车辆也不多，街道上大多数都是夜间出来散步的平民百姓。夜风习习，比起白天热辣辣的太阳，人们更喜欢趁着夜色灯光晚风出来溜达溜达。赌徒们还在拳场里面为新上任的拳场老板蒙沙旺摇旗呐喊，我已经没有闲心待下去。走出来后，我顺着前面的大街走去，只有走到街口我才能拦到的士。由于拳场里还热闹着，赌徒们迟迟没有退场，街道上显得人迹寥寥。我拖着疲惫的身体一步一步走着，脑子里很乱，一把大火烧掉蒙沙旺的房子，蒙沙旺却成了柯叻拳场的新老板，他和帕朗之间一定存在着某种不可告人的联系。

咚咚咚，一个黑色的玻璃珠子从我前面滚出来，珠子跳跃着朝我滚过来，滚到我脚边的时候，珠子停了下来。我低头看了一眼珠子，咚咚咚，前面又跳出一粒珠子，黑色的珠子顽皮地跳动着，发出一阵阵响声。我抬起头顺着珠子的方向看去，前面一个阴暗角落里，梵缇娅可靠着墙壁，戴着一顶白色鸭舌帽，一只脚撑地，一只脚往后踩在墙壁上，手里还玩着两枚黑色玻璃珠。我看向她的时候，她朝我招招手。我弯腰捡起她向我扔过来的黑色玻璃珠后大步朝她走去。

“你一定很奇怪。”我没有问她，梵缇娅可已经开声说话。

“确实很奇怪。”我应和着。梵缇娅可伸手扯了扯鸭舌帽，她把手里玩耍着的两粒玻璃珠扔进短裤的裤兜说：“蒙沙旺和帕朗之间，你想到什么呢？”我只能摇头，这件事让我痛苦不堪，完全没有任何头绪，非要说有什么线索，我只能说蒙沙旺和帕朗身上均有比萨符号“衔尾蛇”状刺青。梵缇娅可笑道：“跟我来吧！”她朝巷子里面走去，我跟着她穿过巷子。巷子口是一条繁华的街道，这边开着不少的咖啡店、清吧、水吧、休闲吧、K 歌厅。我跟着梵缇娅可进入一家咖啡馆，她给我点了一杯雀巢，自己则要了一杯卡布奇诺。

坐下来后，她对我说："蒙沙旺五年前才到我们村子，老村长在森林狩猎的时候遇到了他，那时候的他好像就快死了。听人说，蒙沙旺那时身上一共有三十六道伤口。老村长心肠好，他把蒙沙旺带回村子并且用草药治好了他。所以说，蒙沙旺并非村子的人，他是个外来者，村里人对他很好奇，也愿意跟他交流。活下来的蒙沙旺倒也懂得报恩，他把外面的事物说给大家听，大家都被他所说的外界迷惑了。蒙沙旺是个能说会道的人，他还在村子办学，洛杰和我就是在他的学校学会泰语，他知道外面的一切。"梵缇娅可说到这儿，她喝了一口咖啡。我皱着眉头，想不到蒙沙旺和那个无名村几乎没有任何关系，我差点儿被他骗了。梵缇娅可看着我说："后来老村长死掉了，已经获得人心的蒙沙旺顺利成为新任村长。呵呵，看着众望所归，其实不是这样子。洛杰的爸妈和师父早就看出蒙沙旺心怀鬼胎，不安好心，他们发现了一个秘密。"听到这儿，我忍不住打断："什么秘密？"梵缇娅可接着说："老村长是被蒙沙旺给毒死的。"

"蒙沙旺他到底是什么人？"我愣住了，梵缇娅可居然对这些所谓的秘密一清二楚。梵缇娅可莞尔一笑，说："他是什么人我不知道，为了保住他的身份和秘密，他让洛杰进入圣地拳坛，结果洛杰遇到拳精白牙，白牙操控洛杰杀死自己的亲人。蒙沙旺这是在杀人灭口，为了保住自己的秘密，蒙沙旺不会放过洛杰，他们围住洛杰，抓住洛杰。但他们肯定想不到是我偷偷地把洛杰放走。"她说完，脸上愤懑不已。看她的样子，她似乎不会放过蒙沙旺。

我问她："蒙沙旺与洛杰的死有关吗？"

梵缇娅可又喝了一口咖啡，说：“我不知道。”

“怎么会呢？你肯定知道不少东西，帕朗呢？”我问道。梵缇娅可低下头，揉揉脸蛋，叹息一声：“蒙沙旺肯定有什么阴谋，他也许在复仇，为了掩饰自己的秘密，他不惜一把火烧掉自己家，他让村子里的人都以为他死掉了。谁知道他已经离开村子，还成了柯叻拳场的主人。帕朗的死也许跟他有关，我想，他想要杀死的人可不止帕朗一个。”

“不止帕朗一个吗？”梵缇娅可的话使我心弦紧绷。梵缇娅可坚定地说：“别看蒙沙旺一把年纪，他在我们村子里面学到了不少本事，杀人对他来说，再简单不过了。”

说到这儿，利希美突然来电话，我本不打算接，想和梵缇娅可好好聊聊。电话一直响着，梵缇娅可也不好意思了，笑道：“接电话吧！你要是忙，就去忙吧！我也得回店子去了，我今晚约了一个客人，这个客人经常梦到她死去的丈夫缠着她要和她生孩子，你说奇怪不奇怪？”她说起身走了。我自己反倒不好意思，赶紧去结账。结完账，梵缇娅可已经走出咖啡馆不知道往哪一个方向去了。我给利希美回拨电话，利希美在电话里骂道：“相守宫，你个王八蛋，你死了没有？没有就快点滚过来，又有人被杀了。”

我把手机移得远一点儿，利希美发飙的声音老霸道了，她的脏话不堪入耳，只能远离。等利希美骂完，我才和和气气地问她命案所在地。曼谷，已然被一股死亡的气息所笼罩，路上的行人们也许没有察觉到，但我已经被这股死亡气息弄得快要窒息了。打车来到利希美所说的地方，这是一个高档会所，由于发生命案，会所已经被封锁起来。我拿出警员证顺利进入现场，利希美见到我之后，幽怨地望着我说：“你是不是又跟那个小丫头黏在一起了？”她的口吻有点儿像我内人，我低头苦笑道：“没，我刚刚从柯叻拳场出来。”

“真的？”利希美将信将疑地看着我。

我说：“啥时候骗过你？得了，你别问了，死者在哪里？”

利希美摆摆手说：“你来晚了，死者已经被运走。”

“哦！那我还不如别来了。”我抱怨起来。利希美提起一个塑料袋，袋子里面装着一块血红色的牌子，如果我没有看错，这应该是一块泰国佛牌。利希美告诉我，死者名字叫亚松，他是柯叻拳场老板的副手。这人好色，喜欢在各大高级会所出没，帕朗被杀后，他不知收敛，所以着了凶手的道。至于血红色佛牌，亚松被杀后，凶手塞在他嘴巴，意义何在？没人知道。

我连着塑料袋拿起血红色佛牌，佛牌三根手指并拢着那么大小，椭圆形，背面没有任何图案，正面则是“衔尾蛇”的图案，三个赤身裸体的男人头交尾，血色的佛牌，诡异的符号，看得我胆战心惊。利希美拍拍我的肩膀说：“我看到这个图案，才申请把这玩意儿留下来给你瞧瞧。据我所知，曼谷潘提市场所销售的佛牌种类繁多、形式万千，但我从来没有见过这种佛牌。这是一枚新式佛牌，你我都知道，制作一枚新佛牌并非是一件简单的事情，这需要得道高人的帮忙。所以说，凶手把这枚新款佛牌塞进死者嘴巴，真叫人百思不得其解。”

利希美道出我的疑惑，佛牌属于泰国特有的文化之一，佛牌的制作并非随便，我也见过不少佛牌，泽度金、必打、人缘鸟、蝴蝶牌、药师佛、二哥丰、崇迪、拍前拉住、坤平、省卡寨等，“衔尾蛇”款式的倒是第一次见到。

随后的三天，我和利希美拿着这枚凶手留下的佛牌走访不少佛牌大师和白衣阿赞，他们都说第一次见到这种佛牌，根本摸不透这种佛牌的来历和寓意。最终，我们只能白白浪费了三天的时间，自帕朗和亚松死后，死亡并没有终止。

帕朗的财务空勒在自己家的浴室被杀害，一根七厘米长的棺材钉子刺穿他的喉咙，他的舌头没有被割走，嘴巴里反而含着一枚“衔尾蛇”状血色佛牌。除了亚松和空勒，帕朗的秘密情妇尤格达塔的尸体被渔民在湄公河河岸发现，溺水死亡的她，嘴巴里同样含着一枚“衔尾蛇”佛牌。

佛牌杀人事件不断蔓延，死者均是帕朗身边的熟人，这件事矛头直指蒙沙旺。我曾多次想约蒙沙旺出来谈一谈，每次总是吃闭门羹。蒙沙旺这个人行踪隐秘，除了接任帕朗那天晚上出现了一次，之后就再也没有人知道他的行踪了。这是蒙沙旺酝酿多年的复仇计划。我心里坚信，蒙沙旺肯定不会那么快收手，斯里潘所记录的比萨符号和他必然有着很大的关系。

“解开蒙沙旺的身份，比萨符号的谜题就能破解了，对吗？”吃完饭的时候，利希美问了我一句。自从比萨符号出现之后，利希美似乎过得很难受，这个图案几乎与死亡画等号，图案一旦出现，总会有人死亡。这个图案到底代表什么？来自什么？蒙沙旺能否解释清楚呢？我自己也不清楚，但我知道，我们离答案越来越近了。

“我们要先把蒙沙旺找出来。”我说。

利希美坚定地点点头，为了获得比萨符号的线索，她不会错过任何人。蒙沙旺的出现，对于破解这个符号太重要了。她说：“蒙沙旺既然已经离开曼谷多年，他到底藏在哪儿呢？曼谷变化那么多，物是人非，有人在帮他吗？”

“一个恶魔的形成总少不了几只助纣为虐的小鬼，我最近查到一个人，他跟在帕朗身边已经七八年了。帕朗被杀之后，他的亲信几乎都被杀了，唯独他，他活了下来。”我一边吃着一边翻着自己手里的文件夹。利希美伸手抢过我手里的文件夹看了一眼，说：“蒙克尔，帕朗的贴身保镖，他有嫌疑吗？”我只能说不知道。蒙克尔本来是柯叻拳场的一名黑拳选手，后来被帕朗看中成为帕朗的贴身保镖。据了解，蒙克尔还在打黑拳的时候，他创造了柯叻黑拳拳场连续八十八场不败的纪录，这个纪录直到杀玉狼出现才打破。蒙克尔绝对是一名极为恐怖的人物，他变成帕朗的保镖后，人收敛不少，逐渐地淡出赌徒们的视野。

“我们要拜访他吗？”利希美指着文件夹上面蒙克尔霸气的一寸照问我。答案是当然。吃完晚饭后，我开车载着利希美往蒙克尔家的方向去。在调查帕朗身边的人期间，我早就觉得蒙克尔有点儿不对头。在柯叻拳场调查的时候，我听到有人谈起蒙克尔，蒙克尔最喜欢的招式便是用七厘米长的棺材钉刺穿对手的喉咙。看来打黑拳的人都有着与众不同的癖好，或者自己喜欢的杀人方式。蒙克尔住的地方很偏僻，他是一个喜欢安静的人。在他家的周围几乎没有任何的住户，只有一片茂密的绿化带。我们驱车直入，顺着水泥路来到他家门口。

蒙克尔家里亮着灯，看样子他没有离开。根据资料显示，蒙克尔至今单身，没有老婆也没有儿女，也没有什么朋友，他独居于此，性格孤僻。我和利希美下车后打量了一下四周，四周全是高木林荫，寂静无比。我去敲门，利希美则走到窗边朝里面窥探。蒙克尔一直没有出现，我只能加大力度，大门被我拍得啪啪直响，屋内还是没人回应。我感到纳闷儿时，利希美已经从后门绕进去替给我开门，说：“一楼没有一个人。”

“蒙克尔，你在家吗？”我朝楼上喊了一声，灯火明亮，屋中无人，我和利希美都感到不对劲儿。这时候，楼上突然发出一阵“乒乒乓乓”的响声，跟着是一阵又急又乱的脚步声。我和利希美抢着朝二楼跑上去。来到二楼，二楼的灯火突然熄灭，利希美大喊一声：“谁？”只听到玻璃被砸开的声音，一条黑影窜了出去。利希美快步追着黑影，一路追到窗边。我则去寻找开关。灯火重新明亮起来，利希美站在窗边破口大骂：“让他给跑了。”

我走过去，窗口已经被砸烂，地毯上掉着几块碎玻璃片。黑影从窗口一跃而去，我们根本来不及阻止。回头看着屋子，利希美遗憾地说了一声：“我们来晚了。”

蒙克尔死在我们的面前。

他跪在地上，双手撑着身体，头低着，脸朝地，像是在拜神。他身上没有任何伤痕，脖子上没有插着七厘米长的棺材钉子，舌头也没有被割走。遇到如此离奇的死亡，我赶紧给曼谷警察局和总部打电话。利希美在蒙克尔周围绕了一圈，屋子没有任何打斗迹象，一切完好无损，她冷笑道：“他这是甘愿受死吗？”

“是呀！死亡竟然如此虔诚。”我叹着气说，死亡最终找到了蒙克尔，只是他的死亡让我无法理解，以他的能力，凶手哪里能近得了他的身，杀死他这样子的泰拳高手也得花点儿功夫吧！谁想到他死得如此安详，像是自己吞食安眠药自杀一样无声无息。

“快看看他的手掌心，好像垫着什么。”利希美敏锐地察觉到蒙克尔撑着地面的左手不对劲儿。我蹲下来挪开蒙克尔的左手，在他左手下面，一枚滴着血的雕刻着“衔尾蛇”模样的佛牌紧紧地被他摁在地上。利希美伸手抽出佛牌，望着佛牌上面三个赤裸环状的男子，“又是它，怎么又是它？”

“刚刚逃跑的人难道是蒙沙旺？”我朝着已经被砸烂的窗口看去，这时候再去追凶已然来不及。利希美倒抽一口凉气，门外已经响起了警笛。同事们赶来了。看着同事们提着犯罪现场勘验的工具箱上来，我跟利希美说：“交给他们吧！但愿他们有所发现。”

“毕竟凶手没有想到我们会突然出现，他也许留下了来不及处理的线索。”利希美自我安慰着。

把现场和滴血的佛牌交给同事后，我搀扶着利希美往楼下走去。

回到所住的酒店，洗了个澡，疲软地躺在床上，手机“嘀嘀”地来了一条短信，梵缇娅可在短信里面说：“相守宫先生，我想我知道佛牌的秘密。”

■3 头颅

夜深人静，街头上已然没什么人影，几只黑色的流浪猫踮着脚尖就着茫茫夜色寻找着自己的猎物。下着雨，地上湿漉漉的，我撑着一把浅蓝色雨伞踩着坑坑洼洼的积水走向梵缇娅可那间诡异的铺子。梵缇娅可对于我所调查的案子至关重要，她主动给我发短信，我显得很兴奋，至少我知道这一趟不会白去。她知道太多东西了，哪怕她神经兮兮，说话总有点颠三倒四。

天空阴沉，霹雳如同一条火链子接连天地，雷鸣轰轰，令人心悚。我加快脚步，来到梵缇娅可的铺子面前，铺子没有亮灯，门虚掩着。我在门外喊了一声梵缇娅可，一条纤瘦的身子从门里面蹦出来一把搂住我，说：“我好害怕。”

低头看到是梵缇娅可，我没有推开她而是捂着她的肩膀问：“怎么了？你没事吧？”梵缇娅可把头埋入我胸口，她似乎很惊慌。我不知道她遇到了什么，抬头看了一眼没有亮灯的铺子，好像也没有任何奇怪的地方。

我安慰着她：“没事了，没事了。”

“你真好，还好你能来看我。”梵缇娅可语气里面多了几分欣慰。她松开我，我盯着她，她脸很苍白，面容憔悴，似乎受到不小的惊吓。我想问有关佛牌的事情，梵缇娅可那双水汪汪的眼睛却滴下了泪珠，两颗圆溜溜莹莹闪动的泪珠从她苍白如纸的面膛滑落，她的声音细如蚊子，说："我杀人了。"

这话如同一根针，这根针狠狠地扎进我的耳膜，刺痛了我全身的神经。梵缇娅可回头指着她的店子，说："尸体就在里面。"我有点儿不相信，但是梵缇娅可没有半点儿开玩笑的意思。我越过她快步冲进店铺，伸手拧开店铺里的灯，一具血淋淋的尸体趴在我面前。尸体身形很瘦、白发苍苍，穿着一件灰黑色的长衫。尸体还在抽动着，血液慢慢地染红了整片地毯。我认得这个身形，这是蒙沙旺。蒙沙旺被梵缇娅可杀死在她的店铺中。我惊恐万分，走过去把蒙沙旺扶起来，蒙沙旺气若游丝，双目恶狠狠地瞪着门外的梵缇娅可，嘴巴里面想说点儿什么，痛苦使得他说不出话来。我看到他胸口插着一块玻璃，玻璃如同一把匕首，上面刻着一个文案，三个赤身裸体的男人头交尾形成一个"0"。我想做点儿急救措施，但蒙沙旺已经死掉了。

"他突然跑到我的店铺，我被他发现了，我知道他那么多秘密，他不会放过我。他想杀死我，我这是自卫。"梵缇娅可楚楚可怜地说着，声音哽咽，令人心疼。我感觉很头疼，疑犯蒙沙旺死在梵缇娅可手里，这到底算什么？放下蒙沙旺的尸体，我打电话给总部。一边安慰着梵缇娅可一边等着总部来人，我多么想问问佛牌的事情，但是看到梵缇娅可担惊受怕的样子，我不忍心刺激她。总部的人接管现场后，我把梵缇娅可交给他们。

"你别担心，我会证明你是清白的。"总部的人要带走梵缇娅可的时候，梵缇娅可紧紧地拉着我的手，生怕我消失掉一样牢牢抓着我的手，我说完这句话，她才肯松手，并在我耳边说："你真好，我都有点儿舍不得你了。"我耳根软，听了这话，心里波澜起伏。

回到酒店，我打开电脑，总部给我发了一个邮件，邮件里面写着帕朗和蒙沙旺两人的资料，在帕朗还是毒贩子的时候，蒙沙旺和他属于合伙人，后来黑吃黑，帕朗战胜蒙沙旺，蒙沙旺从此下落不明。帕朗则拿着两人的钱开了柯叻拳场，从一个毒贩子变成地下拳拳场的老板。蒙沙旺和帕朗两人关系微妙，合伙时期，他们总喜欢一个在明一个在暗，因此很多人不知道帕朗和蒙沙旺的关系。蒙沙旺这次回来，无非是想夺取属于自己的财富。看完之后，案子总算有些眉目，杀害帕朗以及与帕朗有关的人，凶手应该就是在无名村千锤百炼、脱胎换骨后的蒙沙旺。我想把这件事告诉利希美，敲门半天，利希美一点儿动静也没有。以为她出去了，我打电话给她，她房门里面传来她电话铃声。

“利希美，你睡了吗？快开门，有事找你。”我奋力地敲击房门。

敲得我手都疼了，利希美的房门才“嘎”的一声打开。利希美睡眼惺忪，满脸倦态、无精打采地看着我。我从头到脚看了她一眼，她手里抱着一个圆溜溜的东西，我还没有看清楚是什么玩意儿，她已经藏到背后去。

“你有事瞒着我，快说，你手里拿着什么？”我说完去拉她的手，“咚”的一声，在我的拉扯下，她手里拿着的那个东西摔在了地上。我睁眼看去，心中一骇，圆溜溜、白森森的正是一颗孩童的头颅骨，头颅骨湿淋淋的好像刚刚被洗刷过了一般。我不解地看着利希美说：“你没事吧？”利希美没有理会我而是迅速弯腰捡起那颗小小的头颅骨跑进房间。我追进去，利希美已经躲进卫生间。她把卫生间的门关了，我只能站在外面吼道：“利希美，你哪里弄来的那玩意儿？你老实跟我交代，你到底怎么了？”利希美没有回答，卫生间里面传来一阵洗刷的声音。面对利希美这古怪的行为，我忍无可忍，喊了几声，利希美一句也不回答，我怒了，用力撞开卫生间那单薄的门，利希美一声惨叫，发了疯似的拿着自己的牙刷不停地刷手里抱着的那颗骷髅头。

“你先安静下来，告诉我，你怎么了？”我挥手让利希美情绪稳定下来，她目光呆滞、神情恍惚，完全不知道自己在做什么。我不想吓到她，只能循循善诱，可是无论我说什么，利希美都没有任何回答，她似乎成了一个哑巴，话都不会说了，一心只顾用牙刷把手里那颗头颅刷干净。一旦我靠近她，她就会发出惨叫。僵持了许久，我只能退出卫生间。活了大半辈子，哪里遇到过这种怪事，利希美显然魔怔了。我在外面的沙发上坐下来，利希美一直没有离开卫生间。我一直守着她到天亮，可能是我不大喜欢熬夜，天刚亮，我便打起盹儿来，打着打着。我居然在沙发上睡着了。等我醒过来的时候，利希美已经不在卫生间里面，卫生间的洗漱台上面摆着三颗被刷得惨白惨白的头颅骨，头颅骨一字排开，整整齐齐地摆着。

我拿起手机打利希美的电话，电话在房子中响起来，她没有带电话，人也不知道去哪里了。我跑出来，回到自己房间，卫生间传来哗啦啦的流水声。我跑进去一看，浴缸的水已经被放满，里面泡着一堆头颅骨，这些头颅骨脏兮兮的，一缸的水都被污染了。浴缸前面，利希美软绵绵地躺在地上，浴缸满出来的水不停地冲刷着她。

“利希美，利希美……”我扶起利希美，伸手拍着她的脸，她浑浑噩噩地醒来，看都不看我一眼而是拔起我的牙刷去刷浴缸中那些头颅骨。利希美彻底疯掉了，我想阻止她，她咆哮起来，情绪很不稳定。这种时候，我不能惹恼她，只能任由她洗刷那些脏兮兮不知道从哪里来的头颅骨。我长呼一口气，走到外面的卧室，拿起手机给总部打了一个电话，说清楚情况后，总部说会派人来处理。我自己都没法搞定的事情，无法想象总部里还能有谁可以帮忙。几个小时后，利希美把所有的头颅骨都洗刷干净，她把这些头颅骨整整齐齐地排列在浴室光滑的地板上，看着这些一闪一闪亮晶晶的头颅骨，她脸上露着极为满意的表情。

半小时后，总部派来的人到了，一个干瘦的小伙子，穿着一件黄色衬衫，黑色西裤，脚底大脚趾和小脚趾之间钳着一双红色的人字拖。他留着一头邋遢的长发，鼻底一字胡，下巴长着一个黑色大痦子。他进门之后先是瞥了我一眼，跟着客客气气地说：“你就是相警官吗？”我点点头，好奇地看着他，总部里的人个个都英姿飒爽，哪有他这贼眉鼠眼？他知道我怀疑他，笑嘻嘻地跟我说：“我不是国际刑警，我是你们请来的人，请问利希美小姐在哪儿呢？”原来是外聘的高人，我伸手指着卫生间。小伙子“嗯”了一声，“听说是中邪了？”这话我没法接，他只有朝卫生间的方向走去。

小伙子走进卫生间后，卫生间传来利希美一声惨叫。我冲进去的时候，小伙子正拿着利希美辛辛苦苦洗刷干净的头颅骨摔在墙上。头颅骨被摔碎，利希美痛苦不已，惨叫一声便晕过去了。小伙子向我招招手，示意我帮忙一起把利希美抬到外面去。

把利希美抬出来后，小伙子伸手挠了挠自己的腮帮子，脸上露出一副不知道怎么办的表情。我轻声问了一句：“她还好吗？”

“死不了，不过这事有点儿麻烦，她可能会一睡不醒。”小伙子很难为情地说。

“一睡不醒？怎么可能？”我有点儿不敢相信。

“她最近没有接触什么奇怪的人吧？或者接触什么奇怪的东西。”小伙子说完站起来开始在我房间里面翻箱倒柜，不懂他在寻找什么。奇怪的人和奇怪的事物，我和利希美几乎每天都能遇到，一时半会儿我也说不清楚。小伙子找了半天也找不到任何东西，他如同一只泄了气的皮球，蔫蔫地坐在一边，我转身告诉他这不是利希美的房间后，他拍着自己的大腿骂道：“你怎么不早说呢？”紧接着叫我把他带到利希美的房间。

小伙子在利希美的房间全面搜刮了一遍，最终拿着一个方形盒子来到我的面前，我记得这个盒子，这是梵缇娅可送给利希美的礼物。小伙子把盒子里面的四面佛拿出来摆在我面前："就是这玩意儿捣的鬼，谁给你们的？"

"一个朋友。"我尴尬地回答，心想着梵缇娅可没有害我们的必要吧？

"你这个朋友真不够朋友，要不是我及时赶到，利希美小姐肯定死得很惨，这玩意儿我得带走了。"小伙子说完把那尊四面佛塞进一个黑色袋子。我觉得他有点儿危言耸听，正想反驳他，他提着嗓门儿说："最近有人在炼佛牌，你知不知道？这人已经杀好几个人了，我想你也清楚，血淬佛牌，这招邪门得很，你们小心点儿。还有，利希美小姐从公墓那边挖回来的头颅骨记得拿回去埋了。"他这话使得我心中一震，总部能派他来，他自然有点儿本事，话说得离谱，但好像又有那么一回事。我担心利希美，问道："她会怎么样？"

"先一直睡着吧！等我想到办法再说，遇到这种事，急不来。你要真心想救她，或许可以去找找你那个所谓的朋友。"小伙子说完这番话便告辞了，我连他叫什么名字都不清楚。回到自己的房间，利希美睡得正香，一直刷着头颅骨，她也许是累坏了。我把她带回来的所有头颅骨全部收起来放进一个拉杆箱。带着这个装满头颅骨的拉杆箱，我来到了公墓，找了一个树荫地方，挖了一个坑，把所有的头颅骨重新埋起来。

回来的路上，我心情很差，梵缇娅可为什么要害利希美？她到底想做什么？曾听说泰国降头里面有一种情人降，这种降头会使得自己所爱的人死心塌地地爱着自己。梵缇娅可不会是喜欢上我了吧？她把利希美当作情敌了吗？泰国民间还有一种情人蛊毒，可以使得自己的情敌饱受万劫不复的痛苦。我把车开到梵缇娅可的小店，店子关着门，我伸手推了推门，门居然开了，一缕阳光随着打开的大门照射进去，屋内居然传来梵缇娅可的声音："谁呀？"

"你这是要做什么？"看到店铺已经被梵缇娅可收拾得干干净净，

那些诡异可怕的器具都被她收起来了，货架上变得干干净净，本来琳琅满目的店子一下子变得空荡荡的，我有些不适应了。看到是我，梵缇娅可从柜台后面站起来，“你怎么来了？”

“你老实告诉我，你是不是想杀死利希美？”梵缇娅可的行为让我感到奇怪，但我没有忘记这次来的目的，算是兴师问罪。梵缇娅可没有回答我，我再问一遍，她还是没有回答我，看了我几眼，她又弯腰去收拾自己的东西。我走近柜台，看到她装满几箱子的东西，看来她要跑路了。我心中更加愤怒，瞪着她骂道：“为什么？为什么要这样子？”说完，抑制不住心头怒火，我抓起箱子里的东西就往地上摔，一件又一件地摔着，直到手麻了、手酸了。

“我要走了。”梵缇娅可抬头泪眼汪汪地看着我。

“走了？你想一走了之吗？你看看你都做了些什么？你这个害人精，你以为你跑得掉吗？法律会制裁你，你别想跑掉。”在一箱箱的器具中，我抓到一枚血红色“衔尾蛇”佛牌，我算是明白了，小伙子所说的炼制佛牌者，正是我眼前这个泪流满面的女孩。为了炼制一枚佛牌，以血淬牌，她一直在杀人，亚松、空勒、尤格达塔、蒙克尔、蒙沙旺……一切都是她。我显得更加愤怒，怒火已然将我整个人燃烧起来。

梵缇娅可流着泪蹲下来，她把我摔坏的东西一件一件地捡起来放进自己的箱子。她小心翼翼，心疼地把她那些宝贝，已经被我摔坏摔碎的宝贝捡起来放好。我的怒骂，我的愤怒，她只能流着泪面对。收拾好之后，她张嘴轻声说着：“我说我要走了。”

“梵缇娅可，你不能一错再错，求求你，救救利希美。”突然想起小伙子所说的话，梵缇娅可也许可以救醒利希美，我的愤怒立马消失掉，我开始乞求，乞求她高抬贵手。

“相守宫，对不起，我要走了。”梵缇娅可哭得更厉害了，“你知道吗？知道我有多舍不得吗？你不会明白。在你眼里，我只是一个害人精吗？我好舍不得，可是舍不得也得走，这是我的使命，我生下来就是为了这一天。”

“你胡说八道什么？”我厉声喝道。

梵缇娅可只顾哭着，有些神志不清地说：“救不了，都救不了，包括我自己，没有人会珍惜我了。”

“梵缇娅可，你到底怎么了？我知道你是个缺爱的女孩，可你不能因为你缺爱而去伤害别人，梵缇娅可，你听到我说的话吗？”我想梵缇娅可回头是岸，但我说这话的时候，梵缇娅可嘴角突然涌出一丝血迹。

“相守宫，我真要走了，谢谢你曾珍惜我。”梵缇娅可破涕为笑，笑声一出，她嘴巴呕出一口黑血。她的表情变得很痛苦，整个人眼看就要趴下，我上前扶住她，惊慌失措地问：“你怎么了？你吃了什么？”梵缇娅可缓缓地闭上双眼，安安静静地躺在我怀里，她的身体变得冰凉、变得僵硬，我无论如何也没有想到她口口声声提到的“我要走了”会是以这种形式走。我低头看着她的脸，她还微笑着，甜美的笑容，惹人疼爱的笑容，看着人心酸。

嘀嘀，一条迟来的短信进入我的手机。

我掏出手机，梵缇娅可死前给我发了一条短信：“对不起，我没有选择，死亡是我最后的救赎，而你将会踏着我的尸体找寻最终的黑暗。”

■ 第八章　通阴教室

■ 1　恶童子

曼谷莲县一间偏僻的中学正浸泡在柔和的晨曦之中，这间学校极为简陋，只有一栋掉色的教学楼和一栋看似危楼的教师宿舍楼。来这上学的基本都是走读生，白天上课，晚上回家。初二年级的学生尼鲁特提着书包兴致勃勃地走进404教室，同学们都没有到，今天，他成了全班第一。尼鲁特心里特别得意，他从来没有拿过第一，不管是考试还是其他项目。一向喜欢拖延的他不知道怎么了，今天来得特别早，看着宽敞的教室，桌子、椅子井然有序地出现在自己眼前，他获得了极大的满足。把书包放好之后，他学着老师的样子抬头挺胸地跨步走到讲台上，想着在讲台上当一回老师指点江山，谁想讲台上突然出现一条影子，神秘的影子把他吓了一跳。

“你是谁？”尼鲁特朝着地上的影子说，那是一条人影，确切地说，那是一个人形的影子，但这不是他自己的影子。影子静静地躺在讲台上面，像是一具尸体。教室除了自己并没有其他人，影子从何而来呢？尼鲁特尽管年纪不大，但他知道这事诡谲，吓坏了的他尖叫着跑出教室。

半个小时后，学生们陆陆续续地来到404教室，经过尼鲁特的指引，大家都知道讲台上有个人影。他们并没有害怕而是围在讲台这儿，对着影子指手画脚。影子静静地躺着，擦不掉，抹不走，已然和地板融为一体。

同学们对着影子折腾了一番，影子没有任何动静，他们瞬间也没了兴趣，看书的看书，打闹的打闹。

上课铃响后，历史老师拿着课本缓缓地登上讲台，有点儿老花眼的他似乎没有发现讲台上有个人影。站到讲台后，他一如既往地打开教科书，然后叫学生们跟着自己翻书。课程进入一半，一个学生突然尖叫起来，随着这一声突如其来的尖叫，全班同学开始慌乱。老师看到这一幕，拍着讲桌骂道："你们想造反吗？"学生们已经吓得躲成一团，几个惊吓过度的学生已经推门逃了出去。老师吃惊不已，同学们害怕地指着他身后的黑板，他转过身来，一条黑色的人影趴在黑板上面，黑影一动不动，好像已经跟黑板融为一体。

黑板虽黑，但是人影的形象极为显眼儿，人影似乎从地板上瞬间挪到了黑板上面。老师不以为然，指着人影骂道："你算什么玩意儿？"黑板里的人影突然发出一阵瘆人的笑声，老师抓起手里的黑板刷狠狠地砸在人影身上，黑板痛叫一声，砸他的老师突然翻身倒地，像是触电一般抽搐不已。

404 教室死了一个老师，学生们都说老师是被一条奇怪的人影所杀死，校方却发通告说死者属于猝死。教室没有被清理，警察也没有出现，学生们还得回到教室里面上课。与以往不同的是，回到 404 上课的孩子减少一大半，不少害怕的学生都请假拒绝回校上课。坐在 404 教室里的学生战战兢兢、老老实实地坐在自己的位置上，他们的眼睛还在不停地转动着，警惕四周，生怕那条奇怪的人影出现在自己的身边。他们感到害怕，却又不敢违背家长和老师，只能冒死来上课。教室里面沉寂了许久，一个洪亮的女孩声音打破这个僵局："一定是猜卡姆迪。"

"猜卡姆迪回来了吗？"有个男生叫道。教室里面一片慌乱，大家开始议论纷纷，他们都认为猜卡姆迪回来找他们报仇。坐在第一排的班长基拉雷受不了大家的言论，站起来骂道："你们别胡说八道，好吗？猜卡姆迪已经死了，那是意外，懂吗？不许你们在这妖言惑众，你们都给我闭上嘴巴。"

"它就在你脚下。"也不知道是谁说了一句，吓得基拉雷跳到椅子上。果然，那个奇怪的影子又出现了，影子安安静静地躺在班长基拉雷位置下面的地板上。全场一片哗然，大家纷纷往后排坐去。基拉雷站在椅子上低头朝着影子骂道："给我滚开。"他在椅子上跺着脚，椅子摇摇晃晃地发出杂乱的响声。那个影子似乎听懂了他的话，忽然挪到前面的讲台上。基拉雷吐了一口气，从椅子上走下来，吓得脸色苍白的他也躲到后排这儿。

这一节课是英文老师的，英文老师是一位年轻的女老师，年轻貌美，穿着时尚，吐着一口洋腔。知道教室里面死过人，但她并没有害怕，进入教室，看到同学们都坐在后排，她感到很意外，询问了几句，没有一个同学回答她，他们都伸手指着讲台。女老师好奇地望着讲台，讲台那儿，一条黑色的人影如同一条狗似地趴在上面。

"你们都有点儿大惊小怪了，快回到自己的位置上。"女老师怒斥着她的学生，学生们只能厚着脸皮回到自己的位置上。看到学生们那么听话，女老师显得很惬意，打开课本正打算讲课。学生们突然"哇"的一声又退到了后排，他们指着黑板小声地说着："黑板……黑板……"

女老师回头看了一眼，讲台上的人影不知不觉地已经挪到了黑板上面。女老师被这一幕吓到了，胆子本来就不大的她拿起书本就朝黑板扔过去。黑板发出一声惨叫，女老师身子往后一倾，摔在了地板上。等同学们把医务处的人叫来，女老师已经断气了。

亲眼看到过两次死亡，学生们都害怕了，整个班级的人都请假了。学校领导经过商议，他们决定把藏着杀人影子的404教室封锁起来。这间恐怖教室重开是因为我的到来，梵缇娅可死了之后，我在她的背后找到了一个文身，三个赤身裸体的男人头交尾形成“0”的图案如同一个火焰环牢牢地刻在她白皙的背上。梵缇娅可显然跟萨克达、帕朗、蒙沙旺是一伙的。这让我始料不及，除了这个文身之外，我发现文身下边留有一个名字，一个泰文名字“苏帕猜”。

我叫人帮忙查了一下“苏帕猜”这个人，苏帕猜是一位名气很大的文身师，他居住在莲县，经营着一家已经有上百年历史的文身店。我只能这么想，除了梵缇娅可身上的文身外，萨克达他们身上的文身同样也是苏帕猜所刺。我要找到苏帕猜，他和“衔尾蛇”状的比萨符号肯定有着很大的联系。我驱车来到莲县，找到苏帕猜的刺青工作室，令人遗憾的是我找到的并非一家文身工作室而是一个水果店。经过店主了解，苏帕猜很早以前就结束自己的文身师生涯，至于他去了哪儿，周围的人都不清楚，他们唯一知道的是苏帕猜的儿子在附近的一家中学念初二。我顺路来到这家学校，想通过苏帕猜儿子找到苏帕猜的我却在这所学校遇到一个奇怪的案子。

我对这个案子很感兴趣，影子杀人，这种事情难得一见。

在 404 教室转了一圈，教室已经结起一层蜘蛛网，站在讲台上，凝视着台下的一切，脑子慢慢地联想，想着前段时间在这发生的一切。学校因为这个事件很敏感，所以一直不敢叫警察。如果不是我硬要来瞧瞧，这间教室还封闭着。校方领导对“影子杀人”这个事半信半疑，我叫他们陪我过来，他们好像还挺害怕，没有一个老师敢陪着我一同来到这间透着浓浓的死亡气息的 404 教室。

我在教室里待了十几分钟，没有任何异样。在我想离开的时候，讲台那儿突然涌出一条人影，我顿时来了兴致，走到人影前面，这条人影一米四五左右，个头不大，不像是成年人的影子，他就好像班里的某个学生。我凝视着人影，不一会儿，上课铃响了。我坐在人影前面的一个课桌上，等了一会儿，门外走进来一个中年男人，他瞥了一眼讲台上的人影，之后对我说："这间教室有鬼，学生们都不敢来上课了。"

经过了解，这个中年男人名字叫纳塔波恩，他头衔蛮多，是这所学校的体育老师、404 班的班主任、学校训导处主任。我向他表示自己的身份，他颇为无奈地扫视着教室喃喃自语："我想我得找个法师，我想我得找个法师……"我没有理会他而是低头看着讲台上的人影，那条人影不知道什么时候竟然挪到了黑板上面。

"还我学生，还给我同事的生命。"纳塔波恩老师似乎发疯了，他朝着黑板上的黑影咆哮着，像极了一头疯狗。我愣着的时候，他已经冲到讲台上面，他捶打着黑板，如癫如狂地在跟黑板上的影子决一死战，扭打成一团。如果不是影子有古怪，纳塔波恩这表现绝对可以送去精神病医院了。我从课桌上下来，正要去制止与黑板上的人影疯狂作战的纳塔波恩老师，纳塔波恩老师却软绵绵地从黑板上滑下来，口吐白沫，手脚抽动着，如同发羊角风。

"纳塔波恩老师，你还好吗？"我上前来查看，纳塔波恩已经完全静止，呼吸也没了。我抬头看着黑板，黑板突然传出来一个笑声，上面那条奇怪的人影消失不见了。我把纳塔波恩老师扶起来，跟着检查他的口腔，他的口气有点儿重，像是吃错了什么。我拿起手机给总部打了一个电话，关于纳塔波恩的死亡，或许要请专业的法医来检查才能知道死因。

走出 404 教室，教室外面不知道什么时候已经围满了人，有学生，有老师。他们都好奇地看着我，他们肯定觉得我胆子特别大，我只是对他们报以一笑。校长这时候气呼呼地跑来，他把我拉到一边说："我本不该重开 404 教室，纳塔波恩老师的死亡你需要负全责，这间教室必须得永久地封起来。相守宫警官，是你害死了纳塔波恩老师。”他气急败坏地说着，我无言以对。这明明是一场谋杀，教室里的影子明显有人操控，虽说不知道是谁，按照以往来说，这个影子出现的情况和时间出入不大，三个老师的死法基本一样，至于死于什么，我暂时不知道。我从人群里面走出去，校园外面已经响起了警笛。这一阵警笛提醒了我，我来这里不是办 404 教室谋杀案的。我找到一个看着年纪稍长的学生用泰语跟他说：“你认识一个叫猜卡姆迪的学生吗？”

“猜卡姆迪？”学生挠着头，头皮屑都被挠彻底了，他都没有想起什么，反倒是他身边一个女学生说：“猜卡姆迪？他不就是两个星期前意外死掉的那个初二坏小子吗？”

“初二坏小子？”我尽管找到了眉目，心里面还是显得有些吃惊。女学生用怀疑的目光看着我，似乎不大想说出这个事情。我把警官证拿出来给她看，她才放松不少。尽管如此，她还是显得小心翼翼，她把我带到一个无人的校区，接着向我讲述猜卡姆迪的事情。

关于猜卡姆迪死亡这件事，除了 404 教室里的学生，似乎还没有谁清楚这事。恰好女孩的妹妹属于 404 教室中的一员，她和猜卡姆迪属于同班同学。晚上姐妹俩睡前聊天的时候，妹妹告诉姐姐关于猜卡姆迪死亡的真相。猜卡姆迪是学校里面出了名的坏学生，打架斗殴，欺男霸女不说，他经常带头整蛊老师，偷女老师的内衣内裤，把老鼠和蛇放进老师的宿舍，在老师的饮水机里面加料等，大家都知道这些事是他干的，但是没有证据，谁也拿他没办法。作恶多端的猜卡姆迪屡屡得手，他在校园里面越加嚣张，声称没有人能制服得了他。

除了以上的行为外，猜卡姆迪似乎还有毒瘾，他在校外认识了一帮小混混，小混混的头目让他到校内发展成员和卖毒品。两个星期前，这事被他的班主任纳塔波恩发现。纳塔波恩亲自抓住了私自在校园里面卖毒品的猜卡姆迪。猜卡姆迪可不会那么轻易被纳塔波恩抓到，他咬了纳塔波恩一口，接着两人扭打起来。也许是因为猜卡姆迪之前吸了过量的毒品，他和纳塔波恩扭打了一会儿后便一动不动了。纳塔波恩松开他后，他已经没气了。这事被校方封锁了，关于猜卡姆迪的死亡，他们只说这是意外。404 教室的学生却一致认为是班主任纳塔波恩亲手打死了猜卡姆迪。事情看似这么简单，女孩后面告诉我，猜卡姆迪死不甘心，生为恶人，死为恶鬼，头七之后，化为阴影藏在 404 教室，凡是沾上他的影子，谁都会倒大霉。

“他在找学校的老师复仇。”女孩肯定地说。

“他都已经死了。”我反驳她。她摇摇头，看了一眼四周，再次确定四周无人，她才缓缓地说：“我妹妹说，猜卡姆迪懂得法术，她曾见过猜卡姆迪指挥两只乌鸦去叼走英语老师的内裤。还有，猜卡姆迪这个人本身就很神秘，谁也不知道他住哪儿，来自哪里，他爸妈是谁我们都不知道，有人曾亲口听他说，他来自一个巫医家族，他父亲是一位神秘的巫医，谁也别想在他身上讨到便宜。他整天跟人恶作剧，还扬言要杀光学校里的老师。我妹妹那个班的人都称他为来自地狱的恶童子。”

“来自地狱的恶童子？”我觉得这个绰号有点儿可笑，猜卡姆迪真有那么难缠吗？如果他的话都没有错，他父亲苏帕猜应该不是寻常之辈，这使得我对苏帕猜一家更加感兴趣。我本来还想多问点儿东西，女孩觉得自己说得已经够多，让我不要把这些事说出去，要不然她将会大难临头。我答应了她，她才安心地去找自己的小伙伴玩耍。

我回到 404 教室，同事们正在处理纳塔波恩的尸体，见到我之后，一个同事过来跟我说：“影子杀人，你觉得科学吗？”

“你说呢？”我不知道他想表达什么。

同事从兜里掏出一个微型投影仪器，“所谓的杀人影子无非是从这玩意儿里面弄出来的，故弄玄虚罢了。”

“纳塔波恩呢？”我看到穿着白大褂的法医已经将纳塔波恩的尸体运出校门，急忙问了一句。同事收起微型投影仪，吐了一口气说：“死于中毒，应该是氰化钾这类的。”

“另外两位被害的老师应该也属于同样的情况，这事我私下走访一下，嘿嘿！这座学校，似乎藏着不少秘密。”我说完从口袋里面掏出一根烟，点了烟，吐着烟圈，环顾这座简陋的学校，校园里行色匆匆的学生和老师，死亡还会继续吗？

■ 2 影子杀人术

警察们离开后，404 教室再次被封锁起来。我独自一人在校园里面溜达着，几次想找校长谈话都被拒绝了。学校的一些领导老师都不待见我，我死缠烂打把他们惹急了，校保卫处的两个大叔把我架到了校外。我就在校门口一直等着，下午放学的时候，学生们蜂拥而出。本来想在学校大门口拦校长的车，门口两个保安大叔四只眼睛却一直没有离开我的位置。我有些纳闷儿，最可惜的是，除了学生们，老师和校长一个都没有出来。我想闯进去，保安大叔把我推了出来。在大门口像是吃了大便一样游荡着，硬闯进不去，他们诸多借口，烦死人了。

此时，一个十四五岁的少年出现在我身后，他扯了扯我的衣角问：“你是警官吗？”我回头看着小孩，他没有穿校服，不知道从哪里冒出来的。

“我叫基拉雷，404 班的班长。”少年向我伸手，他想跟我握握手。我识趣地跟他握握手，404 教室发生命案之后，学生们都不敢来上课，一个个请假休息。能在校门口遇到 404 教室的学生，还是班长，我心头一阵激动。基拉雷似乎看穿了我的身份，我对他说：“要不我们换个地方说话。”他答应了。我带着基拉雷来到一家小饭馆，基拉雷叫了几个他喜欢吃的小菜。上菜之后，基拉雷不管三七二十一拿起筷子狼吞虎咽起来，像已经好几天没吃到东西一样。我在一边抽着烟，眯着眼盯着基拉雷看。基拉雷吃饱之后才开口说："404教室死了老师，我们都很害怕，我以为自己不害怕，可是还是很害怕，说真的，我们都怕死。"

"没事，谁都怕死，我也怕死。"我拿起筷子夹了一粒小花生放到嘴巴咀嚼着说。

"你不是警察吗？"基拉雷疑惑地望着我。我呵呵一笑："警察也是人，是人都怕死。"说完我开始发现自己不该说这种话，这话毁人三观，眼前不过是个少年。基拉雷叹了一口气，似乎对警察很失望："这件事，看来没办法了。"

"怎么了？我虽然怕死，但是死得其所，我便不怕了。"我说完，基拉雷再次用他那异样的目光审视我："好，我说出来吧！不说出来我会憋死。猜卡姆迪他不是个好学生，但他也不像大家说的那么坏，他很讲义气，也很照顾我们大家。他之所以与老师对抗，因为他发现了学校里面一个不可告人的秘密。"他的话使得我的心很振奋，留守那么久，总算是找到线索了。基拉雷继续说："猜卡姆迪一直守着这个秘密，有个事，我必须得告诉你。猜卡姆迪死之前，他来找到我，他问我，基拉雷，我能相信你吗？猜卡姆迪从来都是一个小恶霸，对我一直也不客气，他突然跑来和我说话，我被他吓坏了。我告诉他，你可以相信我。猜卡姆迪接下来告诉我，他就要被杀死了。我以为他逗我玩，谁知道他真死了。学校里的人说他吸毒过量，我觉得不是，这是杀人灭口，好在猜卡姆迪懂得法术，他死后同自己的影子回来报仇，杀死那些可恶的老师。"

"他把他所知晓的秘密告诉你了吗？"我一边仔细听着一边问道。

基拉雷点点头，他说："学校后面有一个高坡，高坡那边有一个厕所，那个厕所下面有人在说话。”

我怔住了：“就这个秘密吗？”

基拉雷说：“高坡那边曾经是乱葬岗，那个厕所，我们从来不敢用，经常有人在那边见鬼。”我低头喝了一杯水，这算什么秘密？我还以为会有什么重大线索，看来不过如此。基拉雷整个人显得很慌张，他感觉厕所有问题，而且是个大问题。我沉默不语，基拉雷急了，抓着我的手说：“学校有个奇怪的事情，班里的女生，每个月都有人失踪，失踪三天后，她们才会回来上课。”

“也许她们请假了。”我提出异议。基拉雷并不这么认为，他说：“不对，她们重新回到教室后，整个人都变了，人没有之前那么活泼了，变得呆呆的，脸上毫无表情，木讷无比。最可怕的是，课间操的时候我发现她们的影子。”

“影子怎么了？”

“她们的影子不见了。”基拉雷像是说悬疑故事一般讲述。我抬头看了他一眼，他额头已经冒出几颗豆大的汗珠，也不知道是他太紧张还是天气太热了。过了一会儿，他轻声问了我一句：“你相信影子杀人吗？”我摇摇头，根本没有什么影子杀人，404 教室里面出现的影子是人为的，死掉的三个老师是被人毒死的，他们迈入 404 教室上课之前已经中毒了。下午的时候，同事已经打电话给我说清楚了，毒死三个老师的是一根微乎其微的鱼刺，鱼刺蘸了乌头草毒刺入他们的脖子，这就是传说中的如鲠在喉吧！基拉雷遗憾地看着我说：“你会相信的。”

结账后，基拉雷自己回去了，离开之前还不忘叮嘱我千万不要把他私下见我的事情告诉别人。离开小饭馆的时候，天色已经很黑了。我顺着路往事发学校的方向走去。一间死了人不报警的学校，里面肯定藏着不少秘密。学校的大门被保安大叔严守，我要从正面进去已经完全不可能。绕到学校后面，发生命案后，校长加强了巡逻，几个夜巡者刚刚离去。

我翻墙进入校园内部，借着校园种植的花草树木隐藏自己的行踪，蛇行鼠步绕过教师宿舍楼，我朝基拉雷所说的校区后边高坡走去。这边显得很阴暗，一盏路灯也没有设置，基拉雷所说的那个诡异厕所就在高坡半腰的地方，两间小瓦屋，周围还缠着爬山虎这类的藤蔓。我来到厕所不远处的一棵绿荫后面，仔细打量着厕所，厕所看着没有什么异样。

调查过那么多奇奇怪怪的东西，我从来没有想到自己会去调查一间臭烘烘的厕所。打算直接往厕所走去，厕所的门却被推开了。校长带着几个男老师从里边走出来，他们谈笑风生，似乎并没有被纳塔波恩这几个老师的死亡所影响。等校长他们离去，我赶紧蹿进那个厕所。厕所就两扇，连着校长却走出去五个人。我进来之后，厕所中摆着两个马桶，看不出有什么玄机。越是没有玄机，这儿越有疑问。基拉雷也许说得对，这就是学校的秘密，一个无法告人的秘密。

我蹲在马桶上面，这边很暗，又不能弄出点儿火光，蚊子又多，叮得我浑身瘙痒。想着白天再来打探打探，马桶下面有个声音问道："你们怎么还没离开？"厕所果然会说话，我只能"嗯嗯"地叫了几声。那个马桶突然震动一下，马桶自己挪开了，一道白色微光从里面透出来，我看到了一条阶梯。

一个胖子从马桶底下裂开的缺口冒出一个头问："还有事吗？"

藏起来的我瞬间飞身而出，一肘子将胖子击倒。我走下缺口中的阶梯并把昏倒的胖子拖进来，几分钟后，马桶自己合上了。

厕所下面是一条地道，地道亮着两排白炽灯，通体贴着白色瓷砖，看着透亮无比。我顺着地道小心翼翼地走着，除了胖子之外，我还没有遇到其他人。如果这里藏有秘密，肯定会有人把守。我摩拳擦掌，难免要有一场恶战。一个看上去破破烂烂的学校，学生也没几个人，厕所下面却装修得油光滑亮，实在难得。我缓缓走着，前面传来一个男人的声音：“乖乖听话，要不然你就跟它一样。”

一个女孩哭着哀求说，“不要……不要伤害我。”

我热血涌起，大步循声而去，来到一个白色大门前面，大门属于透明玻璃门，似乎是单向玻璃，我站在大门这里，把里面看得一清二楚，里面的人却没有察觉到我。在这个房间里，一个卷发男人赤裸着半身，身上画满了各种奇怪的符咒，他看上去年纪差不多五十岁左右，皮肤很白，如同乳猪，背面、手臂、大腿、胸口用红色笔迹画着各种各样的符咒纹案，太极、八卦、佛像、莲花、人头、恶魔、妖鬼等。在这个诡异的男人面前，一张披着白色被单的双人床横着摆放，一个十五六岁的小女孩赤身裸体地躺在上面，她的手脚都被绑起来，脸上充满了惊惶的表情。在床边，靠墙一点儿，一条花斑狗躺在一摊血水上面，狗头还在微弱地弹动，似乎刚刚被杀死。

“求求你，放过我。”女孩可怜巴巴地求着男人。我这时候才发现，这个女孩，正是今天跟我谈话的那个女孩。和我聊天的时候，她表现得很开朗，这才多久，居然落到这般境地。我心里涌出一股怒火，这间学校果然没有表面上看着那么简单。

“来，你只要乖乖地睡一觉就好了，别害怕，我不会伤害你，你要是听话，三天后就可以回去上课了。”男人一边说着一边走到女孩面前。女孩吓得已经发不出声。男人在女孩的额头轻轻一点，女孩双眼一闭，好像晕过去了。男人开始念着奇怪的咒语，念完咒语，他回身拉过一个箱子，箱子已经被打开，箱子里摆放着各种奇怪的东西，画笔、针刺、手套、凡士林、文身机……这是一套刺青工具。男人拿起这些工具，他把女孩的背部翻转过来，拿着画笔在女孩背部画出一个图案。这个图案对我来说，再熟悉不过了，三个赤身裸体的男人头交尾缠成一个“0”。

看到这一幕，我已经按不住心中的怒意，一脚把门踢开。男人受到惊吓，骂了一句："死胖子，你找死吗？"他还以为是自己人，看到我之后，他放下手中的工具问我："你是谁？"我没有回答他而是一步过去拿起床边的一块白色床单把床上女孩的身体遮掩住。那个男人显得很淡定，伸手在地上拿起一件五颜六色的外套套在身上说："正义使者？"

"苏帕猜，想不到你躲在这儿。"我冷笑着说。

"你认识我？"男人感到吃惊。

"猜卡姆迪是你儿子吧？他是你亲生的吗？"我问道。

苏帕猜脸上抽动了一下说："这孩子不听话，处于叛逆期，他想当救世主，想救这些愚蠢的女孩，无知的他死有余辜。他想破坏我们宏伟的计划，我保不住他。"苏帕猜的话使得我心中疑惑不已，连苏帕猜都保不住自己那多管闲事的儿子，难道他不是最终的幕后黑手？我一步步地紧逼着苏帕猜："记得梵缇娅可吗？"苏帕猜的脸颊再次抽动："你到底是谁？为什么知道那么多？"他开始警惕起来，脸上的肉不停地抽动。我没有回答他。他干咳一声，伸手揉了揉脸颊，跳动的肉不再跳动，他变得有些自我陶醉："梵缇娅可，那个可爱的小女孩，我很喜欢她，怎么了？你也喜欢上她了吗？她确实很独特，笑起来很别致……"

"所以你在她身上留下了自己的名字。"我打断他的话。苏帕猜伸手抓了抓头上卷如辫子的头发说："我永生无法忘记她，我遇到无数的女孩，帮助无数女孩刺青文身，最爱的也是她。"

"得了，少说废话，今晚我要把这个女孩带走。"我回头看了一眼床上那个女孩说，女孩酣睡着，脸上已经没有那种惊惶的神色。

苏帕猜大笑一声说："不可能。"

我已经走到苏帕猜面前，苏帕猜嬉皮笑脸地直立着。我讨厌他这种表情，一拳把他给击倒，他反而呵呵笑道："今晚你会死在这儿。"

他嘴里突然念叨起来，像是念咒，咒文叽里咕噜，我一句也听不懂。我凝立了一会儿，门外突然响起一阵嘈杂声，看来他在搬救兵。我卷起袖子，恶战即将来临。嘈杂声越来越近，俄顷，白色玻璃门被推开，一群十四五岁的女孩赤身裸体地走进来，她们脸上没有表情，像是僵尸一般。我低头看了一眼苏帕猜，他嘴角在流血，我刚刚对他下手有点儿重。

苏帕猜冷笑道："你要想出去，踏着她们稚嫩的尸体出去吧！"

"浑蛋。"我一脚把苏帕猜踢开，他发出一阵"桀桀"的怪笑，笑声绕着地下室，令人头骨发麻。

我想过去控制他。他嘴巴发出咕噜一声，一道银色的光芒从他口中吐出来。光芒扎在我的脖子上，我的脖子传来一阵麻意。糟糕，想不到苏帕猜懂得吹箭术，我这是中了苏帕猜的毒箭了吗？迷迷糊糊间，我倒在地上，晕睡过去了。

我做了一个梦。在梦里，十几个赤身小女孩走进这个房间，她们木头一般站着，迟迟没有发动进攻。我看了一眼地上，奇怪了，她们居然没有影子。

"她们的影子都被我给剪掉了，我会赐予她们最厉害的影子。"他的咒语又来了，床边那条花斑狗，它底下的影子突然站起来，影子踮着脚步来到那群女孩边上，它钻进一个女孩的身后，成为女孩的影子，水乳交融，天衣无缝。

女孩活过来了，脸上变得狰狞，如同一条疯狗般朝我扑过来。我避开女孩，女孩疯子般朝我进攻。这下我有些为难了，女孩是无辜的，该死的是苏帕猜这个浑蛋，我不能伤害女孩，女孩却要吃掉我。苏帕猜得意地笑着，他似乎已经掌控了全局，一个女孩攻不下我，他吹了个口哨，一堆奇怪的乌黑色影子从床底下爬出来，它们一一钻到女孩身后成为女孩的影子。机器般的女孩遇到这些奇怪的影子，瞬间被激活了，张牙舞爪，嗷嗷怪叫，像是饥饿的野兽一般朝我奔袭。我被这疯狂的一切所震慑，苏帕猜竟然做到了，他隐藏多年，为的竟是如此疯狂的事情。想到404教室里那条影子，我喊道："苏帕猜，那是你儿子的影子吗？"

"什么？"苏帕猜似乎还没有听明白。

"杀死纳塔波恩老师的影子是猜卡姆迪的吧？是你儿子的影子杀死了那些老师。"我一边躲着女孩们疯狗般地攻击，一边朝苏帕猜喊着。苏帕猜看到我身陷危险，已然撑不了多久，得意地说："你快死掉了，就算是我儿子的影子杀人又如何呢？猜卡姆迪自幼跟在我身边，我自己学到的东西，他那么聪明，耳濡目染，总能学到一丝半毫。"

"他来了，来找你算账。"我说完，身子一矮，躲开几个女孩的攻击，退缩到一边的墙上，倚着墙壁，至少我不会背腹受敌。何况我现在得到了一个好帮手，这个帮手悄然而来，谁也不知道什么时候出现，他静悄悄地躺在地上，就在床边，死寂地听着我和苏帕猜之间的谈话。

我被攻击的时候，那条影子飞舞起来，像是一个武士，更像是一把利剑，一把锋利的剪刀。我耳边传来"唰唰"的响声，这是影子飘过的声音，影子如同闪电一般迅速，它把女孩和她们身后不属于她们的影子给剪断了。

奇形怪状的影子被剪掉后躲回床底，女孩们没有了怪异的影子，木然而立。我轻轻地吐出一口气，这一切太及时了。猜卡姆迪的影子，荡漾在房间里面，女孩们获救了，我也获救了。

见势不妙的苏帕猜狼狈地夺门逃走了。

"恶童子"、"坏小孩"猜卡姆迪的影子追了出去。

父子之间的斗争还在持续，疲乏的我只能做个忠实的旁观者。

我醒来的时候，人躺在了一块草地上。我浑浑噩噩地看了一眼四周，我正好躺在那间诡异厕所的隔壁。看到我醒来，一个熟悉的身影跑向我。

我眯眼看了看，他来到我面前，我才看清他是帮助利希美脱险的神秘小伙子。

“你醒了，太好了。”小伙子很高兴地说。

我拍着脑袋，“我这是怎么了？”

小伙子笑着说：“你中了苏帕猜的迷药，幸好你命大，被我及时发现。”

我问：“苏帕猜呢？”

小伙子摇摇头。

我再问：“你怎么会在这儿？”

小伙子说道：“有个叫基拉雷的学生见到你独闯龙潭，他打电话报警了。”

听完我一愣，想必，基拉雷已经看穿一切。

3 疑犯追踪

逃离那个暗藏玄机的厕所后，我用尽最后一口气给总部拨了一个电话。由于在下面没有任何信号，我只能拖着疲惫不堪的身体往外跑。女孩们最终会如何我不知道，但我知道，猜卡姆迪不会放过他的父亲。警察很快包围整个学校，校长和几个追随他的老师被带走了。刑讯室里面，校长和老师们都说自己是被逼的，但他们良心未泯，把这些年替苏帕猜所做的一切全部招供。苏帕猜利用校园里稚气未脱的女孩来修炼“影子杀人术”，这个解释看着简单了点儿、玄幻了点、敷衍了点，也不科学。校长和老师们又说不出其他的原因，局里也只能以此结案。厕所里受迫害的那些女孩，还有其他曾经被苏帕猜亵渎的女孩，她们的影子还是没有找回来，没有影子，她们显得很木讷，像个人偶。总部把这些着了魔的女孩交给那个帮助利希美脱险的小伙子。

小伙子赶尸一般将女孩们送上一辆橙黄色校园车。车即将开走的时候，小伙子调皮地来到我面前："她还好吗？"

我说："一点儿也不好，你还没有找到办法吗？"

"放心，她会没事的。"小伙子笑得很阳光，在他身上，总是能量满满，看着他傻笑的样子，心里踏实不少。我问他："女孩们会怎么样？"车里的女孩如同木偶一般站着，看着怪可怜的。

小伙子拍着胸脯爽朗地说："包在我身上。"他转身要上车，我又问一句："你好像还没有跟我说你的名字。"

他一拍脑袋，似乎也忘记这事了，"我叫夏泰拉坦拿古。"说完他钻上车随车离去。

他的名字好长，我都听不清楚，只听到后面"拿古"两字。拿古是个神秘男，总部很信任他，希望他能把这些被苏帕猜祸害的小女孩恢复。办完一切后，我走在静霭的校园里面，天还没亮，还有三个小时，坐在学校那个凹凸不平的篮球场上，天空没有星星和月亮，也没有一朵云，夜风柔柔地吹着。回想起被女孩们攻击的一幕幕，死神在离我不远的地方盯着我，它就等着我倒下，等着我没了呼吸。对我来说，死神就是一个小偷，它会随时偷走我的生命与灵魂。

坐了十来分钟，一个女孩朝我走来，她醒过来了，人看着开朗不少，到我面前后，她说："大叔，谢谢你，送给你。"女孩举起双手，手掌摊开，掌心握着一粒白色的珠子。珠子看着很普通，表面还挺粗糙的。

"你收好吧！我不会要你的东西。"我说完，女孩显得很生气，秀目瞪着我说："这是我从苏帕猜身上抓下来的，也许对你有用。"这话我爱听，伸手拿过女孩掌心的白珠子放在眼前看了许久，珠子没有任何破绽。看到我那么笨拙，女孩把白珠子抢了过去，双手使劲一摁白珠子，白珠子裂成两半，珠子空心，里面藏着一张泛黄的草纸。女孩把草纸递给我说：“这是他们互相之间联络用的通行珠，或许对你有所帮助。”

“你怎会知道？”我被眼前这个女孩的一举一动吓住了。

“我不是笨女孩，他们曾经把我妹妹带去过一次，我妹妹本是个古灵精怪的女孩，失踪三天后，她变得很呆，做事都是慢吞吞的，老是心不在焉，更可怕的是，我发现妹妹竟然没有影子。我问她怎么了？她什么都不肯说，而且一味地疏远我。我知道妹妹一定遇到什么奇怪的事情，就在今晚，他们选择了我。我不像妹妹那么容易被迷惑，他们想用麻醉药迷晕我，其实我早有防范，我一直清醒着，等着机会揭发他们。”

“你很勇敢，但你想不到他们会如此恶毒。”我对她赞赏有加。她噘起嘴笑了笑：“我这么做，也是想找到治好妹妹的办法，为了我的妹妹，我死又何妨？所以，不入虎穴，焉得虎子，一路清醒着的我听到了他们不少的秘密。”

“哦！包括他们联络用的通行珠吗？”我特想知道女孩还听到了什么。女孩点点头，歇歇气后她说，“苏帕猜不是在修炼什么影子杀人术，他是在帮他们的头目，一个叫大佛陀的人收集108个幼女，这些幼女在进贡给大佛陀之前，苏帕猜需要对她们进行所谓的净身，至于净身是什么，我没有听清楚，或许就是剪掉我们的影子，在我们身上刺下奇怪的文身。”

“大佛陀”这个词，我是第一次听到，原来幕后黑手化名为“大佛陀”，他到底是怎样一个人呢？年纪多大？身形如何？什么身份？来自何地？喜欢什么？讨厌什么？我脑子里面出现各种各样关于“大佛陀”的问题。我沉思着，一声不吭，女孩伸手拍拍我的肩膀说：“对不起，我只听到这么多。”

“你已经做得很好了。”我欣慰地看着女孩，女孩脸上再次绽起一丝甜甜的笑容。我把女孩送到学校门口，她的父母已经久候多时。我送走女孩和她的家人后低头看着手心中紧握着的那张黄纸，这是我找到“大佛陀"的唯一线索。想着打开黄纸，学校里那栋静静屹立着的教学楼传来一声惨叫。我把黄纸藏进裤兜快步冲向教学楼，惨叫声来自四楼，我一口气爬上来，从 401 找到 404，一个身影出现在我面前。

杀人教室里亮着灯火，一个卷发的男人捂着自己的喉咙跪在讲台前面。我走进去的时候，卷发男人呜呜嚷着，脸颊上的肉急频率抽动着，一会儿，他捂着喉咙的手松了下来，随后他的身体也僵硬地躺下。苏帕猜死掉了，杀死他的不是猜卡姆迪的影子而是一根鱼刺，一根淬过毒液的鱼刺，鱼刺细微如发，肉眼几乎看不见。

在苏帕猜的嘴巴中，他咬着一块佛牌，佛牌很熟悉，刻着“衔尾蛇”形状的血色佛牌。佛牌杀人法，这是梵缇娅可的杀人方式，她还活着吗？鱼刺又代表什么？不是梵缇娅可吗？那又是谁呢？我心乱如麻。白色的灯光下，苏帕猜死状很惨，他身上密密麻麻地刻满了文身，什么款式都有，乱糟糟的令人分不清东西南北。梵缇娅可的死亡提醒了我，我把苏帕猜身上那件花花绿绿的外套扯下来，一个又一个地去研究他身上的刺青。刺青样式很多，四面佛、般若、佛经、虎爪、三头象、神兽孔通、白鳝、猴子、莲花、符咒等，令人应接不暇、眼花缭乱。

在泰国，刺符文身历史悠久，已经有五六百年的历史。在亚育太也王朝时期，虽说国泰平安、风调雨顺，但是他们和邻国缅甸关系很不好，常年交战。那时候，泰国已经是一个重佛教的国度，王室和百姓都深信佛祖菩萨。战火不断，为了给泰国的军队带来好运，泰国的高僧们制造了无数的平安符、佛牌给将士和坐骑佩戴。

沙场上，泰国士兵们与敌人近身肉搏，平安符和佛牌因为战斗经常丢失，保佑自己的佛牌、平安符一旦丢失，士兵就没了信心，彷徨不已。为了解决这个事情，一位聪明的僧人想到刺符的办法，他把佛教符咒用针点着黑色墨水或者神水刺在士兵身上。这种方式无异于把佛的力量附在士兵的身上，获得佛祖赐予的能量，士兵们在沙场上英勇无比，杀敌无数。这种刺符法术受到军队的欢迎，流传至今，从军营到外界，大受欢迎。在刺符法术中，除了巴利文写出来的神秘咒语外，还有各种稀奇古怪的神像图案。

泰国人所崇拜的猴神哈奴曼、虎神、象神、招财女神、双尾盐蛇都是大家所喜欢的图案。现在的刺符法术获得一些高僧的改良，除了保平安、消灾解难外，它还能帮人带来财运、桃花运、驱除小人等。我曾在办案的时候亲眼见过一位法师给人刺符，法师先是给需要刺的符开光诵经，再用神水加持符箓，法师把神灵请到受符者身上的时候，受符者突然休克，跟着像个疯子，神力大增，手舞足蹈，完全不受控制，这事来得突然，吓坏不少游客。刺符这门法术，禁忌颇多，苏帕猜把各种符号图案都往身上刺，我还是第一次见到，他也算是百无禁忌了。

我在他身上寻找了许久，最后在他左边臀部发现了一块与众不同的图案，图案没有形象，不像猴子也不像老虎而是像一张地图。这张地图很小，上面微雕着不少字样，肉眼看不清楚。

“苏帕猜，亵尸这条罪我先扛下来了。”我从身上掏出一把小刀，用小刀将苏帕猜左臀上面这一块小地图给切下来。费了不少劲儿，切到这块皮肉后，我把它塞进裤袋。起身给苏帕猜鞠了一躬，我发现黑板上冒出一个影子，影子摇摇晃晃地像是喝醉了。

“猜卡姆迪，你来晚了。”我朝黑板上那条人影说道。

人影如同一根蜡烛上的火光，摇曳着，不知道它怎么了。我说完之后，那条人影越来越模糊，最后消失在黑板上。我揉了揉眼睛，看来是我自己眼花了。走出教室，吸了一口新鲜空气，我打电话给总部让他们来处理苏帕猜的尸体，明天一早，学校还得开学，我不想苏帕猜的尸体影响学生们的学习。

回到我所居住的酒店，利希美安安静静地躺在我的床上，这个韩国来的女孩，希望她能坚持下来，梵缇娅可已经死了，但我没有放弃救她。找到“大佛陀”，一定可以救利希美。我知道短时间内利希美不会醒过来，因此我得好好钻研我的案子。把从通行珠里面获得的黄纸跟苏帕猜左臂的地图拿出来放在书桌上，拉过一盏台灯和一枚放大镜。

在橘黄色的灯光下，我把苏帕猜左臂的那块刻印着地图的皮展开，图案很小，握着放大镜查看，上面丝丝缕缕地画着不少线条，曲线、直线相互绕着一个佛陀图像，像是一座迷宫，线条缠绕着点，旁边刻着几个小字，这是巴利文，我一个都不认识。地图如同一张蜘蛛网，上面的巴利文不知道写的是地名还是人名，总之把我看得眼都花了。中间的“佛陀”图像代表什么呢？幕后主脑“大佛陀”吗？我思考着，揉揉涩楚的双眼，一个电话打进我的手机，电话里的同事告诉我，学校的校长和那些追随他的老师在羁押室里自杀了。

“自杀？”我不敢相信。

同事低声说：“他们趁我们不注意，用藏在身上的一根鱼刺刺穿了自己的喉咙，鱼刺有毒，毒性很猛，他们死得很快，我们毫无办法。”我挂掉电话，这个有点儿突然，那根鱼刺，是谁的把戏呢？鱼刺细小，一直藏在犯人身上，同事们找不到也正常。学校的校长和那些老师做好了死亡的觉悟吗？刚刚被抓到的时候，问他们什么，他们回答什么，诚心忏悔，努力回答着问题的他们，看着并不想死。难道是谋杀吗？鱼刺杀手，难道在局里吗？我的头好沉重，一波未平一波又起，令人烦恼。

瞧着书桌上苏帕猜左臂那块皮肉，我得找一位会巴利文的人来解读，因此把这块皮装进一个容器里面。拿出黄纸，这是我追击犯人的最后一个线索，如果真有通行珠这回事，这张纸价值可不小。摊开黄纸，黄纸上面居然什么也没有，当然，这种把戏怎么能难倒我呢。我仔细研究了一下黄纸，这有点儿像是谍战戏，苏帕猜他们也太精明了。黄纸上面涂着淀粉溶液，我找来碘酒涂在纸上，一行蓝色的泰文出现在黄纸上：挽叻县巴吞猜街金光酒吧。

曼谷挽叻县巴吞猜街，这地方我很熟，如果不是为了办案，打死我也不会来这种地方。这条街又被称之为“黎明街”，这里集中着无数的基佬酒吧，街边随时可以见到打扮妖艳的各种男公关。除了基佬酒吧，色情按摩院和妓院在这儿也不少。这是一个鱼龙混杂的地方，不少游客喜欢来这边，主要也是为了欣赏人妖喜剧、艳舞、水池韵律泳、健体表演。走在这条大街上，虽说是大白天，我已经被好几个公关骚扰。按照黄纸上的提示，我的双眼一直盯着街道上的招牌看，除了各类男孩酒吧之外，“金光酒吧”四字一直没有出现，心里不由得有些急了。这条街属于“L”字形，眼看就要走到头了，目的地依旧深藏。

为此，我只能在街边把一个正在奋力拉客的人妖请过来，人妖还以为来生意，听到我问路，脸上很不开心，想着离开，我递给他一沓钱，他笑逐颜开。我最终从人妖嘴巴里面找到金光酒吧的方向。金光酒吧位于巴吞猜街拐角处，它是一个地下酒吧，平时实行会员制，因此没有招牌，除非是本地人，不然很少有人知道巴吞猜街有这么一个酒吧。

站在酒吧入口，这是一个往下走的阶梯，走到底部，往前拐个弯，一个酱红色的大门出现在我面前，这就是传说中的金光酒吧了。我走到大门面前，酒吧白天一般不开门，这种时候只能重拳敲门，因为这个门的门铃已经坏了，怎么摁都没动静。

在我的狂敲之下，一个瘦巴巴的泰国男人开门出来，他脸上一片紫一片红，像是刚刚被人揍了一顿。他盯着我看了老半天，看不出我的身份后伸手想把门关上。我奋力撞门，男人和门一同被我撞开，男人鬼叫道：“我根本不认识你，你这么粗野做什么？”

酒吧里面很黑暗，毕竟是地下室，光线很弱。我转了一圈，除了那个男人外，好像没有其他人。在酒吧最左边的角落里头隐藏着一条楼梯，楼梯通往上层，上面不知道是什么地方。我站在楼梯底下往上看了一眼，上面电光一闪，有人故意把灯关了。那个被我撞开的泰国男人气呼呼地跑过来骂道："你这是要做什么？得罪我们，你会被杀死的。"

"认识苏帕猜吗？"我一边掏出手枪盯着楼上一边问。

男人摇摇头。

我继续问："帕朗？蒙沙旺？梵缇娅可？萨克达？你都认识吗？"

男人还是摇头，"我都不认识，我开酒吧怎么了？我哪里得罪你了？"

这男人还真啰唆，我一个胳膊肘把他给打晕了，瞧他又红又紫的脸，估计就是个三流角色。我端着枪慢慢地顺着楼梯往上走，楼上寂静无比，我都快听到自己的心跳声了。走到楼上的时候，这里一片漆黑，我喊了一声："快给我滚出来。"灯光"啪"的一声亮起来，一男一女手里都拿着一把长刀朝我劈过来。

"嘭嘭"两枪，男人和女人倒了下来。

我看了一眼两人，两人装扮古怪新奇，男的染着一头红发，脸上鼻钉、耳钉、耳环、鼻环一串串，女的胸部平平、面貌丑陋，看着也不是货真价实的女人。除了他们俩之外，前面开灯的地方，一张黑色皮椅摆在那儿，皮椅上坐着一个漂亮的女人。

女人看到我，脸上先是荡起一丝惊讶，跟着露出一股妖媚的笑容。我认得她，莲花养生会所的女老板美娘。想不到会在这种地方遇到她，我朝她走过去，她的笑容更加妖媚。待我走到她面前的时候，她脸上的笑容消失了，整个人软绵绵地顺着椅子滑落在地。

她死了，雪白的脖子露着蚊子血般的红，一根银针般的鱼刺扎进了她的脖子，剧毒急剧地扩散她全身，直到她没有了呼吸。

■ 第九章　移魂禁忌

■ 1　寄魂村

船顺着湄南河而下，这艘船载着我们越过一栋栋高楼大厦，越过一条条如同彩虹般的桥梁。离开喧嚣的城市，船呜呜呜响着，城市渐渐远去，迎接我们的是一些河边的小村。我们进入一片野林子，河湾变得曲折，河水变得急快，我们的征程变得坎坷。船上，除了驾船者之外，还有我和神秘人拿古，拿古的名字很长，我记不住，他是我遇到的曼谷人中名字最长的，我只好叫他拿古，他也不介意。拿古这人看着没心没肺，似乎没有任何事情能难得住他。除了我们三个人之外，船里还躺着利希美，利希美一直在沉睡，像是被诅咒的睡美人，睡美人等着亲吻她的王子，可惜我找不到这个王子。

“这一次真的能救活她吗？”我低头看了一眼沉睡的利希美问身边的拿古。我不知道梵缇娅可对利希美做了什么，我不希望我的这位韩国搭档会成为植物人，一辈子只能僵在床上。拿古拿出一个烟斗，这个烟斗上面雕着一条眼镜蛇，看着挺奇怪，他把烟斗叼在嘴边，使得他整个人看着去很老气。我的问题，他只轻描淡写地说了一句：“兄弟，相信我吧！”

我皱起眉头，拿古是总部的人，可我却很少见到他。对于他的东西，我知之甚少，问总部里的人，他们并不想对我透露太多。我一问再问，他们一再推辞。在苏帕猜的案子里面，我已然看出拿古的能力，那些被苏帕猜迫害的小女孩们据说已经找回自己的影子，她们重新找回自己的生活。对于苏帕猜的回忆，她们似乎都忘记了。对于小女孩而言，不美好的东西，能遗忘最好了。我想这一定是拿古做了手脚。利希美为什么会成为睡美人，拿古没有告诉我，他只告诉我，想要救活利希美，我必须带着利希美跟他去一个地方。

日薄西山，晚霞遮住半边天空，整个世界变得金碧辉煌，河水、森林、远山还有我们都被血色残阳所染红。坐着船，看着哗哗而去的流水，我禁不住想起在廊曼村所遇到的一切。拿古神色自然，看上去怡然自得，对于这趟旅行，他信心满满。而我心里总有种说不清的担忧，心里总感这一趟绝对不会轻轻松松就这么度过去。拿古很少说话，叼着烟斗抽着烟，搞得整个船乌烟瘴气。夜色降临后，船停了，驾船者拿着食物进来和我们一起分享。吃完晚饭，小憩了一下，驾船者再次发动船。拿古瞧出我的忧虑，低声跟我说："别紧张，就快到了，到了那个地方，你肯定会爱上的。"

我无话可说，希望他的话没有骗我。一直熬着也不是办法，我找了个地方睡了一觉。半夜的时候，我听到拿古在我耳边说："相守宫先生，欢迎你来到寄魂村。""寄魂村"三个字出现在我耳边，我还以为自己做梦，直起身子看了一眼拿古，拿古笑嘻嘻地看着我。我揉揉双眼，拿古已经拉着我来到船头，船头这儿，驾船者已经不知所踪，眼前只有一个碧波荡漾的湖泊。

拿古告诉我，驾船者在三个小时以前被他驱逐下船了。寄魂村是个隐秘的村子，外人是进不来的，除了拿古，几乎没人能知晓进入村子的航道。千百年来，不知道有多少人因为寻找寄魂村而迷航，最终死于河底。我隐隐感到这个村子有些可怕，有点儿像是小时候念书读到的《桃花源记》，桃花源，听着是个很美妙的地方，但我不这么认为，那个地方也许并没有那么美好。一个与世隔绝的地方，也许是天堂，也有可能是地狱。

我们的船在碧蓝色的湖泊上面缓缓行走着，水面很清澈，我们像是行走在一张碧蓝色的透明纸上，天上的繁星倒映在湖面上，异常绚丽。湖水清澈见底，船底时不时还会游过一些颜色漂亮、造型奇怪的鱼儿，使人如同身临一座水族馆或者海洋馆。我被这些美丽所震慑，这个神秘的湖泊似乎没有尽头，我们像是已经来到海面上。也不知道走了多久，走了多远，我看到前面漂着一个白色的物体，物体离我们越来越近。等我看清楚的时候，我傻眼了，那是一具赤裸着的尸体。

“怎么会有尸体？”我愕然问着拿古，拿古脸上露着一丝笑意，似乎并不打算告诉我太多。那具尸体已经漂到船头，我低头看一眼，是个少女，白色的胴体被蓝色的湖水所浸泡，幽幽地随波逐流，看着安详，却令人心悚。随之，我又看到前面漂出来几具白色的尸体，这个湖泊居然在吐着尸体，一具又一具的尸体从湖底翻滚出来。湖泊像是一只食人魔，吃饱之后的食人魔实在咽不下，把这些吞到一半的尸体吐了出来。我被这一幕惊吓到，尸体已经有二十多具，男的、女的、老的、小的，一个个都没有穿衣服，光溜溜地在湖面上漂泊。我仔细观察到，这些尸体身上没有任何伤痕，他们闭着眼睛，脸上没有任何表情，死得是那么的安静。我瞥了一眼拿古，拿古脸上毫无异状，湖面上漂着的尸体对他来说，习以为常了吗？

尸体一具又一具地从我们的小船周边漂过去，像是一只只漂流瓶，不知道他们将会漂到哪里？我趴在船舷上，低头看着漂过的诡异尸体，一具男尸从我眼底漂过的时候，他突然向我眨了眨眼。我揉揉双眼，以为自己眼花了。再仔细看时，那具尸体已经随波远去了。拿古一只手按在我肩膀说：“别害怕，这都是他们的小把戏。”我不能理解这句话的意思。

拿古呵呵一笑，随后坐在船头，抽了一口烟他才详细地告诉我。原来这些尸体并非已经死亡，他们其实是在修行的村民。寄魂村的村民喜欢修习各种稀奇古怪的秘术，漂在湖面上的尸体，无非是在与大自然进行最亲密的接触，这是修行者经常遇到的事情。脱光身子，安安静静地随波逐流，或者在深山野林里面徒步，享受无拘无束的自由，与自然肌肤相亲。我听完，暗暗叹了一声，这种东西听似科学，但也太吓人了。我回头看着那些尸体，尸体已经渐去渐远，他们也许还会漂回来。我心想着，这地方的人都是些什么怪人？这种修行的方式，我没法接受。

“寄魂村的人是这样子了，你总得习惯。”拿古笑着说。

我说：“我只想把利希美救活，其他的再说吧！”如果不是为了利希美，我肯定不会来这种鬼地方，这里的一切都是不正常的。拿古收起烟斗说：“如果移魂大师肯救她，她肯定能活下去。”听了这话，我愣了一会儿，“你的意思是说，所谓的移魂大师如果不答应救人，利希美一辈子就这样子吗？”拿古深深地吸了一口气说：“真相就是这样子。”

“这么说，你也不是百分百……”我没说完，拿古已经打断我：“我也没说百分百。”

“那你还带我们来这个什么狗屁寄魂村？”我有些生气了。

拿古叹息着：“总得试试，这是唯一的办法，梵缇娅可对利希美警官做了这种事后，她死了，要不然，我们不需要来这儿。再说了，你以为我很愿意回来吗？”

“回来？你是这里的人？”我更惊讶了，难怪他对这个地方了如指掌。拿古闭上双眼，一边享受着湖面吹来的清风一边说：“五年前我偷偷跑出去，按理说，跑出去的人就不该回来，我实在没有办法，不能见死不救。”他这话说得诚恳，我之前对他的偏见瞬间没了。抬头看着拿古，拿古皱着眉毛，眼神凝望，看着有不少无法说出来的故事。

寄魂村是个神秘的村落，几乎与世隔绝，没人找得到这个地方。按理说，这里的规矩是极为严格的，不可以进进出出，拿古肯定要承受不少东西。我揣测着，拿古带着我和利希美回来，搞不好要冒着生命危险。想到这里，心里对拿古难免有些歉意。其实，我倒是很好奇，拿古这位来自寄魂村的哥们儿，他怎么会跟ICPO曼谷总部搞到一块？这个地方很神秘，处处透着诡异的气息，这里的人古里古怪。听了拿古这一番话，为了救人，尽管试试吧！这一趟，只有走到底了。

“如果没法救活利希美，我也不会怪你。”我说这话，其实是想让拿古放轻松点儿。拿古回头看了我一眼，他似乎没有想到我会说出这种话，哈哈一笑：“别担心，我有办法说通移魂大师，再说了，这一次回来，我还有自己的任务。”

我点点头，尽管不懂得拿古嘴里所说的“移魂大师”是个什么人，但我已然完全听信于他。拿古自己的任务是什么，对我来说，知道和不知道都一样。我们说着聊着，拿古指着前面一片白皑皑的浓雾说：“那儿便是寄魂村了。”我眺望着，前面哪里有什么村落，唯有一片白雾封锁湖面。拿古调整船只朝着白雾过去，我心情紧绷，这片迷雾内会有什么呢？我无从知晓。

船慢慢地被白雾吸进去，雾水透着一股清冽的香气，香气沁人心脾，使得人慢慢放松起来，心头的恐惧感瞬间消灭。

“这种感觉真好。”置身一片茫茫迷雾里面，我心里居然冒出这种想法。也不知道过了多久，厚厚的白雾变得轻薄，眼前慢慢地能看到一些东西，东西从模糊慢慢地变得清晰起来。一座座楼房出现在眼帘的时候，我心里明白，寄魂村到了。

寄魂村，顾名思义，寄放灵魂的村落，这是一座水上乡村，由上百艘大大小小的船只堆积在一起，船与船之间用铁链锁着，它们牢牢地联系在一块。大船小船，高低错落，豪华的、简陋的，款式诸多。拿古告诉我，寄魂村里一艘船代表一户人家，别看村子不大，麻雀虽小，五脏俱全，外面世界基本的衣食住行，这里一样可以找寻得到。酒馆、饭店、游乐场、学校、幼儿园、商店等，应有尽有，只是在船上罢了。住在这儿的人，他们都是修行爱好者，他们拥有强大的上古神力，但他们很友好，不像外面的人，互相嫉妒，互相算计，尔虞我诈，钩心斗角。我们的船缓缓靠岸，一个美丽的女孩站在码头边上，见到我们的船，她向我们挥手。我好奇地盯着她看，她长得很漂亮，穿着一件白色的裙子，长发飘飘，亭亭玉立，像是一位仙子。

拿古伸手在我脑袋上打了一拳说："别看了，那是我的小情人。"

"哦，冒犯了。"我不好意思地朝拿古笑笑，想不到拿古这家伙已经名草有主。船靠岸的时候，码头上的女孩扑入拿古的怀里，"我就知道你今晚回来。"拿古抚摩着女孩的秀发，在她脸上亲吻一下说："看来你的预知能力进步了。"女孩被他一亲一夸，整个人飘飘然，把脑袋埋在他胸部，恨不能将整个脑袋伸进他的胸腔里面。亲密了一阵，女孩才发现我，她打量着我，拿古把我介绍给她认识，我也知道了她的名字——"砂楚"，一个很柔美的名字。

"你居然把外人带进来？"砂楚知道我是外面的人，显得有些不安。拿古告诉她我是他的同事，她才安静下来。拿古叫我去把利希美背下船。看到还有一个女孩，长相也不错，砂楚不乐意了，瞪着拿古看。我急忙解释道："砂楚，你别紧张，这个女孩是我妻子。"

听我的话，砂楚脸上才开始有点儿笑容。拿古只是无奈地叹了一口气。我们跟着砂楚绕进寄魂村，村子虽说由大大小小的船只组成，但船只之间间隔并不一样，有的船连在一块，有些船和附近的船足足有好几米甚至十几二十米远，它们之间除了牢靠的铁链外，还有木板搭成的桥，桥就是船与船之间的通道。我们在这些通道上走了十来分钟，最后来到一艘又低又矮的小船上，这应该是砂楚的家。砂楚的船并不大，如果按面积来算，我估计了一下，大概三四十平方米左右。

船里面没有任何人，船内被砂楚装饰得很漂亮，五彩斑斓的丝巾彩旗，还有各种用贝壳弄成的装饰品、装饰画，看着美妙无比。小船表面上看着破烂不堪，船内却别有洞天，住在这儿，绝对很温馨。我心里面不由得有些羡慕拿古，拿古居然有这么一个居家的小情人。我把利希美放到砂楚那张粉红色小床上，砂楚问拿古：“她怎么了？”

“这个明早再说，村子怎么样了？”拿古的语气似乎不大关心利希美的死活而是关心村子。我站在一边愣住了。砂楚告诉拿古，“村子的局势已经缓和不少，村长说，情况会不会恶化，还得再等等看。”拿古听完，眉头深锁，听这话，感觉村子好像遇到了什么严重的事故。砂楚还想说什么，拿古叫她先去泡茶。砂楚倒也听话，乖巧地钻进船后边那间小小的厨房。拿古叫我坐在一张藤椅上面，他坐在我对面，“砂楚会照顾好你们，你需要什么就跟她说，甭跟她客气，当作自己人就好了。”

“你呢？”我不明白拿古的话。

“我需要出去一下，我已经好几年没回来了，这一次回来，我得去看看我的小伙伴们。”拿古说完站起来，他竟然不跟砂楚打声招呼就跑出船外。“太不负责了。”我心里暗骂一句。砂楚端着两杯泡好的热茶出来，发现拿古不见了，她脸上露出一丝不悦。我尴尬地对着她说：“拿古说他有事先出去一会儿。”

“他就那样，遇到什么事都不会跟我商量，也不知道他心里有没有我这个人。”砂楚把一杯热茶送到我手里，嘴上不停地抱怨拿古。

“他脾气挺古怪，有时候我也猜不透他。”我拿着砂楚给的茶说，茶很热，我想等它凉一点儿再喝。

“你和他是同事，你们都是做什么的？”砂楚问。

“我们是警察。”我回答的时候脸上有些犹豫，拿古虽说来自总部，但他和我们一样属于刑警吗？砂楚显得有些不解地问：“警察是做什么的？算了，你们的事我懒得问，等一下他又觉得我八卦，你喝茶吧！这可是我精心泡制的。”

我心中莞尔，低头看着茶杯，茶杯透着热气，热气带着香气，香气和白雾中的香气差不多，馥郁凌人，使人迷醉。我把茶杯放到嘴边轻轻地呷了一口，清香一鼓作气冲进我的肠胃，整个人如同被一股春风所打透，这种感觉太爽了，爽到我自己已经不知道置身何处。忍不住多喝几口，眼前的砂楚微笑着看着我，她的脸蛋渐渐地变得模糊，我的脑袋变得沉重，这茶里似乎放了迷药，我整个人倒在地上，不省人事。

■2 移魂大师

一股“地震”般的震动把我惊醒，小船变得摇摇晃晃，像是要坍塌的危楼。我惊慌失措地爬起来，砂楚就坐在我边上，她屈着双膝，双手搭在膝盖上，头则搭在手背上，她双眼瞪得老大，眼睛还莹莹闪动着几颗泪光。她好像哭了，因为小船要倒塌了吗？惶恐的我坐在她面前，她低泣着说：“我们也许都会死在这儿。”这话使得我彷徨，拿古似乎还没有回来。

船开始震动，悬挂在床顶的贝壳小饰品已经开始坠落，一道道弧线残落，尘埃漫天。我问砂楚这是怎么回事？砂楚可怜吧唧地说，一头从湖底涌出来的怪物，它要吞噬这个村子。我听不懂她的话，她也没有说得太清楚。我只感觉到，船就要沉了，摇摇晃晃地我们完全站不起来。

船外是一片骚乱声、哭喊着、号叫着，我们的心都乱了。

这场震动持续了将近半个小时，一切都平静下来后，拿古匆匆回来。他的肩膀被割开一道口子，血液不停地往外流，胸襟已然一片血色。砂楚慌忙去把医药箱找来，拿古坐在一张凳子上让砂楚帮忙包扎止血。我问拿古怎么了？拿古愤愤地说，村子总算是保住了，我们却死了三十一个人。我不知道寄魂村遇到了什么，但看得出来，拿古很愤怒，他们刚刚似乎在抵抗着什么可怕的东西。

难道真的跟砂楚说得一样吗？湖底冒出一头巨兽，巨兽试图破坏寄魂村，寄魂村的人为了捍卫家园和巨兽一决生死。等包扎好之后，拿古找来一瓶酒咕嘟咕嘟地喝起来，砂楚呆呆地看着他问："还会回来的，对吗？"

"管不着了，来一个杀一个，直到我们所有人死亡。寄魂村，神圣不可侵犯，无论是谁，谁也别想把村子占为己有。"拿古愤懑地说着。我知道他很气愤，但我又不知道说什么，我甚至不知道他们在说些什么。寄魂村明明是一个外界人寻找不到的地方，谁会来侵犯这儿呢？自己内部的战斗吗？我回头看了一眼躺在床上的利希美，或许我们来得不是时候。拿古一边喝着酒一边安慰着惶惶不可终日的砂楚，砂楚慢慢地变得平静，她开始收拾已经被震荡破坏的小船。拿古穿起一件灰色的短褂，他总算想起和我之间的约定，向我招招手："相守宫先生，不好意思，把你给惊吓到了。"

"没事，我做警察那么久，什么事情都见过。"我也算是一个经历无数大风大浪的男人，所以，寄魂村所发生的一切，对我来说，除了惊讶并没有什么。拿古站起来朝外面走去，我跟着他出去。离开小船，外面的世界和我来的时候已然变了一个样，那些船、那些房子，它们大部分都已经坍塌，湖面上漂着木板、家具、厨具、动物的尸体、人的尸体……

村民们三五成群地修葺着自己的船、自己的家园。完全看得出来，这个村子刚刚经历一场战争，拿古没有告诉我的意思，我也不好意思去问。我跟着拿古顺着一条木板小道往村子深处走去，村民们都在沉默中，他们一声不吭，默默地修理着自己的家园。拿古也没有说什么，他们之间也没有招呼。这种沉默使得我很不自然，村民们如同行尸走肉、如同机器，这确实是一个很奇怪的地方。

走到村子最末端，这儿停着一只小船，拿古上了船，我跟着上去，他递给我一根船桨，自己拿着一根开始划船。我无法理解这种沉默，但我知道拿古已经安排好一切，我挥着船桨跟着他划动小船。小船渐渐地离开寄魂村，漂在湖面上，黎明赶走了黑夜，阳光普照在湖面上，湖光灿烂，湖水清澈，阳光利剑一般直透湖底，水里的鱼儿和藻草显得生机勃勃。

“我们这是去哪儿？”我最终还是忍不住问了一声，我们身后的寄魂村又被一层白雾所笼罩，回头已经看不见了，我们似乎在逃离这个刚刚被战火洗礼的村子。

“移魂大师逃走了，我得把他找回来。”拿古坚毅地说。

“逃走了？”我心中一骇，这么说，谁来拯救利希美？移魂大师为何要逃走？他到底是谁？拿古的心情显得很复杂，顿了顿，他说：“如果移魂大师出手，我们肯定不会这么狼狈，狗娘养的家伙，这些人还会回来，他们不会那么轻易放过我们。”

“他们到底是谁？”我问道。拿古却沉默了，他没有说，但我已经猜得出来，寄魂村这个神秘水上村庄遇到了外敌，外敌很强劲，村民们快撑不下去了。移魂大师显然是村子里最厉害的人物，村子面临困难和战争的时候，这个最厉害的人却选择逃离。拿古带着全村人的寄望去寻找移魂大师，一来帮助寄魂村抵御外敌，二来帮我救活沉睡不起的利希美。

茫茫湖水，一望无垠，我们去哪里寻找移魂大师？我显得有些沉闷，拿古坐在船头，停下手中的划桨，小船就这么慢慢地飘荡着，像是之前所遇到那些修行中漂流的“尸体”。拿古知道我成了丈二和尚，脑中一片迷雾。他接着慢慢讲述关于寄魂村的故事，寄魂村在一千多年前就存在了，历史悠久，源远流长，这是一个修行者的天堂，在这儿，几乎人人都懂得巫术神力，他们藏于这个秘密村落，无欲无求，每天都在修行，爬山潜水，闭关静坐，村民之间相安无事。

移魂大师名字叫托萨莱，他是砂楚的父亲。在寄魂村，他年纪最长，能力最强，村民无论遇到什么困难都会向他寻求答案。托萨莱从来不会令人失望，这次，村子遇到危难，他却选择逃跑，完全出乎大家的意料。

“他为什么要这么做呢？”我问了一句。

拿古摇摇头说：“不知道，他也许在逃避着什么。”

“我们能找到他吗？”我问完，拿古伸手挠了挠后脑勺，这个问题的答案，他并不确定。移魂大师，能力无穷，他要是躲起来，只怕也不容易找到。拿古反而告诉我关于利希美的事情。梵缇娅可是个巫女，她懂得邪术，她把四面佛佛像赠予利希美并非是想答谢利希美，而是想要了她的命。梵缇娅可在四面佛佛像上下了神秘的咒语，利希美在咒语的促使下行为变得古怪异常，这有点儿像是催眠，那尊四面佛便是梵缇娅可的催眠指令。如果不是拿古及时出现把梵缇娅可的四面佛佛像处理了，利希美会被自己杀死。我心中庆幸不已，我把梵缇娅可送给自己的礼物弄丢了，要不然，只怕我也难逃死劫。

拿古说，梵缇娅可这种秘术名为“寄魂珀”，她把利希美的魂魄控制在一块琥珀里面，让灵魂寄生于一枚血色琥珀之中，这样子就能操纵人的行为。这枚血色琥珀正好藏在那尊四面佛佛像肚腹之中。这种邪术厉害无比，除了梵缇娅可自己，一般人根本没法解除，想避免死亡，只能让中招者沉睡。如果找到移魂大师托萨莱，托萨莱可以运用他的神力将利希美的魂魄从“寄魂珀”摄取出来，利希美便会活过来。

“梵缇娅可真是个恶毒的女子。”我心中暗骂着。

拿古冷笑一声说：“也许她很无奈，她死得也很无奈。”

“你那么懂她吗？说起寄魂珀，这不会是寄魂村里的玩意儿吧？”我无法想象梵缇娅可和寄魂村有任何的联系。拿古犹豫了一下说：“寄魂珀确实属于寄魂村的秘术，这种东西一般不会外传，梵缇娅可这个人，我从来都没有遇到过，她身份很神秘，一时半会儿我也弄不清楚，托萨莱大师要是在的话，这件事就比较好解释了，我得向他亲自求证。”

“求证什么？”看来这个地方拥有的秘密还真不少。我问完，拿古重新握着划桨，“现在还不好说，见到托萨莱大师，自然会有答案。”我只能傻笑，他说的这些如同天方夜谭，世间真有那么奇妙的法术吗？如果这一切都是骗局呢？拿古向我撒谎了呢？什么寄魂什么移魂，这些都太过于儿戏了，对于一个警察来说，这有点儿天方夜谭。但我又不能做出自己的判断，我得慢慢等待，等待谎言被拆穿，骗局被打破。我看着拿古说：“我们总不能漫无目的地漂着，托萨莱会去哪儿？你肯定知道，就算你不知道，难道砂楚不知道吗？”

“砂楚？她能知道什么？”拿古的话使得我很意外，砂楚是托萨莱的女儿，托萨莱难道没有和砂楚联系吗？这样子的父亲也太冷漠无情了。

我说：“砂楚至少知道托萨莱的下落。”

“不，她不知道，她是托萨莱大师的私生女，托萨莱大师不怎么喜欢她，哪怕她长得玲珑可爱，依旧得不到大师的欢心。托萨莱大师离开，她肯定不会知道任何线索。因为就算是平时，托萨莱也不会把她当作自己的亲生女儿，甚至不愿意见到她。”

“难怪她会自己独自住在一个小船里面。”我淡然地说着。

“那是她母亲的船，她母亲十几年前就死掉了，死因我就不说了，反正砂楚是个可怜的孩子，母亲死掉后，独自一人过着，托萨莱从来不会正眼瞧她一下，哪怕她拥有移魂大师的血脉。”拿古说得悲怆，我心里面不由得同情起砂楚，砂楚命运多舛，太不容易了。

我问拿古：“所以你们从小认识，她很依赖你，对吗？”

“不算依赖吧！我们两小无猜、青梅竹马，一起长大便是了。”拿古对于他和砂楚之间的感情没有过多的描述，我没有追问下去，这种私人的东西，别人主动说最好了，自己去窥探，太没意思了。拿古这时候从裤兜里面拿出一颗白色的珠子，我认得这颗珠子，这是一枚通行珠，犯罪组织成员之间联络用的通行珠。

拿古看着我说：“这是我们最后的机会了。”他说完把通行珠放进湖里，通行珠闪烁着一道灰白色的光芒，它在湖面上打转着，水花四溅，转了一阵“嗖”地一下朝前面漂去。我没有想到通行珠还有这种功能，拿古是想用通行珠带着我们找到托萨莱，只是他怎么会拥有通行珠呢？难不成他和苏帕猜、蒙沙旺等人是一伙的吗？我心里久久无法平静，利希美没有被救活之前，我不断地提醒自己，千万不要轻举妄动。拿古如果跟苏帕猜他们是一伙的，我还得调查一下他到底想做什么。

白色的通行珠闪着光芒，它像是我们的引航灯，我和拿古奋力摇着船桨追着这颗灵气的珠子。这个湖泊，到底存在于地理图像上吗？根据我的记忆，湄南河一带根本没有这么大的湖泊，几乎看不到尽头，这不是一片海域吗？但是看着又不像。阳光明媚，鱼虾晃动在船边，我们追着珠子来到一片更加明亮的湖面，通行珠没有让我们失望，在我们前面不远处，一座荒岛孤零零地安插在碧绿的湖面上。小岛光秃秃的，上面没有任何生气。我们的船慢慢靠拢，上岸后，拿古开始在地上找寻着什么。

荒岛不大，上面不是石头就是砂砾，根本没有任何值得一看的地方。岛屿光秃秃的，找到一个制高点，整个岛屿都在自己的眼皮子底下，我敢确定，这岛上没有任何一个人。拿古坐在岛屿前面的沙滩上，他情绪很低落，我走到他身边说，“咱们继续找……”

“无法继续了。”拿古显得有气无力。

“怎么了？”我轻声问了一句。

“我已经找到了。”拿古的话说出来之后，我浑身鸡皮疙瘩，这个岛上就我和他两个人，托萨莱毛都没有看到一根，他怎么会已经找到托萨莱呢？难不成托萨莱不是人吗？我看着岛屿四周平如镜面的湖泊，一个活物也没有，哪怕是一只飞行的鸟。拿古站起来，他走到一堆沙子面前，沙子高高堆起，看着像是一座坟墓。我不觉得这堆沙子有何奇怪，拿古却跪在沙子面前掩面流泪。

我感到奇怪的时候，天空中传来一声鸟叫，一群黑色的鸟儿不知道从哪里冒出来，它们嘴里叼着沙子、石头从我身边掠过，飞过那堆沙子的时候，它们齐齐张嘴，沙子、石头掉在沙堆上面。完成这个动作后，黑鸟们绕着沙堆转了几圈，跟着飞走了。鸟儿走掉后，我看到沙滩上爬出来一群巴掌大的螃蟹，螃蟹举起一双钳子托着小石子，它们缓缓地朝沙堆爬了过来，到了沙堆面前，它们把托着的小石子堆砌在沙堆上面。

“这是怎么了？”我问拿古。

“嘘，这是托萨莱的葬礼。”拿古竖起手指放到嘴边“嘘”了一声。

我变得安静，螃蟹们纷纷离开，黑鸟们再次回来。同样的事情，黑鸟和螃蟹们在我眼前来回三次，接着，我再也看不到黑鸟和螃蟹的影子。

“我们白来了。”跪在沙堆面前的拿古显得很悲伤。

“难道这是托萨莱的墓穴吗？”我不敢肯定地问。

拿古点点头，“托萨莱没有逃离村子，他只是在寻找自己的坟墓。”

他告诉我，在寄魂村，没人能永生，这里的人临死的时候总能预知自己的死亡，一旦知道自己要死了，他们就会坐着小船离开村子，寻找一个令自己满意的地方作为自己的墓穴。

“你会不会搞错了？”我感到不安，如果托萨莱死掉了，寄魂村怎么办？利希美怎么办？

拿古斩钉截铁地说：“不会错，黑鸟和螃蟹能证明这一切，托萨莱他最终找到自己寄魂的岛屿，这片湖泊，这群黑鸟，这堆螃蟹，可以做证。”

“一切都玩完了。”我怅然叫着，心中如同堵塞了一般，种种难受挥之不去，把一切希望都寄托在移魂大师身上，结果却令人失望无比。

“我们回去吧！村里需要我们。”拿古朝沙堆里的托萨莱拜了三拜才站起来回到小船上。我低头看了一眼沙堆，真有那么神吗？传说中的移魂大师托萨莱死掉了吗？我又不能把沙堆刨开验证，只能跟着神秘兮兮的拿古朝寄魂村方向回去。

■3 命劫

“你离真相越来越近了。”回寄魂村的途中，我裤兜里的手机震动一下。说来也奇怪，在这么一个与世隔绝的地方，手机居然还能收到信号。我把手机拿出来看了一眼，发短信者名为“Answer”，这是一个我不认识的人，我给他取了一个英文名字，希望他能有我想要的答案。

我苦苦追寻事情的整个真相，而他或许是我的救命稻草。他给我发第一条短信的时候，我正好在曼谷处理“人妖皇后”的案件。在那个案子后，我遇到自己的坟墓，1995 年 12 月 4 日，我死在了曼谷，我被人掩埋在曼谷的郊外。事后我收到他给我发的短信，他告诉我，如果想找到自己死亡的真相，我得去一趟菲律宾找一个叫“萝”的人。正好菲律宾克拉克经济区发生离奇案件，我向总部提交申请，去了一趟菲律宾，协助破案的同时秘密寻找“萝”。

事与愿违，我根据短信的提示，秘密地找到了“萝”的住址，然而“萝”已经不在了。我感觉自己被耍了一般，这个号码从此再也没有发短信给我。此刻，我再次收到这人发来的短信，心里面百感交集。也许是真相，也许是恶作剧，我暂时做不出任何判断。Answer 到底是谁？他为何要帮我？他知道我在寄魂村吗？除了我和拿古，谁也不知道我们在寄魂村。一系列离奇案件，它与“大佛陀”又有何联系？真相真的越来越近吗？我六神无主，手里不知不觉地已经停下划桨。

拿古看到我这样子，笑道：“你怎么了？别担心，利希美警官会没事的。”他以为我在担心利希美的安危，我又不能让他知道短信的事情，呵呵一笑，抓起划桨努力划船。拿古叹息一声说：“托萨莱死掉了，移魂术无人知晓，但是我们不能绝望，我还有一个比较冒险的办法。砂楚她是托萨莱的女儿，身上流着托萨莱的血脉，她或许能帮忙破解利希美小姐身上的寄魂珀。”

“但愿吧！”我没有做任何多余的陈述，我想利希美没事，但是麻烦不断，谁会想到此行来得那么的不是时候。拿古尽管说出第二方案，但听他的语气，他并不确定。我能理解他，砂楚和托萨莱关系很复杂，她几乎没有跟托萨莱接触过，她又如何能救利希美呢？我们闲聊的时候，裹着寄魂村的那片白雾出现在眼前，穿过白雾，我们回到寄魂村。寄魂村在大家的努力下已然恢复了原貌，一个安安静静的水上小村庄在明媚的阳光下朝气蓬勃。我和拿古回到砂楚的小船上，砂楚没有说太多话而是给我们倒茶。这儿的茶，说实在的，我不大敢喝，喝一口，睡一觉，这时还不是睡觉的时候。喝完茶，拿古居然没睡着，他又出去了。我知道他要去告诉村民，被他们寄予厚望的移魂大师托萨莱已经找到了自己的墓穴，他不会再回来。

小船内，我和砂楚沉默了许久，看到我没有喝茶，她微笑说：“怎么不喝呢？怕烫吗？”

我摇摇头说：“不是很渴。”她似乎看到我心中的忧虑，“你是怕喝了会睡着吗？你别担心，这种茶和之前的不一样，上次见你太累了，所以想让你好好休息。”我端起茶杯，砂楚说得是真的吗？我品尝了一口热茶，茶很香，一口下肚，全身经脉都被打通了一样。

“问你个事。”砂楚迟疑了一会儿说。

“嗯，说吧！知无不言。”我爽快地答应。

“我知道你和拿古去找托萨莱，你们找到了吗？”砂楚语气很平和，但我已然看出她内心的波澜。我不知道怎么回答她，告诉她她父亲死亡了吗？砂楚继续说：“没关系，你说吧！看你们回来时的表情，我知道你们没有找到托萨莱。你跟我说说，托萨莱怎么了？”

“他死了。”我想我没有必要去欺骗她。砂楚听到托萨莱的死讯，整个人颤动了一下，抿着嘴唇低着头说：“我早就猜到了，也预知到了，要不然他不会离开这儿，眼睁睁看着寄魂村覆灭。拿古跟你提起过吗？我和托萨莱之间的关系。”

“你节哀顺变。”我点点头，搜肠刮肚，也只有“节哀顺变”四字能用。砂楚呵呵一笑：“放心吧！我不会悲伤，这是托萨莱的宿命，也是寄魂村所有人的宿命，人终究会死掉，死亡对我们来说，这是一种神圣的事情，我们都懂得如何去宽恕死亡。”尽管她这么说，我从她的语气里面依然听到她一丝淡淡的悲凉。我不知道说什么才好，只有点着头。砂楚是个可怜的人，托萨莱似乎没有很好地关心她，小小年纪，母亲也没了，她已经足够坚强。

“砂楚，这件事就这样了吧！千万别想太多。”我还得说一句安慰她的话，不然显得我有点儿冷漠。砂楚咧嘴笑了笑，她们父女之间的感情太复杂了，对于这么一个不体贴、不关心、不呵护自己的父亲，或许父亲的死亡将会是她最完美的解脱。

我们又陷入沉默的尴尬里面，过了十来分钟，砂楚幽幽地说：“拿古告诉你了吗？托萨莱为什么要疏远他的私生女？”

我摇摇头，这事有点儿八卦了，拿古没说，我也没问。

砂楚笑道：“因为我哥哥。”

“你哥哥？你还有一个哥哥吗？”我错愕地问。砂楚咂咂嘴说：“我这个哥哥比我年纪大多了，大我差不多二十岁呢！他不喜欢我，也不喜欢我妈妈，你知道吗？我妈妈就是被他杀死的。我哥哥是个暴君，他亲手杀死了我妈妈……”说到这里，砂楚声音哽咽了，这是她脑海中挥之不去的童年阴影吗？同父异母的哥哥杀死了自己的母亲，这种残忍，骇人听闻。我心里细细想着砂楚口中所陈述的暴君哥哥，砂楚继续说：“哥哥杀死我妈妈后，托萨莱找到了他，托萨莱想杀死他的，但是在寄魂村，不允许有父亲杀死儿子的这种事情，我们都是友爱的人，互相残杀不是我们提倡的。我哥哥正好抓住了这个弱点，他恶狠狠地告诉托萨莱，如果他敢跟我走得太近，我很快就会死掉，就像我妈妈一样。”

“你哥哥还是人吗？”我愤然说着。

“他是野兽，一头暴戾的野兽，他憎恨托萨莱的背叛，杀人事件发生后，托萨莱无动于衷，村里的人也没人敢说话。从此，为了我的安全，为了我不会死在哥哥手里，托萨莱不再认我这个女儿，不管我的酸甜苦辣，也不管我的喜怒哀乐。他或许很绝情，但我能理解他，他很无奈，他害怕我死掉，他一辈子也想不到，保护我的方式只有远离我。托萨莱自从那件事后也变了，变得阴郁，他经常离开村子，有时候一去就是好几个月。”砂楚掏心掏肺地说着，这些事情似乎在她心里压抑了很久。砂楚生在这里，村子里的人几乎都知道她的遭遇，她无法去诉说，也没有人会听她的诉说。我的出现，面对我这么一个陌生人，砂楚变得大胆不少，恨不能把心中藏了十几年的东西和盘托出。

听了砂楚的故事，我心中戚戚然，看来我和拿古一样，误会了托萨莱，他不是一位不尽责的父亲，他实在很无奈，他在为自己犯下的错赎罪。我低声问她：“那你哥哥呢？他是铁石心肠吗？那么多年过去了……”

“托萨莱答应哥哥不再管我，哥哥也答应托萨莱，杀了我母亲的他就离开寄魂村。之后，我就再也没有见过他。他还活着吧，或者死掉了，我并不知道。有时候我想去外面找找他，我想问问他，为什么要这么折磨我？”砂楚显得很心酸，声音显得很悲伤，她的心早已伤痕累累，一个个疤痕，在此刻被自己狠心揭开，这也许很疼，但是不揭开，成了脓包、成了毒瘤会更疼。

我问道：“托萨莱完全可以无视你哥哥，难道他害怕你哥哥吗？”

“嗯，我哥哥是个天才，天赋异禀，他十几岁就把托萨莱所有东西都学会了，不仅托萨莱，寄魂村里所有人的绝活，没有一样不被他学会。他很强大，同时又很残暴，寄魂村的人都害怕他。托萨莱早就想赶走他了，觉得他不配做一名修行者，他只是一个心术不正的小混混。我母亲被杀后，托萨莱借此机会把他给赶走了。”

“原来如此，也难怪托萨莱会服软，我想你哥哥他肯定没有死，托萨莱每年都要离开寄魂村去外面，我想他一定是去寻找你哥哥。”我以自己常用的推理思考一番后说。

“你说得对，我哥哥他没有死掉，我已经感觉到他的存在，你知道吗？我怀疑他回来了，回来告诉寄魂村的所有人，他们不应该赶走他，抛弃他。”砂楚这话意味深长，我想起尽早村了所遇到的战争，难道是他哥哥发动的吗？对于一个暴君来说，伤害过他的人或者地方，这些都不应该存在。拿古他们即将要面对的敌人不是深湖里的怪物而是离开寄魂村多年的暴君。

我们聊着聊着，夕阳西下，天色暗淡，朦胧的夜色即将席卷这个孤零零漂泊在湖面上的村庄。拿古回来了，回到小船里面，找个地方坐下，他信誓旦旦地说：“我已经布置好一切，我想他们不会轻易发起攻击。”他看着心情好转不少，砂楚脸上也有了一丝悦色，她说她要给我们做晚餐了。

拿古却拉着她的手说：“先不急，我们还有一个事情得解决。”

“她吗？”砂楚回头指着躺在她床上的利希美。

“拿古，真没有其他办法了吗？”我一本正经地问拿古，如果让砂楚去救利希美很冒险，我希望拿古可以再考虑一下。拿古瞟了我一眼，“我不会让利希美警官一直沉睡下去。”我嗓门儿突然变大，“可托萨莱已经死掉了。”听了这话，拿古瞥了一眼砂楚，砂楚细声对拿古说：“托萨莱的事我已经知道了。”拿古深吸一口气说：“砂楚，这次靠你了。”砂楚显得很意外，“这不是开玩笑，怎么能靠我呢？我不行，完全不行。”

“你是托萨莱的女儿，你不能说自己不行，我给你一周的时间，只有一周的时间。”拿古说完，砂楚愣住了。我替砂楚抱怨：“拿古，你这不是在逼她吗？”拿古冷哼一声说：“我没有逼她，事情比我想象中的要恶劣，一周之内，利希美没有醒过来，她将会成为一具腐尸。”

“什么？”我吃了一惊。拿古告诉我，控制利希美魂魄的“寄魂珀”被他放在总部那儿，他忘记带在身上了，如果利希美离开寄魂珀的守护，死得更快，而不再是一睡不醒。这种时候，我还能说什么呢？抬头看了一眼焦虑不安的砂楚，只希望继承托萨莱血脉的她能挽救利希美。砂楚搓着手，她很紧张，紧张到不知道说什么好，她不像久经沙场的拿古那么胸有成竹，她缓缓地走到利希美面前，看了许久，咬咬牙，回头跟我们说，“这是要搏一搏了吗？”

“除此之外，别无办法。”拿古说得很冷酷。

“可是在移魂禁忌里面，我根本没法帮助利希美……”砂楚颤着声音说完，拿古已经单膝跪在她面前，他托起一枚精美的婚戒，“如果你不嫌弃我，嫁给我，好吗？”这一幕把我给镇住了，这是闹哪样？跳跃得也太快了，我们明明在讨论如何挽救利希美的性命，拿古居然向砂楚求婚。我无语了，这不是开玩笑的时候。可是后来我才知道，这一点儿也不儿戏，如果没有这件事，拿古根本没有勇气向砂楚求婚。在寄魂村的移魂禁忌中，处子之身的女孩是没法继承这门绝活，也就是说，砂楚如果是处子之身，一切都白搭。目睹托萨莱的沙堆坟墓后，拿古已然在策划这一切，想起自己没有把“寄魂珀”带来这事后，他更加坚定自己的信念。砂楚最终答应了拿古“蓄谋已久”的求婚，我知道，如果砂楚救活利希美，我一定会告诉她，她很伟大。但是有一点我很害怕，我害怕这件事会伤害到砂楚。

拿古和砂楚完成了婚礼，这是一起简单的婚礼，而我成了他们的证婚人。婚礼结束的第三天，我们把利希美交付给砂楚，尔后，我和拿古乘着一只小船离开了寄魂村。在船上，我和拿古都很安静，安安静静地漂在蓝色的湖泊上。

“这件事对你来说有点儿残忍。”船离开蓝色湖泊，回到湄南河航道里，我忍不住打破僵局，新婚宴尔，拿古却要带着我离开寄魂村，他像是被征集的士兵，傲然奔赴沙场。他跟我说，与其等着敌人来侵犯，不如先去把敌人的头颅砍下来。

“砂楚能理解我。”拿古淡淡地回复我。

“救利希美这件事，真的不会为难砂楚吗？也许会伤害到她，你舍得吗？”我觉得拿古在这件事上面冲动了点儿，我不是傻子，我完全可以看得出来，砂楚虽然是托萨莱的女儿，但她不是托萨莱，她怎么能轻易救活利希美？寄魂村的禁术，禁忌颇多，稍一不慎，害人害己。我心里很担心砂楚，她和拿古的选择很勇敢，我好怕这份勇敢会带来绝望。

“任何事情都有利弊，我们没必要去考虑太多，凡事尽全力就好。”拿古像是说教，但我很清楚，他表面波澜不惊，心里肯定很担心砂楚，他只是不会表现出来让我看到。他很爱砂楚，我不是看不出来。除此之外，还有另外一件事使得他忧心忡忡，试图颠覆寄魂村的敌人正虎视眈眈地看着他，敌暗我明，这场战争，真心不好打。我试探性地问了一句：“你想过你们的敌人会是砂楚的哥哥吗？”

“如果是他就好办了。”拿古冷笑着。

“难道你们根本不知道敌人是谁吗？”我问道。

拿古说：“一个名为‘邪牌’的组织。”

“‘邪牌’组织？”我第一次听说这个组织，这是一个既黑暗又庞大的犯罪团伙吗？我揉揉脑袋，脑海里好像又有点儿印象，总部的档案或许有这个组织的记录。拿古从怀里拿出一块人皮，他把人皮甩给了我。我摊开人皮，人皮上面刺着一个图案，三个赤身裸体的男人头交尾形成“衔尾蛇”形状。看着这个图案，我蒙住了。拿古带着一丝不屑的口吻说：“我们拥有同一个敌人。”

这话使得我心寒，“邪牌”组织会是怎样一个组织呢？我居然听都没听说过，一直追寻幕后黑手的我，一次次遇到斯里潘所记录的比萨符号，眼下，我总算是摸清这个符号的来历，这是“邪牌”

组织的标志。可想而知，“邪牌”组织如同幽灵一般潜伏在“天使之城”曼谷。

我们回到曼谷之后，又该如何寻找这个组织呢？身上刺着比萨符号的人，我所认识的，除了利希美，几乎都死了。我更担心的是利希美与“邪牌”组织之间的关系，她到底是谁？值得我们这么豁出去救她吗？

■ 第十章　邪牌组织

■ 1　异凶

湄南河岸边的是隆路、沙吞路属于曼谷的金融中心，这里集中着曼谷大大小小的银行，包括声名显赫的盘古银行总部。这一带属于曼谷最昂贵的地段，银行、金融公司、餐厅、专卖店、百货大楼占据了这条街道。在是隆路中段的帕逢街是我比较常来的一个地方，这儿有一家中餐厅，味道很吸引我。从我所住的查隆功路开车来到这儿并不算太远，停好车，走进餐厅，邀请我的人已经坐在预约好的包厢。包厢很简约，落地窗可以看到外面的湄南河风景。那个邀请我来的人穿着正式、戴着墨镜、脸色僵硬，似乎没有任何表情。我坐在他的前面，他没有动一下。我苦笑道："你就是 Answer ？"

"什么 Answer ？"那人嘴唇动了一下，声音显得有些秽浊。我忘记"Answer"是我给他取的名字，他当然不知道，我不好意思地笑笑："你是曼谷人吗？叫什么名字？"我的问题很简单，他却显得小心谨慎，我进来之后，他还观察了一下我的后面，生怕我带着一帮人来抓他似的。我收到他约我见面的短信后，一直想见见他的我可不会做任何布防。见到我单刀赴会，他的表情才放松不少，努努嘴说："你可以叫我萝，我是哪里人不重要，重要的是我对你了如指掌。"他的话使我浑身不自然。他的话，换作任何人听了都不会舒服，天底下，除了自己，还有一个对自己了如指掌的人，这事太可怕了。

“哦，你到底都知道些什么？”我舔了舔舌头说，遇到这种事，我一般不急，我想知道他葫芦里到底想卖什么药？之前，听信“Answer”的短信，我去了一趟菲律宾，结果没有找到萝，这会儿萝找上门来，是敌是友？我还得摸清楚。萝脸上突然出现一道灿烂的笑容：“不急，我们先吃饭，我为你点了不少好吃的。”桌子上确实已经点了菜，上面全是我爱吃的东西。我以前常来这家餐厅，常吃的菜都在上面，他对我还真了解。我拿起筷子想吃东西，萝又笑道：“为了扮演你自己，逼着自己吃这些中国菜，你也不容易。”

“你胡说什么？”我放下筷子，萝的话使得我有些不开心。

“你不是真正的相守宫。”萝的话越来越离谱。我让自己安静下来，我知道这种时候不能犯浑，萝越想刺激我，我得越淡定。我再次拿起筷子吃了一块红烧肉说：“那你说，我是谁呢？”

萝低头苦笑：“看来你真把自己的真实身份给忘记了。”

“你能和我说说吗？”我假装失忆的样子，手中的筷子却没有停下。

萝伸手剔剔牙，“你是大佛陀的弟子，你是他的哼哈二将，你来自‘邪牌’组织，你的名字叫苏蒂，你不是相守宫。”他咄咄逼人的样子着实可爱，他的话搞得我一头雾水，苏蒂是谁？是我吗？我来自邪牌组织吗？这些与我无关的东西，让我听起来哭笑不得。我不动声色，萝继续告诉我：1995年12月1日，手握邪牌组织重要资料的苏蒂逃离了组织，他带着这些犯罪资料去找一名叫“相守宫”的国际刑警。在曼谷的郊外，月黑风高，寒风凛冽，苏蒂和相守宫如约见面。苏蒂想洗心革面，脱离万恶的邪牌组织，所以找到了相守宫，相守宫则是曼谷负责打击邪牌组织的重要人物之一。两人一照面都吓了一跳，因为他们俩长得很像，如果不是因为他们从小都不认识，他们一定会觉得自己是失散多年的孪生兄弟。

“苏蒂和相守宫长得很像吗？”我似乎被他带入剧情，忍不住问了一句。

“非常像，简直一模一样，可惜一个来自中国，一个来自曼谷。”萝说到这儿的时候举起面前的酒杯喝了一口红酒。我继续吃我的红烧肉，“继续说下去。”

萝冷笑一声说：“你不是不感兴趣吗？你瞧瞧你，你说你到底是刑警相守宫还是嫌犯苏蒂？”

“你告诉我他们后来怎么了？”我不想去回答萝的问题，我只想知道故事的前后，邪牌组织明显没有被彻底清理，相守宫和苏蒂之间肯定发生了什么，也许这就是那个墓穴的答案。这是我自己的故事，我却如同局外人一般听着。不管故事是真还是假，我心里多少已经起了怀疑。根据萝的说法，苏蒂带着犯罪集团的犯罪资料找到相守宫，他们进行交接的时候，大佛陀派来的杀手包围了他们俩。他们为了保护资料与杀手们进行一场血战。结果，杀手们全被杀死，相守宫中弹身亡，姗姗来迟的国际刑警封锁了战场，为了逃避邪牌组织的追杀，为了保护自己，苏蒂和相守宫调换了身份，他为了保护自己的秘密，喝了一种自酿的失忆药水，只有失忆的人才能通过层层考验成为另外一个人。

“精彩。”我不由得拍起手来，“这么好玩儿的事情，你怎么不发布到网上呢？”

“苏蒂，从此之后，你把相守宫埋在了地下，你成了相守宫，你听懂我的意思吗？通过你手里的资料，曼谷警方和 ICPO 联合对邪牌组织进行清扫，邪牌组织遭到大面积打击，从此潜入地下活动。也正因为这样子，大佛陀一直没有找你麻烦，你可以安安心心地做你的刑警工作。还有一点，大佛陀他应该还没有知道你的真实身份，在他心里，苏蒂已经死了。”

“你知道那么多，你不会是大佛陀派来的吧？”我凝视着萝，萝躲开我的眼神说，“你已经没有了之前的记忆，这些回忆对你来说，大多数是不好的。大佛陀是个十恶不赦的人，你是他身边的人，肮脏的事情肯定做了不少。邪牌组织，贩毒、杀人、赌博、妓院、军火、收保护费等，他们全都做，这伙人以大佛陀为首，没有一个好人，他们与普通的犯罪团伙不同的地方在于这些人懂得邪术妖法，他们是来自地狱的恶魔，没人能敢反抗他们。”

我被他的话深深触动，如果这都是真话，相守宫的坟墓可以解释清楚了，而我真名叫苏蒂，邪牌组织的重要人物之一，我无恶不作，杀人无数，这种事要是被总部知道，我必死无疑。我笑着对萝说：“你告诉我这些是何居心？”

“你被自己催眠了，我想唤醒你而已。”萝又喝了一口酒，“还有，如今邪牌组织卷土重来，你早已经在他们的复仇名单之中，不过有意思的是新上任的大佛陀似乎察觉出来了，你不是当年率队清扫他们的刑警相守宫而是背叛了他们的苏蒂。”

“那又如何？”我不屑地说。

“大佛陀这人眦睚必报，你会死得很惨。”萝的嘴角露出一丝诡异的笑容，这笑容像一页薄薄的刀片，笑容闪过，使人有痛感。我笑道：“你还说不是他派来的？”萝抬头看了一眼窗外的湄南河，“我和他们一点儿关系也没有，我告诉那么多，我是不想你死，你死了，梵缇娅可她也白死了……”他后面的声音很小，我没听清楚，再问他一句，他却不说话了。我倒了一杯酒给自己，喝了几口，回想着他的话问：“你刚刚提到梵缇娅可吗？”

萝没有说话，他站起来，拿起酒杯，他把血状的红酒哗啦啦地洒在餐桌上，“‘邪牌’组织已经不是邪牌组织，他们更名为‘白衣赞’，他们这一次回来，绝对不会轻易放过你，还有，他们变得强大了不少，整个曼谷，几乎都在他们的控制范围里面，包括你们 ICPO 总部。”

“我得小心自己人？”我想起了利希美，她手腕上的比萨符号，我印象很深。

“我要说的就这么多了，酒也喝了，人也见了，该说的也说了，我得走了。”萝挪开椅子，伸手扶了扶他高挺鼻梁上的墨镜转身大步朝门外走去。我心绪变得复杂，这种时候听到萝的这些话，有些亢奋又有些不安，亢奋的是，我可以直接面对大佛陀了，不安的是，我怎么对抗大佛陀以及他身后的那些黑暗势力。而我最郁闷的是，我到底是相守宫还是苏蒂？离开这家餐厅，我驱车来到曼谷郊外，靠着记忆，我走到了那座坟墓面前。

1995 年 12 月 4 日晚上，这里到底发生了什么？我伸手摁着脑袋，搜索着整个脑子，没有记忆，关于那一晚，任何记忆都没有。这事显得有些诡异，也许是对手的诡计。想到这个，我轻松不少，回到车子里，拿古给我打了一个电话，他叫我去曼谷唐人街找他。

我和拿古从寄魂村回来后，刚刚靠岸，拿古便跟我分离，他要去做什么，我管不住。和他分开后没多久，我便接到了萝的短信，他约我见面。我当时没有想太多，赴约后，萝居然对我说了这些东西。心情完全被萝给扰乱，我没法相信一个陌生人。我本以为拿古不会再联系我，他回来的目的是为了寻找邪牌组织的头领，然后干掉他，而不是为了跟我花天酒地。我按照拿古给我地址找到他，他在一间中国古玩店正在寻找着什么。我进入古玩店，一股血腥味使得我有些晕眩，久违了的血腥味，我咳了一声，拿古在一个古玩架子后面跟我说：“你帮我找找，看看能不能找到关于‘邪牌’组织的信息？”

这里会有邪牌组织的信息吗？古玩店没有开灯，店里显得有些阴暗，一排排看上去古老的货架中摆着奇形怪状的古董，青铜器、玉雕、金银器、瓷器、陶器、佛像、首饰等，造型各异，中国风、日韩系、泰国本地货、西洋货都有，古代器具，近代器具，当代高仿，形式也不大一样。除此之外，古玩店的老板，一个皮肤黝黑、个子很矮的老头子，他趴在柜台上，手垂着，鼻梁上的金丝眼镜已经掉在地上，在他的背后，一只白色的羊角插在他背部，血流得他一身都是。我朝拿古问了一句："这人你杀的吗？"我是个警察，杀人这种事，自然不能放过。

拿古回了一句不是他。我走到死者面前，仔细打探了一下，拿古朝我喊道："别磨蹭了，我来的时候，他已经死掉了，或许是内讧，你快帮我找找线索。"

"你怎么找到这儿的呢？"我带着怀疑的语气问拿古。拿古不耐烦了，他从后排货架边上走出来，"你真不帮忙吗？"我呵呵笑道："找什么呢？"说完朝一个货架走去。拿古朝我挥挥手，"有疑问的东西都得仔细瞧瞧。"他手里拿着一颗白色的小球，这玩意儿属于'邪牌'组织的通行珠，难不成他就是靠这玩意儿找到这儿吗？按照萝的说法，邪牌组织在曼谷无孔不入，这儿显然和之前的"金光酒吧"、"莲花养生会所"、"柯叻拳场"一样，都是他们组织里成员接头集会地点。我伸手去翻动货架上的古玩，我对古玩这个行当不大熟悉，找寻了一会儿，拿古对我说："你觉得除了通行珠，我们还有别的办法找到他们吗？"

"我们可以让总部的人去查，'邪牌'组织是一个庞大的组织，他们再怎么严密和隐藏，总部总能找到他们的藏身之所。"我说着，这是我的计划之一，在相守宫墓穴面前，我已经打算好回总部调出当年的档案，'邪牌'组织真有那么恶劣的话，总部档案室里肯定有不少关于这个组织的资料。知己知彼百战百胜，我总不能傻乎乎地在这儿乱搜一番。

拿古走到我身边，"回总部吗？你别想了，天下哪有那么便宜的事？"

“你这话什么意思？”

“总部根本没有关于‘邪牌’组织的资料，任何关于这个组织的资料都被删除了，有人在我们回来之前动了手脚，对于‘邪牌’组织，我们根本掌握不到他们的任何情况。”拿古的话让我很受伤，锐气受损，心有不甘，我相信拿古没有骗我，他一心想找‘邪牌’组织，肯定第一时间回总部寻找。萝的话再次被验证，‘邪牌’组织已经渗透ICPO。

“总部有内奸，这个内奸会是谁呢？”我无聊地问了一句。

“谁知道呢？我们总不能去查内部的人，我们也没有这个权力。”拿古显得很无奈。看来我们只能在这个阴暗的古玩店寻找线索。我一面找寻着一面思考着，想起砂楚的话，我问拿古：“你觉得大佛陀会是谁呢？据我所知，大佛陀是很厉害的人，他能操控人心。”

“我才不会管他是谁，只要想破坏寄魂村的人，我都不会让他好过。”拿古严肃地说着。我咳了咳说：“你觉得有没有可能是砂楚的哥哥？砂楚不是有个哥哥吗？他杀死了砂楚的母亲，托萨莱和他有个约定，他离开寄魂村，托萨莱才不去跟砂楚相认。你想想，砂楚的哥哥血气方刚，被赶出寄魂村，他一定很不甘心，这一次，只怕他已经酝酿很多年了。”

“砂楚的哥哥？怎么会呢？村子的人都以为他死掉了。”拿古不大认可我的说法，但是我知道砂楚拥有一种奇怪的能力，她能预见尚未发生的事情。我尴尬地笑笑说：“看来是我想太多了，不过以砂楚她哥哥的能力，弄出一个‘邪牌’组织根本不是什么难事。”

“这些都是砂楚告诉你的吗？”拿古慢慢地靠近我，一边找东西一边说。

“听她说她哥哥是个天才，寄魂村所有的绝学，他只要见过一次就能学会，过目不忘，实在厉害。天才很强大，但天才并不完美，她哥哥是个暴君，对吗？自幼性格有缺陷。话说你和她哥哥熟吗？”我说完的时候，拿古已经来到我身边，他盯着我问："什么都没有找到吗？"

我点点头："完全不知道我们在找什么？这些老古董，能有我们想要的东西吗？"

"你都没有仔细找。"拿古有些埋怨地说。

"刚刚的问题你没有回答我，你和砂楚的哥哥熟吗？"我想知道这个问题的答案。拿古却没有回答，我看着他，他目露凶光，"你还是别知道了。"他举起右手朝我脖子拍过来。他动作很快，快如闪电，如果不是我早有防备，只怕已经死在拿古手里。他扑空之后显得很愤怒，"相守宫先生，你逃不掉的。不，我应该称你为苏蒂先生。"

我盯着拿古的右手，他右手中指和食指之间夹着一根细小如丝的鱼刺，淬了毒液的鱼刺。我伸手摸了摸自己的脖子，还好自己机灵。鱼刺杀手现身了，幸亏萝的话深深地印在我脑海里面，'邪牌'组织的人控制了曼谷，我已经无法相信身边任何人，包括拿古。在我进来的时候，我已经发现不对头，古玩店的老板并非被一只羊角刺死而是被一枚鱼刺扎进了喉咙，他是中毒死的。显然，这是拿古的手笔，古玩店不是邪牌组织的联络站而是拿古为我设置好的坟墓。

"苏蒂先生？什么苏蒂先生？"我假装什么都不知道。

"别装了。"拿古快步朝我走过来，瞧他的样子，今天势必把我给杀了。

"你胡说什么？"我不解地问。

"你隐藏得好深，如果不是今天有人告诉我，我还真被你给骗了。"拿古的话让我心乱乱的。我从怀里摸出一把微型手枪，拿古根本没有想到我会带枪，这把枪，我从来没有离过身。等拿古靠近我的时候，以为自己得逞的时候，我的子弹射穿了他的身体。

我没有打中他的要害，子弹使得他很痛苦，看到他倒在地上，我过来摁住他，他却发疯般吼道："我知道你想做什么，你别想从我口中知道什么。"他右手动作很快，快到我来不及阻止，带毒的鱼刺刺入了他自己的喉咙，他抽搐几下便死掉了。

古玩店外响起一阵警笛声，我看了一眼拿古的尸体，这个变化来得太快了。我撬开拿古左手五指，夺取握在他手心的那枚通行珠后失魂落魄地从古玩店后门逃离。

■2 局中局

我逃出古玩店，落魄地穿过几条街道，一辆摩托车拦在我的面前。骑车的人把戴在头上的头盔摘下来，竟然是萝。我二话不说跳上萝的车，萝也没说话，重新把头盔戴上发动摩托车载着我朝人流冲过去。摩托车呜呜的鸣叫使得我心情很糟糕，拿古居然要杀掉我，这到底是为什么？拿古死掉了，砂楚怎么办？利希美怎么办？我完全不知道自己下一步该做什么？拿古难道被'邪牌'组织控制了吗？或者他就是邪牌组织安插在总部的奸细。萝似乎已经知道我身边发生了什么，他把我载到湄南河河边。下车之后，迎着河面吹来的阵阵清风，他低声问我："你还活着，活着的感觉还行吧？"

我抬头看了他一眼，"你到底是谁？你都知道些什么？梵缇娅可和你什么关系？"

萝掏出一包烟，他点燃一根，抽了几口，"我是谁不重要，我和梵缇娅可之间的关系，一两句话说不清楚。但是你大可放心，我和大佛陀一点儿关系也没有。或者说，我们拥有同样的敌人。"他最后这话，我听拿古说过，想起拿古就是鱼刺杀手，我心寒不已，萝难道跟大佛陀有仇吗？看他一脸不爽的样子，大佛陀难道是他的杀父仇人。

萝把烟蒂捏掉，“我现在该称呼你为苏蒂先生还是相守宫先生呢？”称呼重要吗？我冷笑一声，“随你。”对我而言，我是苏蒂还是相守宫一点儿也不重要了，我杀掉拿古，这祸闯大了。萝走到我跟前笑道：“你想知道拿古为什么要杀掉你吗？”我点点头，这事有些莫名其妙，拿古与我离开寄魂村的时候，他与我并肩作战，我们立下血誓，誓要把邪牌组织给清除。

萝继续说：“拿古与大佛陀达成协议，他要是杀掉你，‘邪牌’组织就不会再侵犯寄魂村。”

“就那么简单吗？难道拿古不是他们组织里的人？”我摊开手掌，看着手心握着的那颗白色通行珠，拿古如果不是邪牌的人，他手里怎么会有‘邪牌’的通行珠。萝哼哼笑起来，“自从大佛陀发现你的身份后，他就派人找上你了，你知道比萨符号吗？”我当然不会忘记那个三大裸男形成的“衔尾蛇”符号。萝说：“这是‘邪牌’组织的符号，不，‘邪牌’组织现在改名了——白衣赞，这是他们现在的名字，我跟你说过的。经过那么多年的潜伏，白衣赞比以前强大不少，他们的领导人大佛陀已经易主了，所以‘邪牌’变成白衣赞。”

“白衣赞？”我愣了一下，萝说过一次，我没怎么注意，关于邪牌的内幕，萝似乎懂得太多了。萝笑道：“你那位搭档，那个韩国姑娘，她正是大佛陀派去杀你的杀手。可惜她舍不得杀掉你，你死不掉，所以梵缇娅可出现了，更可惜的是梵缇娅可也舍不得杀掉你。”

“看来我还真命大。”听完萝的话，我心情更糟糕了。

萝微笑着说：“白衣赞卷土重来的时候，大佛陀就盯上你了，盯上你这个在多年前险些让‘邪牌’组织全军覆没的刑警。他们在调查你的时候发现了你的秘密，真正的相守宫已经死了，而你正是背叛邪牌的苏蒂。所以，他们让利希美潜入ICPO，让她成为你的搭档，奇怪了，你也许真的命大，利希美居然没有杀掉你。大佛陀觉得利希美已经背叛，他让梵缇娅可出手，梵缇娅可本来可以杀掉你，她送了你一个小礼物，这个小礼物很致命，你要是接触到，必死无疑。”

“她把送我的礼物收了回去吗？”我感到吃惊，如果梵缇娅可想杀我，随时都可以，难怪她送我的礼物不见了，我还以为弄丢了，看来她在我被杀之前后悔了。我身边潜藏着如此多的危机，听了萝的话，汗珠自觉地从额头冒出，如果不是她们有悔意，我只怕已经沦陷地狱。萝又抽起一根烟，我向他讨了一根，抽了一口烟，我问他：“你真不是白衣赞的人？”

“我不是。”萝很肯定地回答。

“你确定吗？那你为什么要帮我？”我不解地问。萝傻笑了一声，“我不是帮你，我是帮我自己，你要是死掉了，这事就没得玩儿了。白衣赞兵强马壮，你单枪匹马，大佛陀随时可以玩儿死你，你知道他为啥一直留着你吗？”

“我是他最爱的弟子，他想慢慢玩儿死我。可你不是说，‘邪牌’组织易主了吗？新上任的大佛陀，他跟我之间……”我还没有说完，萝已经抢先说：“他和你之间仇恨更大。”这话说得我心里一震，这个所谓的大佛陀到底是谁呢？他和苏蒂之间有着血海深仇吗？我盯着萝问：“我觉得我没啥本事能帮到你，你又何必对我那么上心？”

“这个问题我无法回答。”萝似笑非笑地看着我。我心中纳闷儿，看着波光粼粼的湄南河，心中的疑团更加紧密了。一阵警笛声出现，萝朝我笑了笑，“你杀了人，他们便要来抓你，黑白两道都想你死，下一步，你打算怎么办？”我不知道说什么才好，几辆曼谷警察局的警车已经朝我们开过来。我不知道该怎么办？总部和曼谷警察局显然已经被白衣赞安插了内奸，我要是被带回去，岂不是等着被大佛陀剥皮抽筋。萝看出我的忧虑，他上了摩托车，“我带你去见一个人。”

走一步是一步，被同事们抓回去杀掉还不如跟着萝瞎闯。我上了萝的摩托车，冲出警察们的包围，我们顺着湄南河河岸一路开去。绕过几条大街，我们进入一个昏暗潮湿的小巷子里面。在一个破破烂烂的门口面前停下，萝摘下头盔说：“就这儿了。”我下了车，萝把我带进这个破烂的房子，里面很阴暗，光线差不说还充斥着一股霉气。我咳嗽几声，正想说什么，前面出现一个伟岸的身躯，一个身材魁梧的男人从暗影里走出来，看到我和萝，那个男人冷笑一声：“你们总算来了，之前我一直担心，担心你们会死掉。”

“放心，这小子命大得很。”萝像是嘲笑一般说了一句。我呵呵一笑，想认真看清楚来者，由于光线实在太暗，无法看清他的面孔，尽管他已经走到我的面前。那人比我高一个个头，听口气四十来岁，穿着一套黑色的西装，衣衫革履，像是某个公司的管理层。萝伸手拍了拍我的肩膀说：“给你介绍一下，他叫星顿，我的上司，你的境遇，他或许能帮你。”听到“上司”二字，我愣住了，萝难道是某个公司的人吗？什么公司呢？星顿又是什么人？我的疑惑没有得到他们的解释。

星顿朝我说：“时间紧迫，你如今已经被黑白两道通缉，我们能做的只有把大佛陀引出来杀掉他。”

“杀掉大佛陀？你和他有仇吗？”我没有想到星顿会那么想大佛陀死掉，看来萝说得对，我们都想大佛陀死掉。星顿没有向我解释太多，我只能问：“凭什么要相信你们？”经历拿古的反戈一击，我心里几乎不会再相信任何人，哪怕是昏迷不醒的利希美。星顿冷笑一声，他身边的萝说：“你可以不相信我们，但你一定知道什么叫孤掌难鸣，如果我们不合作，大佛陀与他的白衣赞将会吞噬整个曼谷，甚至整个泰国。”

“你们到底是什么人？警察吗？”我察觉出了什么，问了一句。萝和星顿哈哈大笑起来，笑完之后，星顿说："你放心，我们绝不会拖你的后腿儿，而且我们与白衣赞势不两立，八年前，我们就跟他们杠上了。大佛陀这人过于狡猾，我们至今都没有摸到他的小尾巴。如果你能加入我们，我想他很快就会原形毕露，到时候抓获他易如反掌。"

"你们一句话也没说清楚，我无法相信你们。如果没有什么事，我想我得走了。"我得告辞了，星顿和萝想和我合作，他们却毫无诚意，至少他们得告诉我他们的真实身份。我没法相信他们，只能离开。我要走，萝和星顿显得很遗憾，却又没有拦下我。

走出这个破房子，我只听到后面的萝轻轻地说："相守宫，你会后悔的。"我想我没有什么可以后悔的，既然惹上白衣赞这股邪恶力量，死亡对我来说，跟家常便饭一样。走在大街上，人来人往，车水马龙，我到底该往哪儿去呢？在一个简陋的旅馆住下来，为了避免被人发现，我还买了一个白色口罩和一顶灰色鸭舌帽子。在旅馆里面休息了一个下午，夜幕降临，我起身叫了一份外卖。吃饱喝足之后，我把从拿古手里获得的那枚通行珠拿出来，打开通行珠，通行珠藏着一张小纸条，展开纸条，上面写着一行字，"事成之后，柯叻拳场，大集结"。

这是写给拿古的通行令，柯叻拳场，那个地下杀戮室，我完全能想象得到那儿所充斥的恐惧。事情很明了了，柯叻拳场已经被白衣赞用作集结的地方，这个充满血腥暴力的地方，一直属于白衣赞这个组织，白衣赞成员帕朗与蒙沙旺为了争夺拳场的管理而互相戕害。可想而知，这个地方对于白衣赞来说，战略地位是多么的重要。如果没有猜错，白衣赞的大头目，那个恶贯满盈的大佛陀便在拳场之中。我显得有些激动，找到大佛陀的藏身之所，这不是一般人能做得到的事情，哪怕是萝和星顿，他们也对大佛陀毫无办法。

但我显得很害怕，如果贸然而去，只怕会被白衣赞的人五马分尸。

此时，一通电话进入我的手机，来电的是利希美。

我想了一会儿才接通电话，利希美在电话里面说："老宫，你在哪儿？我回到曼谷了。"听到她的声音，我不知道是该高兴还是该伤心，她不停地问我地址，我却没法告知。

想了想，我问："就你一个人吗？"

利希美说，"没有，砂楚跟我在一起。"

听到"砂楚"的名字，我心里更紧张了，我杀死了她丈夫拿古，要是被她知道，她非得杀掉我不可。我把电话挂了，砂楚已经救活利希美，一切的努力没有白费，但我知道，我与她们之间不会再是朋友。将手机关机，我上了一辆的士。我的目的地很明确——柯叻拳场。

柯叻拳场四周显得很安静，没有任何一条人影。这吊诡的气氛使得我心动加速，下车之后，我没有进入拳场而是站在拳场对面一个候车牌边上。我好想知道大佛陀到底是谁？但又没有勇气进入拳场。在候车牌边上犹豫着，一阵警笛声灌入我耳朵，十几辆曼谷警局的车子匆匆而来，他们手执重新武器冲进了拳场。

这就是我想要的结果，看到曼谷警察们扫荡柯叻拳场，白衣赞的大小头目排着队被警察们抓获，心里难免一阵欣喜。这是我给大佛陀的致命一击，我希望他被抓住，但我知道他不是那么容易被抓住，他或许逃掉了。想到这个，我心里寒意不断，毕竟曼谷警察局有大佛陀安插的内奸。白衣赞属于幽灵组织，几乎没有人能摸清楚他们的行踪，这一次，他们自信地集结，谁能想到警察们冲了进来，一场恶战，邪不胜正，最终被警察们破坏了他们的集结。

我幻想着拳场里所发生的一切，警察们疯狂抓捕这些邪恶分子，脑子不由得有些沉重。看到有个警察朝我跑来，我缩了缩脖子，伸手把鸭舌帽压低，转身朝后面的一条小巷子跑去。

在小巷子里跑了一阵，拐个弯，走出巷子口，两条苗条的身影挡住我的去路。我没有来得及做出反应，利希美的声音已经钻进我耳朵，“我就知道你会在这儿，是你报的警吗？”我被吓得靠着墙，利希美和砂楚直挺挺地站在我面前。我尴尬地笑笑，“你们怎么知道我在这儿？”

利希美卷起袖子，她把手腕上那个刺青亮给我瞧，“我接到‘白衣赞’集结的通知了，我想你一定会在这儿，所以就过来了，没想到警察把这儿包围了。”

“你果然跟大佛陀有一腿，呵呵！利希美，我算是瞎了狗眼。我居然相信了你，这一切都是你演的吧？你们费尽心思设计一个个局来套我，我还真是荣幸。”我干笑着：“你来抓我吗？抓我去向大佛陀邀功。”

“我要是想杀你，早就杀掉你了。”利希美不冷不热地回了一句。

“呵呵，那你总不会帮我。”我苦笑，想不到自己落到这番地步，身陷危险却无人相帮。利希美伸手在脸上揉了揉，“大佛陀派我来杀你的时候，我确实想杀掉你，可惜我发现了你的秘密，你不叫相守宫，你是我们组织的元老级人物，而你背叛了我们组织，我对这个很感兴趣，我想知道这个故事的前因后果，所以我没有对你下手。”

“看来你都知道了，你想怎么样呢？”我不知道利希美想做什么，她是敌是友？利希美叹了一声，“你救了我一命，我再糊涂也不会害你，我虽然是个恶人，但我不会杀害自己的恩人。”她这话说得冠冕堂皇，我倒有些感动了。

砂楚突然说：“相守宫先生，拿古的事情我知道了。”我顿了一下，她竟然知道了，不过也不奇怪，利希美属于 ICPO 的人，拿古被我杀死的消息已然传遍整个 ICPO，总部已经向我下发通缉令，我想很多人都想知道，我为什么杀死了拿古。

我声音显得有些酸楚，“砂楚，对不起。”

“没事，这是拿古他自找的，面对你，我又能怎么样呢？”砂楚突然流泪，声音哽噎的她已经把头扭过一边，然后背对着我。我对她的表现感到疑惑，她不是该恨我吗？甚至要杀了我给丈夫拿古报仇。她居然没有这么做，我内疚地对她说：“我也不知道事情会变成这种地步，砂楚，拿古的死，我很对不起，这件事结束后，如果我没有死，我任你处置。”

“算了。”砂楚冷淡地回了我一句，“我还是回去吧！这儿真不适合我。”

砂楚走掉了，泪流满面，看着很悲伤，身影落寞不堪，她一定很伤心，新婚宴尔，丈夫就这么没了。我内心同样很酸，对于砂楚，这个单纯可爱的女孩，我已经没有什么脸面面对她。利希美朝我说：“你别多想，这不是你的错，拿古自己做错了，他不该和大佛陀沆瀣一气的。”

“这事你也知道？”利希美的消息也太灵通了，拿古在古玩店杀我这件事，除了我和夢之外，没有人知道了吧！总部和曼谷警方他们一定不会认为是拿古先要杀我，要不然他们不会满大街通缉我。利希美冷笑一声说：“老宫，我虽然不会杀掉你，但我还得做一件事。”

“什么事？”

“我要带你去见一个人。”

“什么人？”

“白衣赞新上任的头目大佛陀。”

……

■ 3　大佛陀

曼谷考山路夜市，酒吧林立，歌声震天，路边水果摊上各色水果琳琅满目，各路街头艺人在街边尽力卖弄着自己的绝技。这条路被誉为背包客的天堂，但我很少来这边。夜市之中，水果摊、泰式炒饭、泰式工艺品等使人眼花缭乱。很多人热衷于来这里的酒吧玩耍，不过大多都是一些外国游客。除了酒吧之外，泰式马杀鸡在这儿也大受欢迎。我和利希美坐在一辆三轮车里，利希美显得忧心忡忡，我不懂她心里边思考着什么，但我知道自己这一趟九死一生。大佛陀一心想找我报仇，我也总不能躲着，仔细想清楚后，我决定去见见大佛陀，关于我与他之间的恩怨情仇，今晚我必须给自己一个交代。

“到了。”利希美突然说了一句。车子停下来，利希美下车了，我跟着下车。她伸出右手，在她右手里面握着一枚白色通行珠，很显然，她和大佛陀已经约好了。在我们眼前，这是一个喧哗热闹的酒吧，酒吧已经完全被红男绿女们所霸占。利希美拉着我进入酒吧，来到吧台，她点了两杯鸡尾酒。我有些郁闷，问她：“我们怎么喝起酒来了？”暴风雨即将来临，利希美竟然如此放松，不过，这事确实跟她没有太大关系。她朝我笑笑说：“喝杯酒，好糊涂，呵呵！我不大愿意把你带来这儿，但我不能违背大佛陀，我是他养大的，他调教了我一生，我无法亲手杀死你，但我要把你带给他。你们之间是生是死？自己解决吧！”

“白衣赞都很喜欢藏在酒吧里面吗？”我听了她的话，感受到她的冷漠，心底已经对她不抱任何希望。“白衣赞”确实是一个很厉害的组织，潜藏得很深，成员几乎与平民没啥区别。我的问题，她无视了，她把一杯“渐入佳境”递到我面前，“这将会是我最后一次跟你喝酒，干杯吧！相守宫，我祝福你。”她这话说得有些幸灾乐祸，我低头拿起那杯酒，做人总不能太小气，跟利希美碰了一杯，喝完酒，我说：“或许我早该想到了，在萨克达死掉的那起案子，我就想到了，我总是不愿意去面对。”

“其实你并不笨嘛！”

“不，我很笨。无孔不入的白衣赞，我又如何是你们的对手呢？”

“只怪你太多事了吧！你不该与白衣赞犯下的案子有任何牵连。”

“可能是天注定吧！天注定我会遇到你们这些十恶不赦的人，天注定我会被你们识破，天注定我会栽在你手里。”我无奈地叹着气说。

利希美微微一笑。

我问：“有件事我不能理解，你们不惜派魔骑士杀了泰维卡那帮人，那块佛顶骨舍利子真有那么灵验？真有传说中的那么神奇？”

“你想多了，那只是一块价值不菲的古董舍利子，有个美国佬许下重金要得到它罢了。”

“噢，原来是黑吃黑。”我明白过来，咧嘴一笑说。

“关于拿古的死，你需要说点什么吗？”利希美抿抿嘴说，“拿古死了，砂楚很伤心。”“他也许是被大佛陀利用了。”我简单地回答。

“砂楚陪着我离开寄魂村，在船上，她告诉我一件事，她说，你长得好像她的哥哥，但是你给她的感觉又不对，如果你是她哥哥多好。”利希美声音显得很忧伤。

“是呀！那她就可以为她母亲报仇了。”我不懂利希美为什么要扯到这个话题，但我能想象得到砂楚跟她说了什么。砂楚的哥哥是个暴徒，是个浑身戾气的暴君，她会原谅这么一个哥哥吗？利希美把酒杯里的酒一饮而尽，“相守宫，你知道吗？我还是喜欢叫你相守宫，‘苏蒂’这个名字对我来说，很陌生，我甚至不想记起来。”

“随便你。”我已经是瓮中之鳖，难逃大佛陀的手掌心，利希美突然变得如此伤感，我也能理解她。自从她与我共事以来，我们确实遇到不少事情，有些事情，看似惊魂，其实却足够一辈子铭记。

喝完酒后，利希美把我带出了酒吧，原来酒吧不是大佛陀所在的地方，利希美把我带到这里来，无非是想跟我喝一杯鸡尾酒。我跟着她离开考山路，之后上了一辆黑色的厢型车，这辆车子带着我们俩一路绕着，也不知道过了几个路口，我们出了曼谷城。

在一条河边，我们匆匆下车，一艘汽艇停在码头。利希美把我送上汽艇，“相守宫，我们告别吧！”我站在汽艇上，利希美就站在码头，我们四目相对，她显得很愧疚，脸上隐约有些泪痕。

我叹了一口气，朝她挥挥手说：“我不会有事，对吗？”

码头上的利希美朝我摇摇头，她很绝望地看着我，她觉得自己亲手把我给葬送了。

汽艇开动，我转过身子，我没法再看利希美，我不是个文艺的人，写不出什么美妙的诀别诗，我只知道，人在江湖，身不由己。汽艇顺着河流一直开着，陪着我的只有四个穿着白色衬衫的汉子，他们脸色僵硬，对我不理不睬，只求顺顺利利把我送到大佛陀面前。

汽艇大概开了三个小时才靠岸，尽管雾色朦胧，我依然看得出汽艇靠在一个小岛码头。我被四个白衬衫汉子扔在码头。他们没有和我说一句话，哪怕是轻轻地叮嘱一句或者恶骂一句。他们送我上岛后，转身开着汽艇离开了。我孤零零地站在码头上，白色的雾笼罩着整个小岛，岛上时不时传来鸟兽噪声。我如同置身在被迷雾环绕的寄魂村，心里忐忑不已。

在码头上站了十几分钟，我竟然听到了马蹄声，马蹄声嘚啵嘚啵朝我而来。

我循声望去，茂密的树林之中，七匹穿着银色盔甲的战马驮着七个穿上藤甲的骑士跑出来。我瞪眼看着骑士们，骑士缩着脑袋，脖子边上挂着一个头盔，头盔甩在藤甲上，发出“咚咚叮叮”的响声。

我心里暗暗叹了一声，“这就是传说中猜曼家族的魔骑士吗？”思考着，骑士已经来到我跟前。我想打个招呼，其中两个骑士已经伸手把我给提起来。

我被骑士挟持着往幽暗的林子跑去，穿梭于密林，心里头恐惧感爆棚，我开始有点儿后悔了，我或许不该来这儿。白衣赞这个组织实力太强，大佛陀这人竟然还能控制猜曼家族的魔骑士，除了魔骑士，“噬影客”苏帕猜、“白骨掠夺者”萨克达、蒙沙旺、帕朗、杀玉狼、人妖皇后、魑将军、梵缇娅可都被他控制得像木偶一样。想到这些，内心涌出的怵意翻江倒海般使我比死还难受。

一个墓陵出现在我面前，骑士把我扔在地上。

随着一声口哨响起，七个看似无头的骑士骑着他们的战马离开了。

我抬头看着墓陵，墓陵门口开着，里面涌出一道火光。这座墓陵说大不大，说小不小，外形看上去如同一座佛塔，涂着一层白色的漆，如同清莱那座极受世人喜欢的白庙。

林中不停地传来奇怪的鸟叫声，我耸耸肩，既来之，则安之。做了一个深呼吸，我迈开步伐往墓陵的大门走过去。

进入墓陵，与外界的黑暗相比，这里堆架着无数的火把。火光把墓穴里面照得辉煌无比，奇怪的是这里一个人也没有，偌大的墓穴，如同一座大厅，除了中间摆着一具金色的棺材外，没有其他的人和物。我将墓穴前前后后、上上下下看了几眼，觉得没有什么威胁，心里不由得安静下来。慢步走到那口金色棺椁面前，棺椁的盖子居然是一块透明玻璃。

透过玻璃，尸体在我面前一览无余。

一个七八十岁的老者穿着一件白色的袍子安详地躺在棺材中，老者雍容华贵，绝非等闲。我看了几眼死者，脑海里不断地搜寻这个老者的身影，很可惜，我一点儿印象也没有。听萝说过，邪牌组织已经更换领袖，新领袖上位，可想而知，老的首领已经驾鹤西去。如果我没有猜错，躺在棺材里面的老头正是前任“大佛陀”。

“苏蒂，你总算来了。”一个阴幽的声音从墓室内部响起来，一道白色的闸门被推开，一个瘦小的身子从里面走出来。我眯着眼睛盯着这个人，这个人慢慢地朝我走来，身形消瘦的他穿着一件白色短褂，在他的脖子和手臂上挂着不少的骨雕玩意儿。他的脸很尖，长满红斑，眼睛很小，酒糟鼻，嘴巴很扁，整个人看着有点儿消化不良。赤着脚走路的他，左脚上面还拴着一串铃铛，铃铛随着他提起步伐发出风铃一般的妙音。

“你就是大佛陀？”我永远也想不到，传说中的大人物，掌控“白衣赞”这么一个大型犯罪集团的首领大佛陀居然长得如此孱弱。那人没有回答我，他走到金棺椁后端，躬身朝里面的死者拜了拜，跟着抬起头鹰隼一般盯着我看，“你好，我叫阿杜拿素。”他的声音软绵绵的，有力无气的样子让人瞧着可怜。

“阿杜拿素？”我凝视着瘦汉子。

“你可能已经不记得我了。”阿杜拿素微微一笑，“你甚至都忘记自己的身份了。”

“身份重要吗？今晚站在你面前的不管是苏蒂还是相守宫，你都不会放过他。”我说完，阿杜拿素拍拍手说：“你说得对，如果不是你们俩，我父亲怎么会死掉呢？是你们俩害死了我父亲。”他的语气变得严肃，对我来说，关于他父亲的死亡，我毫无印象。

阿杜拿素绕过金色棺椁来到我跟前说“你就是死一万次，我父亲也活不过来。”

“你们不是很厉害吗？搞那么多事情，不就是为了复活你父亲吗？”我按照自己的揣测说着。

阿杜拿素却哈哈大笑：“你想太多了，我们所做的一切都是为了自己的梦想，为了壮大白衣赞，为了复仇。你知道吗？那时候的我还很小，你很亲切，我总是跟在你屁股后叫你苏蒂叔叔。当我知道你害死我父亲，我好伤心、好绝望。那时候的邪牌组织群龙无首，人心涣散，支离破碎，有句话叫树倒猢狲散，都快完蛋了。”

“这种组织根本不该存在，不是吗？”我厉声说，已经成为“死人”的我自然不能输了气势。阿杜拿素努努嘴，咽了咽口水，“直到我知道你还活着，我才认识自己的使命，我要复仇。令我绝望的你使我获得了希望，让我获得了新生。知道当年死掉的是相守宫而不是叛徒苏蒂，你知道我有多高兴吗？本来已经堕落颓废的我如同在一个漆黑的夜里遇到一只能带来光明的萤火虫。我知道，我有事情做了，我找到了自己活着的意义。我重整旗鼓，将散落各地的邪牌组织成员召集回来。我重新组织了一个比邪牌组织更黑暗、更强大的白衣赞。为了杀掉你，打击你，你知道我有多努力吗？”听完他的话，我沉默了，他很有干劲儿地说着，歇斯底里，撕心裂肺，说完咳嗽不已，他得有多恨我。

“重整旗鼓？你真是搞笑，你那么想杀掉我，其实心里还是舍不得吧！我要是死掉了，你还跟谁玩儿呢？”我沉默之后大声说道，我总算读懂了他的内心，他已经完全被仇恨所蒙蔽。

“逆我者死。”阿杜拿素瞪着我说。

我伸手摸了摸后脑勺，见到传说中的“大佛陀”阿杜拿素，听了他那么多话，原本满怀恐惧的我突然变得轻松无比，死亡似乎成了一件小事情。对于这些恩怨，我一点儿记忆也没有，阿杜拿素的话让我有种解脱的感觉。

阿杜拿素干咳一声，他的双眼转移到棺材里面，说：“老糊涂，你瞧见了吗？你最信任的人来看你了。”他的话有些讽刺，我满不在乎地看着他的一举一动，我知道他不是一个普通的疯子而是一个有理想的疯子。我的沉默使得他有些急躁，他回头瞪着我说：“一个从寄魂村来的落拓青年，身怀秘技的他自以为天下无敌，四处挑衅的他被我可怜的老父亲遇到。但他肯定想不到会在三招之内输给了我父亲。从此，青年成为我父亲的崇拜者，他拜我父亲为帅，成为我父亲的左膀右臂。他本可以帮助我父亲完成组织所计划的宏图大业，谁知道他临阵脱逃，背叛了组织和我父亲，这家伙名字叫苏蒂。那时候我还是个小孩子，你总是抱着我，哄着我玩儿，我记得你曾经跟我说过一句话，你就算是死，你也会死在我父亲的手里。”

“苏蒂？呵呵……我不是苏蒂，我是相守宫，你别胡说了。”我不想被他洗脑，在我心里，我只知道自己名为相守宫，来自中国，我是个打击罪恶的国际刑警。

阿杜拿素干笑着说：“你逃避不了，永远也逃避不了，你背叛了最信任你的人，带着组织的罪证逃跑了，父亲找到了你，谁知道那个叫相守宫的人替你死了，我父亲完全被你给骗过去了。你躲在 ICPO 里面，你以为你能躲一辈子吗？你太天真了。”

“何必那么多废话，你想我死，现在就可以动手。”我怒喝一声。

“不，你错了。”阿杜拿素淡然一笑。

“错了？”

“我不会杀掉你，至少现在不会。”阿杜拿素刚刚还一副恨不得扒我皮的样子，眼下突然变得慈眉善目，似乎在酝酿着什么更大的阴谋。

我苦笑：“看来我遇到对手了。”

“对手，你根本不配做我的对手。”阿杜拿素还挺自大。

“呵呵，那你费尽心思把我弄到这儿，就为了跟我说说话吗？”我啼笑皆非，真要是这样子，阿杜拿素也太无聊了。

“不，还有一件事。”阿杜拿素冷笑着。

“什么事？”我问。

“苏蒂之所以背叛我父亲，你会天真地认为他洗心革面了吗？坏人做久了，他想做个好人吗？你错了，他哪会是什么好货色？坏事做多了，习以为常，好人难当哪！”阿杜拿素居然卖关子。

我狠声说：“那他为了什么呢？”

“他杀死我父亲后从我父亲身上拿走了一样很重要的东西，据说这件物品能控制世界上的十大神秘组织。”阿杜拿素说到这没有再说下去。我愣住了，难不成这就是苏蒂和前任大佛陀所谓的宏图大业吗？这有点儿扯了，十大神秘组织，我在脑子里搜了搜，牛血社、哥伦布骑士团、比尔德堡团、克瑞普提亚社、骷髅会、贝迪鲍利、共济会、罗马俱乐部、芬尼亚兄弟会、光照派，想着这些，心里觉得无比可笑。阿杜拿素脸上却很自信，看着一点儿也不假。如果我是苏蒂，我拿走这么厉害的东西，还能混成一小刑警吗？早他妈成新世界的创世神了。我想说几句话打击一下他，门外却传来一阵枪声，枪声很猛烈，不知道发生了什么。

“苏蒂叔叔，时间不多了，这个局，咱们慢慢玩儿。”阿杜拿素察觉到不对头，他很绅士、很有礼貌地向我鞠了一躬，跟着转身朝他走出来的那个白色闸门快步走去。

我杵在墓室之中，看着金色棺椁里面的死者，阿杜拿素说的东西真的存在吗？沉思着，墓室不知不觉站满了人，他们围着我和金棺材愣愣地站着。利希美从人群里走出来，“老宫，我就知道你死不了。”她已经扑到我怀里低声啜泣。我低头看着怀里的利希美，万万没想到，利希美居然带着总部的人来搭救我，她的心看来已经动摇了。

“喂，相守宫。”人群里面传来萝的声音。

我朝着萝叫我的方向看去，萝和他的上司星顿都在。我松开利希美大步走到萝面前，萝和星顿举起挂在脖子上的证件齐声跟我说：“你好，我们来自 ICPO 中的‘V’部门，专门负责调查研究世界各国的神秘组织和秘密犯罪机构。”

在 ICPO 特案组那么久，“V”部门我还是第一次听到，我不敢相信地盯着他们俩的证件看，上面确实写得一清二楚。

“我们已经跟踪邪牌组织很多年了。”星顿沉声说着。

“梵缇娅可是我们的人，自幼潜伏在这个邪恶组织……”萝显得很伤感，“梵缇娅可她有些……有些可惜了……”

想起梵缇娅可，心里边不知道为何会涌出一丝酸意。

总部的同事对小岛进行地毯式搜索，阿杜拿素和白衣赞的人都消失不见了，包括猜曼家族的魇骑士。星顿和萝显得很不甘心，张嘴就是骂骂咧咧。我和利希美坐在离开孤岛的汽艇上，回头望着那座隐秘小岛，利希美问我：“对你来说，没有抓到大佛陀，这将是一个噩梦吗？”

“我不知道。”我淡淡地回答着，心里却很不安，阿杜拿素似乎已经算到这一步，下一步他可不会那么不小心，“你还不配做我的对手。”他的话一直在我心里激荡，这句话像是一把利剑插在我胸口，使我窒息。

一周后，特案组总部给我下了一个调令。

三天后，我来到 ICPO 麾下的东京特案组总部。

当天下午，我收到阿杜拿素给我发的一封电邮：“欢迎来到东京。”

我知道，我与“大佛陀”阿杜拿素之间的生死较量才刚刚揭幕。

请看《骇档案：曼谷之魂》下一部